Cassandra Clare / Joshua Lewis
Der Schattenjäger-Codex

Cassandra Clare wurde in Teheran geboren und verbrachte die ersten zehn Jahre ihres Lebens in Frankreich, England und der Schweiz. Ihre Serien *Chroniken der Unterwelt* und *Chroniken der Schattenjäger* wurden auf Anhieb zu internationalen Erfolgen, ihre Bücher stehen weltweit auf den Bestsellerlisten. Cassandra lebt mit ihrem Mann, ihren Katzen und einer Unmenge an Büchern in einem alten viktorianischen Haus in Massachusetts.
Mehr über die Autorin und ihre Bücher auf:
www.chroniken-der-unterwelt.de

Joshua Lewis lebt in Massachusetts mit seiner Frau Cassandra Clare, drei Katzen und einigen Tausend Büchern. Wenn er nicht gerade exzessive Reisen in das Universum der Schattenjäger unternimmt, macht er gerne Musik, schreibt eigenen Geschichten und hält das tonnenschwere Gewicht seiner Bücher davon ab, das Haus zum Einsturz zu bringen.

TITEL VON

CASSANDRA CLARE

DIE CHRONIKEN DER UNTERWELT

City of Bones *City of Ashes* *City of Glass*

City of Fallen Angels *City of Lost Souls* *City of Heavenly Fire*

CHRONIKEN DER SCHATTENJÄGER

Clockwork Angel *Clockwork Prince*

Clockwork Princess

Der

Schattenjäger-Codex

oder *ein* Leitfaden *zu*
den Gesetzen *und* Geschicken *der* Nephilim,
den Auserwählten *des* Engels Raziel

Zusammengetragen von

CASSANDRA CLARE
und JOSHUA LEWIS

Siebenundzwanzigste Auflage, 1990
Erste verbesserte Auflage, 2002,
Alicante, Idris

Zweite verbesserte Auflage, 2007,
Clary Fray, Brooklyn, New York, USA

Dritte verbesserte Auflage, 2007, Simon Lewis, Buch von Clary
geklaut, während sie zu lernen versucht, Funkytown, USA

Arena Verlag Würzburg

Vierte verbesserte Auflage, 2007, Jace Wayland
Buch an Clary zurückgegeben und Simon wütend angestarrt

Die Originalausgabe erschien 2013 unter dem Titel *The Shadowhunter's Codex* bei Margaret K. Mcelderry Books, einem imprint der Simon & Schuster Children's Publishing Division, New York.

MIX
Papier aus verantwortungsvollen Quellen
FSC
www.fsc.org
FSC® C110508

1. Auflage als Sonderausgabe im Arena-Taschenbuch 2017
Für die deutschsprachige Ausgabe:

Aus dem Amerikanischen von Franca Fritz und Heinrich Koop
Umschlaggestaltung: Frauke Schneider unter Verwendung von Bildmaterial © Russell Gordon and Cliff Nielsen
Satz und Umschlagtypografie: KCS GmbH · Verlagsservice & Medienproduktion, Stelle/Hamburg
Gesamtherstellung: Westermann Druck Zwickau GmbH
ISSN 0518-4002
ISBN 978-3-401-50871-9

Besuche uns unter:
www.arena-verlag.de
www.twitter.com/arenaverlag
www.facebook.com/arenaverlagfans

INHALT

Willkommen und herzlichen Glückwunsch. Du wurdest auserwählt, einer der Nephilim zu werden. Schon bald – falls nicht bereits geschehen – wirst du aus dem Engelskelch trinken, das Blut der Engel aufnehmen und dich in einen »Schattenjäger« verwandeln, wie wir nach unserem Begründer Jonathan Shadowhunter genannt werden. Unsere immerwährende Aufgabe ist der Kampf gegen die Kräfte der Dunkelheit, die unablässig in unsere Welt vordringen. Darüber hinaus wahren wir den Frieden innerhalb der Schattenwelt – mit ihren magischen Geheimgesellschaften und Kreaturen, entstanden durch das Wirken genau jener Dämonen, die wir bekämpfen – und halten sie vor den Augen der Irdischen verborgen.

Und dies ist ab sofort auch *deine* Aufgabe. Du bist ein Beschützer, ein Verteidiger, ein fahrender Ritter im Auftrag der Engel. Du wirst dazu ausgebildet werden, gegen Dämonen zu kämpfen, Irdische zu beschützen und dich in der komplexen Gesellschaft der Schattenweltler – Werwölfe, Vampire und dergleichen – gefahrlos zu bewegen. Dein ganzes Leben wird bestimmt sein vom Kampf des Himmlischen gegen das Dämonische. Wenn du eines Tages abtrittst, wirst du ruhmreich abtreten.

Dies alles mag dir als eine einschüchternde Darstellung des Schattenjägerlebens erscheinen, aber die hohe Bedeutung und hehre Pflicht unseres Auftrags kann gar nicht oft genug betont werden. Die Aufnahme in die Gemeinschaft der Nephilim lässt sich nicht mit dem Eintritt in den irdischen Polizei- oder Militärdienst vergleichen. Das »Schattenjäger«-Dasein ist nicht einfach irgendeine Tätigkeit, sondern *es macht dich zu dem, der du bist*. Dein gesamtes Leben, jeder noch so kleine Teil, wird sich ändern, um der heiligen Aufgabe, für die du auserwählt wurdest, gerecht zu werden.

Dieser Codex soll dir die Anpassung an deine neue Umwelt erleichtern. Die meisten Schattenjäger werden in dieses Leben hineingeboren und wachsen damit auf; aber für dich werden viele der Dinge, die ihnen in Fleisch und Blut übergegangen sind, vollkommen neu sein. Du wurdest aus deinem irdischen Umfeld rekrutiert und wirst schon bald auf manches stoßen, das verwirrend und gefährlich ist. Dieses Buch wurde mit dem ausdrücklichen Ziel verfasst, alle Unklarheiten und Fragen zu beseitigen und deine Überlebenschancen zu verbessern, und zwar idealerweise so lange, bis du ein vollwertiges Mitglied der Nephilimgemeinschaft bist, mit Sitz und Stimme an deinem örtlichen Institut.

Es versteht sich von selbst, dass es gegen das Gesetz verstößt, den Codex an Dritte weiterzugeben, die keine Schattenjäger sind, oder an Irdische, die nicht die Aszension anstreben (siehe »Mischehen«, Seite 211).

WAS IST EIN SCHATTENJÄGER?

Die Nephilim sind die vom Engel Raziel berufenen Krieger auf Erden. Wir sind speziell dazu bestellt, das Übernatürliche in unserer Welt zu kontrollieren und zu beherrschen – damit sind sowohl reine Dämonen als auch jegliche übernatürlichen Wesen gemeint, die aus der Anwesenheit der Dämonen in unserer Welt hervorgegangen sind. Vor etwa tausend Jahren ließ uns der Engel Raziel die Mittel zur Bewältigung dieser Aufgabe zuteilwerden. Dabei handelt es sich im Einzelnen um:

- die Engelsinsignien, mit deren Hilfe wir Wahrheit von Lüge unterscheiden, mit den Engeln kommunizieren und weitere Nephilim erschaffen können,

– das Land Idris, in dem wir sowohl vor Dämonen als auch vor der irdischen Welt geschützt leben können,

– das Buch des Engels Raziel (auch »Graues Buch« genannt), mit dessen Hilfe wir die Engelsmagie zu unserem Schutz und unserer Stärkung nutzen können.

Dies sind die Gaben, die Raziel dem ersten Nephilim überreichte, Jonathan Shadowhunter, dem wir unseren Namen als Schattenjäger verdanken.

Ja, ja, ja. Wo ist der Teil, wo ich Kung-Fu lern!

WIE PRAKTISCH, DASS ER SO HIESS. HAT MAN GLEICH 'NEN PRIMA NAMEN ...

DER SCHATTENJÄGER-EID

Im Laufe der Jahrhunderte hat es viele Versionen des Eids gegeben, den alle neuen Nephilim ablegen, wenn sie aus dem Engelskelch trinken und unserer Gemeinschaft beitreten. Die derzeit gebräuchliche Variante entstand vor etwa einhundert Jahren im Zuge der Reformen, denen die damalige Verborgene Welt unterzogen war. Der aktuelle Eid ersetzte eine ältere Version, in der die Sprache recht martialisch war und der sich auf die Tatsache konzentrierte, dass Schattenjäger hauptsächlich gut im Töten anderer Wesen sein mussten. Wie für die damalige Zeit typisch, wurde der Eid in einer von mehreren heiligen Sprachen abgelegt – Latein, Sanskrit, Hebräisch o. Ä. – und galt deshalb eher als eine Formalität und nicht als ein Gelübde aus Worten, denen man sorgfältig zuhören und Beachtung schenken sollte.

Den genauen Wortlaut des Eids findest du im Anschluss. Du solltest dir die Zeilen sorgfältig einprägen, denn im Moment deiner Wandlung zum Nephilim musst du in der Lage sein, den Eid fehlerfrei abzulegen. Schon viele neue Schattenjäger haben sich beschwert, dass dies eine unnötige Bürde sei, doch darauf können wir nur Folgendes antworten: Halb himmlische Krieger gegen die dunklen Mächte der Welt sollten sich nicht von der Notwendigkeit schrecken lassen, gut einhundert Worte auswendig zu lernen.

Hiermit schwöre ich:

Ich werde Raziels Schwert sein, als Verlängerung seines Arms zur Bekämpfung des Bösen.
Ich werde Raziels Kelch sein, in Aufopferung meines Bluts für unser Mandat.
Ich werde Raziels Spiegel sein; wenn meine Feinde mich erblicken, sollen sie sein Antlitz in meinem erkennen.

Hiermit gelobe ich:

Ich werde mit dem Mut des Engels kämpfen.
Ich werde die Gerechtigkeit des Engels walten lassen.
Und ich werde mit der Gnade des Engels dienen.

Bis zum Moment meines Todes werde ich ein Nephilim sein. Ich verpflichte mich feierlich und wie im Bündnis geschrieben als Nephilim und ich verpflichte mein Leben und meine Familie der Nephilimgemeinschaft von Idris.

Das ist längst nicht alles – du verpflichtest dich damit zur Einhaltung von zigtausend Gesetzen, zusammengefasst unter »wie im Bündnis geschrieben«.

Hatte gedacht, der Eid ist irgendwie länger …

SCHATTENJÄGERNAMEN

Die meisten Aszendierenden, wie auch du einer bist, geben ihren alten Familiennamen zugunsten eines überlieferten Schattenjägernamens auf. Traditionsgemäß setzen sich die meisten Nephilimnamen aus zwei Bestandteilen zusammen, genau wie der Begriff »Schattenjäger«: »Schatten« + »Jäger«. Jonathan Shadowhunters ursprünglicher Name lautete natürlich nicht »Shadowhunter« – ein solcher Zufall wäre nun wirklich nicht zu fassen.

NM, mein Einwand wurde vorweggenommen. Codex 1, Simon 0.

»Ein solcher Zufall wäre nicht zu fassen« – aber ein zwanzig Meter großer Engel, der plötzlich auftaucht, ist anscheinend kein Problem …

Welchen Namen Jonathan Shadowhunter trug, bevor Raziel ihn zum ersten Nephilim machte, ist im Dunkel der Geschichte verloren gegangen; wir wissen nicht einmal, aus welchem Land er stammte. Raziel gab ihm den Namen Shadowhunter (in früheren Quellen getrennt oder mit Bindestrich geschrieben, z. B. »Shadow-Hunter«) als Symbol für seine Verwandlung. Zahlreichen Versionen der Geschichte gemäß sprach Raziel zu Jonathan die Worte: »Ich gewähre dir das Licht und das Feuer der Engel, um dir den Weg in der Finsternis zu weisen, denn du und deine Gefährten werden die Jäger der Schatten sein.« Wie die Masters of the Universe™ Eher nicht … ne, echt nicht

Der Auswahl eines Schattenjägernamens liegt eine gewisse Poesie zugrunde – es genügt nicht, einfach nur zwei Elemente zu einem Namen zu kombinieren. Der Name sollte etwas von deiner Persönlichkeit, deiner Heimat oder deinen Hoffnungen und Wünschen widerspiegeln. Als Anregung für eigene Namensideen findest du im Anschluss eine Liste geeigneter englischer Begriffe, die zusammengestellt werden können. Wähle einfach zwei aus und kombiniere sie. Meistens klingen die Begriffe in einer bestimmten Reihenfolge besser als in der umgekehrten Kombination.

Warte, bis du Jonathan Universemaster kennenlernst!

ANMERKUNG: NUTZE DEINEN GESUNDEN MENSCHENVERSTAND. Dein Name muss von der Kommission anerkannt werden, die auch deinen Antrag zur Aszension begutachtet. Versuche erst gar nicht, dir solche Namen wie Dragonrider oder Firedance oder Elfstar zu geben. Nephilim sollen möglichst wenig Aufsehen erregen. Und selbstverständlich sollte man Namen wie Hammerfist oder Bloodsteel ebenfalls meiden.

ALDER	BROWN	FAIR	HERON	OWL	SILVER	WAY
APPLE	BULL	FISH	HOOD	PEN	STAIR	WEATHER
ASH	CAR	FOX	HUNTER	PINE	STARK	WELL
ASPEN	CART	GOLD	KEY	RAVEN	STORM	WHEEL
BAY	CHERRY	GRAY	LAND	RED	THRUSH	WHITE
BEAR	CHILD	GREEN	LIGHT	ROSE	TOWER	WINE
BLACK	COCK	HALLOW	MAPLE	SCALE	TREE	WOLF
BLOOD	CROSS	HAWK	MARK	SCAR	WAIN	WOOD
BLUE	DOVE	HEAD	MERRY	SHADE	WALKER	WRIGHT
BOW	EARTH	HEART	NIGHT	SHADOW	WATER	YOUNG
BRANDY						

Wie lautet dein Schattenjägername?

~~Fairchild~~

Nicht zu fassen, dass du das echt eingetragen hast ...

DEFINITIV STORMWALKER ODER
NIGHTRAVEN – WAS MEINST DU?

BLOODSUCKER passt besser.

ECHT NICHT COOL, BRO.

DAS SCHATTENJÄGER-GLOSSAR

Müsste das nicht »Glossarium« heißen?

Die Welt, die du nun betrittst, ist geheim und vor den Augen der meisten Irdischen verborgen, von denen viele nicht einmal von unserer Existenz ahnen – ganz zu schweigen von den zahlreichen Arten von ~~Monstern~~ ATTRAKTIVEN INDIVIDUEN, deren zwischengesellschaftlicher Frieden zu unseren Aufgaben zählt. Naturgemäß erwähnen die Bewohner dieser Welt regelmäßig Orte und Dinge, die dir noch nicht geläufig sind. Deshalb geben wir dir diese kompakte Einführung an die Hand, die einige häufig verwendete Begriffe erläutert, welche in späteren Kapiteln selbstverständlich noch ausführlicher behandelt werden.

Na, Gott sei Dank.

LEUTE UND ORTE

Wir werden *Nephilim* oder *Schattenjäger* genannt. Wir sind die Nachkommen von Menschen und Engeln; der Erzengel *Raziel* hat uns unsere Kräfte und Fähigkeiten verliehen.

Hey.
Ich kenn dich nicht. Ich kann nicht mal raten, wer du bist. Aber ich bin jetzt mit dem Codex durch und finde, es wird Zeit, ihn weiterzugeben. Okay, ich hab überall reingekrakelt. Und ... rumgemalt. Aber ich denke, diese Version ist besser als ein nagelneuer Codex, weil ich nämlich einige Sachen korrigiert und ein paar Dinge hinzugefügt habe. Dadurch ist der Codex meiner Meinung nach jetzt wahrheitsgetreuer und außerdem enthält er weniger von dem politischen Zeug, das der Rat reingeschrieben hat, um sich in besonders gutem Licht zu präsentieren.
Also, dieser Codex gehört nun dir. Wer auch immer du bist. Aber eins steht fest: Wenn du den Codex gefunden hast, dann solltest du ihn auch finden.
Na, jedenfalls erst mal willkommen. Das hier ist der Codex. Ich hab immer gedacht, das wäre so was wie das Große Buch der Weisheit, aber er ist eher so was wie ein Feldhandbuch und bringt einem die Kniffe und Tricks eines Schattenjägers bei, der bereits von Dämonen gejagt wird. Das heißt auch: Ich bin eigentlich nicht der übliche Leser. Zum Glück hat Jace auch ein paar Anmerkungen gemacht. Er nimmt mein Training übrigens ein wenig zu ernst. Vermutlich weil alle anderen eh schon denken, dass wir nur so tun, als würden wir trainieren, aber in Wirklichkeit ständig rumknutschen. Und da Jace nun mal Jace ist, muss er alle vom Gegenteil überzeugen. Was extrem hartes Training bedeutet. Das ist übrigens auch der Grund, warum ich das hier mit einem Eisbeutel auf der Hüfte schreibe. Unser wichtigster Auftrag ist die Vernichtung von Dämonen, die in zahlreichen Arten und Formen existieren.

Simon ist eben aufgetaucht und hat verkündet, der Codex würde ihn an ein Dungeons-&-Dragons-Handbuch erinnern. »Weil es irgendwie die Regeln und so was erklärt: Vampire reagieren empfindlich auf … Feuer! Mit ihren messerscharfen Fangzähnen fügen sie dir einen 2d10-Schaden zu!« Gerade funkelt er mich ziemlich beißlustig an. Irgendwie sieht er aus wie ein Hamster. Im Ernst, ich liebe Simon wirklich, aber er ist der jämmerlichste Vampir, den es je gegeben hat …
Simon, du brauchst nicht mit den Fingern Pseudo-Vampirzähne darzustellen – du hast echte Fangzähne!

Warum Leute Schattenjäger werden, von Magnus Bane

Diese ganze Sache mit dem Codex ist ziemlich albern. Die meisten Schattenweltler reden davon, als würde es sich um einen geheimnisvollen Wälzer randvoll mit esoterischem Wissen handeln. Dabei ist er in Wahrheit eher ein Pfadfinderhandbuch.

Rätselhafterweise lässt er eine Frage völlig außer Acht: *Warum* wird jemand zum Schattenjäger? Aber du solltest wissen, dass die Leute aus zahlreichen lächerlichen Gründen Schattenjäger werden.

Hier folgt also eine Ergänzung zu deiner Ausgabe.

Sei gegrüßt, junger aufstrebender Schattenjägerlehrling – vielleicht bist du ja theoretisch bereits ein Schattenjäger. Ich kann mir nie merken, ob man zuerst aus dem Kelch trinkt oder zuerst das Buch bekommt. Egal, jedenfalls herzlichen Glückwunsch. Du wurdest soeben von der Monsterpolizei angeworben. Vielleicht fragst du dich ja, warum? *Warum wurde von allen Irdischen ausgerechnet ich dazu auserwählt, diesem exklusiven Club beizutreten, der größtenteils – zumindest historisch betrachtet – aus blutrünstigen Psychopathen besteht?*

Mögliche Gründe:

1. Du besitzt ein robustes Herz, einen starken Willen und einen kraftvollen Körper.
2. Du besitzt einen robusten Körper, einen kraftvollen Willen und ein starkes Herz.
3. Regionale Schattenjäger bestrafen dich ironischerweise, indem sie dich zu einem der Ihren machen.
4. Ironischerweise wurdest du von einem regionalen Institut angeworben als Strafe für deine schlechte Behandlung von Schattenweltlern.
5. Dein Haus, Ort oder Land wird von Dämonen belagert.
6. Dein Haus, Ort oder Land wird von abtrünnigen Schattenwesen belagert.
7. Du warst zur falschen Zeit am falschen Ort.

8. Du weißt zu viel und musst angeworben werden, weil das Geheimnis der Verborgenen Welt für dich kein Geheimnis mehr ist.
9. Du weißt zu wenig, aber es wäre für die Schattenjäger sehr nützlich, wenn du mehr wüsstest.
10. Du weißt genau die richtige Menge, was dich zu einem Naturtalent und Wunschkandidaten der Schattenjäger macht.
11. Du besitzt eine angeborene Widerstandskraft gegen Zauberglanz-Magie und musst angeworben werden, damit du schweigst und einen gewissen Grundschutz erhältst.
12. Du besitzt bereits einen zusammengesetzten Familiennamen und hast jemand Wichtiges davon überzeugt, dass deine Familie eine Schattenjägerfamilie ist und das Schattenjägertum lediglich durch Generationen von schlechter Erziehung geschwächt wurde.
13. Du hattest eine heiße Affäre mit einem Mitglied der Kongregation – und nun versucht er, seine Spuren zu verwischen.
14. Schattenjäger, die sich sorgen, sie seien nicht mehr hochmütig und herablassend genug, haben dich auserwählt als dringend benötigte Auffrischung an hochmütiger Herablassung.
15. Du wurdest von einem radioaktiven Schattenjäger gebissen, wodurch du die proportionale Kraft und Schnelligkeit eines Schattenjägers erhalten hast.
16. Ein großer, bärtiger Mann auf einem fliegenden Motorrad ist bei dir aufgetaucht, um dich in ein Schattenjägerinternat zu bringen. (Anmerkung: Die Anwesenheit von fliegenden Motorrädern deutet darauf hin, dass der bärtige Mann möglicherweise ein Vampir ist.)
17. Deine Mom hat sich jahrelang vor deinem bösartigen Dad versteckt gehalten und du hast erst vor ein paar Wochen herausgefunden, dass du ein Schattenjäger bist.

Ja, du hast richtig gelesen: siebzehn Gründe. Denn mehr sind mir im Moment nicht eingefallen. Und jetzt lauf los, kleiner Schattenjäger, und lerne, Dinge zu töten. Und sei immer nett zu Schattenweltlern.

Darüber hinaus bemühen wir uns, den Frieden zwischen verschiedenen halbmenschlichen Bevölkerungsgruppen zu wahren, die unter dem Oberbegriff *Schattenweltler* zusammengefasst werden. Bei diesen Gruppen handelt es sich im Einzelnen um *Werwölfe*, *Vampire*, *Feenwesen* und *Hexenwesen*. Wir Schattenjäger wachen über einen völkerrechtlichen Vertrag, das *Abkommen* genannt, der festlegt, auf welche Weise wir und die anderen Gruppen interagieren, welche Rechte und Pflichten jede Gruppe hat und welche Einschränkungen gelten. Das Abkommen wird alle fünfzehn Jahre überarbeitet und von Abgesandten der Nephilim und aller Schattenweltler-Gruppen unterzeichnet.

Wir haben unser eigenes geheimes Heimatland: *Idris*, tief verborgen im Herzen Europas. Die Hauptstadt – genau genommen die einzige Stadt – heißt *Alicante*. Es ist der Ort, wo die Kongregation tagt und die Ratssitzungen stattfinden (siehe unten).

Die meisten Schattenjäger trainieren schon von klein auf ihre Kampfkünste. Lediglich die Mitglieder unserer beiden Ordensgemeinschaften – die *Brüder der Stille* und die *Eisernen Schwestern* – bilden eine Ausnahme. Die Brüder dienen als Hüter unseres gesammelten, überlieferten Wissens: Sie sind unsere Archivare, Bibliothekare, Gelehrten und Ärzte. Sie residieren in der *Stadt der Stille*, einem Ort tief unter der Erde mit zahlreichen Ebenen, von denen viele selbst den meisten Schattenjägern nicht bekannt oder gar zugänglich sind. Die Schwestern entwerfen und schmieden unsere Waffen. Sie sind die Hüterinnen des *Adamant*, des heiligen Metalls, das Raziel uns zu unserer Verwendung überreicht hat. Die Eisernen Schwestern residieren in der *Adamant*-Zitadelle, die an einem noch geheimeren Ort liegt als die Stadt der Stille. Die Zitadelle kann nur von Mitgliedern des Ordens betreten werden; mögliche Besucher werden in einem vorgelagerten Empfangsraum begrüßt.

Besessen von Geheimniskrämerei?
Ach wo, die doch nicht!

RAT, KONGREGATION, KONSUL, BÜNDNIS

Der *Rat* ist der kollektive Name für das politische Organ, das sich aus allen aktiven Nephilim zusammensetzt. Sämtliche Schattenjäger, die die Autorität Idris' anerkennen – und das sollten alle sein, die nicht ausgetreten sind –, bilden den Rat oder auch die Gemeinschaft der Nephilim. Bei Erreichen der Volljährigkeit im Alter von achtzehn Jahren legt jeder Schattenjäger seinen Treueeid gegenüber dem Rat ab; er oder sie wird dadurch zu einem vollwertigen Ratsmitglied, mit dem Recht, zu debattierten Themen seine Meinung zu äußern. Der Rat hütet und interpretiert die Gesetze und trifft Entscheidungen zur Führung der Nephilim durch den Lauf der Jahrhunderte.

Was ist, wenn man diesen Treueeid nicht ablegt?

Das nennt man »Austritt aus der Nephilimgemeinschaft« – kommt später noch.

Kleinere, eher regionale Gruppen von Schattenjägern – z. B. die Schattenjäger eines bestimmten Landes oder einer besonders großen Stadt – sind zu sogenannten »Brigaden« zusammengefasst (in Amerika und Australien »Division« genannt). Diese regionalen Zusammenschlüsse koordinieren ihre eigene Beschlussfassung und Organisationsstruktur vor Ort; allerdings obliegt dem Rat die Verantwortung zur Ernennung der Institutsleiter. Der Rat kann in bestimmten Fällen intervenieren, in denen eine Brigade oder Division auf eine Weise organisiert ist, die dem Geist der Nephilim als Ganzem widerspricht (beispielsweise wenn ein einzelner Schattenjäger versucht, die Alleinherrschaft über alle umliegenden Schattenweltgesellschaften an sich zu reißen, wie etwa bei dem berüchtigten, mit Menschenopfern verbundenen Personenkult des Hezekiah Short, der sich in den 1930er-Jahren im Südosten Mexikos in den Ruinen einer antiken Maya-Anlage ereignete).

Die *Kongregation* ist das Führungsgremium des Rats. Zu früheren Zeiten gab es weltweit nur so wenige Schattenjäger, dass in wichtigen Angelegenheiten sämtliche Ratsmitglieder nach ihrer Meinung befragt werden konnten. Seitdem sind viele Jahrhunderte vergangen. Als Repräsentation der gesamten Nephilimgemeinschaft besitzt die

Kongregation weiterhin die Befugnis, alle Schattenjäger zu jedem gewünschten Zeitpunkt nach Idris zu bestellen. Heutzutage entsenden die regionalen Brigaden und Divisionen einen Abgesandten in die Kongregation, wenn es um Angelegenheiten geht, die nicht vom gesamten Rat beschlossen werden müssen. Die Brigaden können selbst darüber entscheiden, auf welche Weise dieser Abgesandte bestimmt wird. In den meisten Fällen genügt eine einfache Wahl oder das Oberhaupt der Brigade ernennt einen Abgesandten. Manchmal übernimmt er oder sie diese Aufgabe auch selbst. Einige Regionen verfügen über besonders einfallsreiche Methoden zur Ernennung ihres Abgesandten. So wurde beispielsweise in Frankreich zu Zeiten des Sonnenkönigs der Kongregationsrepräsentant durch einen Tanzwettbewerb ermittelt. Und die Brigade in Sankt Petersburg veranstaltet bis zum heutigen Tag ein jährlich stattfindendes Schachturnier: Der Teilnehmer, der die meisten Partien verliert, wird zum Abgesandten ernannt.

Der *Konsul* ist der ranghöchste Amtsträger des Rats. Sein Amt lässt sich eher mit dem eines Parlamentspräsidenten als mit dem eines absoluten Herrschers vergleichen, denn seine Befugnisse sind begrenzt und repräsentativer Art: Er führt offiziell den Vorsitz über die Kongregation, übernimmt die Auszählung bei Abstimmungen und unterstützt den Rat bei der Auslegung der Gesetze. Außerdem steht er dem Inquisitor beratend zur Seite und gilt als Ansprechpartner für alle Institutsleiter. Seine einzigen unmittelbaren Machtbefugnisse sind die Einberufung aller Kongregationsmitglieder zu einer Versammlung sowie die Entscheidungsgewalt bei Auseinandersetzungen zwischen Schattenjägern. Die Nephilim kennen keine solch unzivilisierten irdischen Vorstellungen wie politische Parteien; der Konsul wird von der Kongregation gewählt und kann – wie die meisten Parlamentspräsidenten – durch ein Misstrauensvotum seines Amtes enthoben werden.

All diese Organe verbindet das *Bündnis*, ein anderer Name für die

Gesetzessammlung der Nephilim. Es liefert die Richtlinien und Verhaltensmaßregeln für Schattenjäger und Schattenweltler. Kraft dieses Bündnisvertrags sorgen die Nephilim für die Einhaltung der Gesetze in der Verborgenen Welt. (Es hat Epochen und Regionen gegeben, in denen diese Gesetze eher mit Gewalt als über das Bündnis durchgesetzt wurden, aber glücklicherweise leben wir heute in einem aufgeklärteren Zeitalter.) Das Bündnis schützt das Recht der Schattenjäger, für zivilisierte Beziehungen zwischen dem Rat, der Verborgenen Welt und der Welt der Irdischen zu sorgen. Ebenso wahrt das Bündnis die Rechte der Schattenweltler, sodass sie nicht von Schattenjägern misshandelt werden dürfen.

Dieser Bündnisvertrag garantiert überdies, dass die Verborgene Welt vor den Augen der Irdischen verborgen bleibt. Die Nephilim haben einen Eid darauf geleistet, Irdischen keinerlei Kenntnis von der Verborgenen Welt zuteilwerden zu lassen – es sei denn, eine solche Enthüllung lässt sich nicht vermeiden. Auch alle Schattenweltler, die das Abkommen unterzeichnet haben, verpflichten sich zur Einhaltung dieser Vorschrift. Dämonen sind zwar ein großer unberechenbarer Faktor in der Frage der Geheimhaltung, aber bislang scheinen auch sie der Ansicht gewesen zu sein, dass eine Geheimhaltung der Verborgenen Welt ihren eigenen Interessen nützt.

Diese Beschreibung lässt das Bündnis einfach erscheinen, doch das Kleingedruckte dieses Vertrages umfasst mehr oder weniger das gesamte Rechtssystem der Nephilim und spezifiziert nicht nur das Strafgesetzbuch, auf das sich die Schattenjäger und die verschiedenen Schattenweltgesellschaften verständigt haben, sondern auch die Art und Weise der strafrechtlichen Verfolgung, die Durchführung der Gerichtsverfahren usw. Dies bedeutet, dass sowohl die Schattenjäger als auch die Schattenweltler sich zur Wahrung ihrer Rechte auf das Bündnis berufen dürfen. So können Nephilim beispielsweise auf das Bündnis schwören, um vertrauliche Informationen zu wahren, die ihnen im Rahmen ihrer Ermittlungen mitgeteilt wurden.

Das Bündnis existiert schon sehr viel länger als das Abkommen, welches seinerseits als Sammlung verfassungsmäßiger Grundrechte betrachtet werden kann; Zusätze also zum Bündnisvertrag, die von allen Mitgliedern der Verborgenen Welt als Heimatrecht anerkannt werden.

DISKUSSIONSFRAGEN UND ANREGUNGEN FÜR EXPERIMENTE

1. Was ist dir an den Worten aufgefallen, die zu einem Schattenjägernamen kombiniert werden können? Was haben sie gemein? Was könnte das über die Identität der Schattenjäger aussagen und über das, was Familiennamen zum Ausdruck bringen sollen?

SIMON NIGHTRAVEN BRAUCHT KEINE DISKUSSIONSFRAGEN.

Das ist nicht dein Buch, Simon! UND DU BRAUCHST AUCH KEINE DISKUSSIONSFRAGEN

CLARY HORSEPHONE.

2. Weißt du, wer dein örtliches Kongregationsmitglied ist? Weißt du, wer dein hiesiges Institut leitet? Finde es heraus!

Jaja. Okay. Wer?

Das steht da aber nicht!

Komm am Ende der Stunde zu mir.

3. Versuch: Stell dich selbst einem Bruder der Stille vor! Das Erscheinungsbild der Stillen Brüder mag zwar einschüchternd wirken, aber du wirst feststellen, dass sie recht freundlich und geduldig sind. (Anmerkung: Versuche zu diesem Zeitpunkt noch nicht, dich einer der Eisernen Schwestern vorzustellen.)

____

____

____

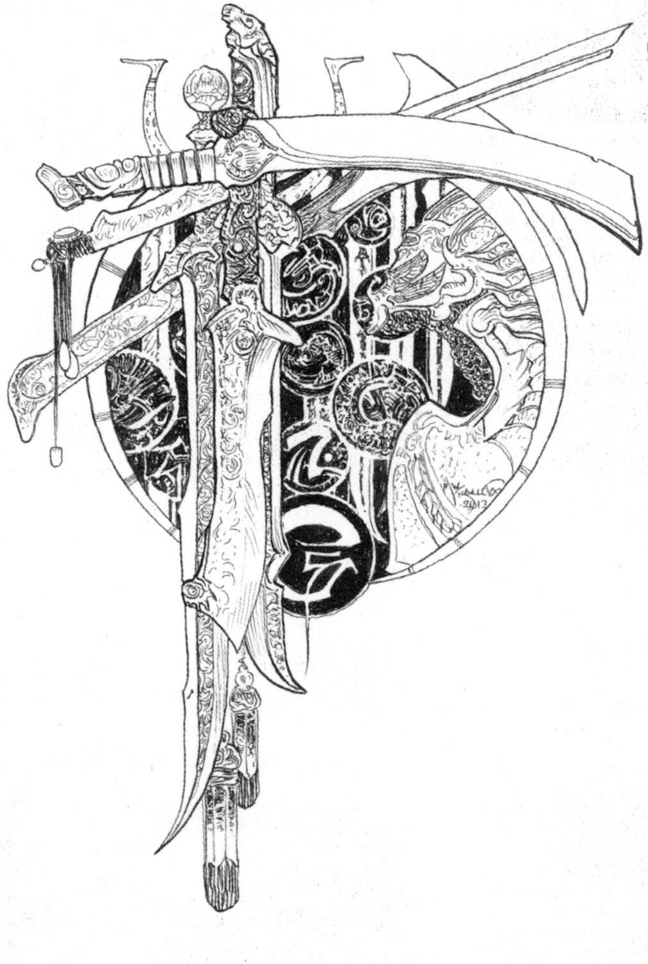

KAPITEL EINS

WAFFEN-KUNDE

WAFFEN

DIE WAHL EINER WAFFE

Schattenjäger verwenden keine Schusswaffen – unser Kampfstil zeichnet sich eher durch Nahkampf und kurze, improvisierte Konfrontationen aus als durch langfristig geplante Feldschlachten. Daher besteht die typische Waffenausrüstung der Nephilim aus ebenjenen Handwaffen, die die Menschen seit Jahrtausenden benutzen. Jede dieser sogenannten Blankwaffen ist in zahlreichen Varianten regional unterschiedlich erhältlich, sodass du dein Training auf die Waffe abstimmen solltest, die in deiner Region üblich ist. Im Folgenden findest du eine kurze Erläuterung der diversen Waffenkategorien und ihrer jeweiligen Vor- und Nachteile.

Es empfiehlt sich, möglichst schnell Grundkenntnisse im Gebrauch all dieser Waffen zu erwerben. Denn Dämonen gibt es in unendlich vielen Formen und Varianten und ein Nephilim weiß nie, ob er oder sie nicht plötzlich einem Feind gegenübersteht, bei dem sich die eigene Lieblingswaffe als vollkommen nutzlos herausstellt. Dennoch solltest du dich eingehend mit der Frage beschäftigen, in welcher Waffenart du dich spezialisieren möchtest. Manche fühlen sich zum Langschwert hingezogen, während andere eine natürliche Begabung für Pfeil und Bogen besitzen. Gerade das Anfangsstadium deines Trainings befasst sich mit der Suche nach der Schnittstelle, die deine persönlichen Interessen mit deinen angeborenen Fähigkeiten am besten vereint.

Jedes gut sortierte Institut sollte eine Auswahl aller hier vorgestellten Waffen führen. Zusätzlich muss es weitere nützliche Kampfausrüstung bereithalten wie etwa: Bindedraht aus Silber, Gold und/oder Elektrum; Holzpflöcke aus Eiche und Esche; Schutzamulette; verschiedene heilige Symbole der großen Weltreligionen; grundlegende magische Utensilien (Kreide, Eisenspäne, kleine Phiole mit Tierblut u. a.). Ein wirklich gut ausgestattetes Großstadtinstitut wird darüber hinaus noch über Bleischwerter, heilige Trompeten, Knochenstäbe und andere regionale Spezialwaffen verfügen.

Wusstest du schon ...?
Schattenjägerwaffen sind mit Runen versehen. Während nur Seraphklingen Dämonen dauerhaft Schaden zufügen, können Engelsrunen auf den übrigen Waffen zumindest die Heilfähigkeit von getroffenen Dämonen herabsetzen. Ohne diese Runen würde jeder Dämon die Verletzungen eines Schlags mit unseren Waffen einfach nur abschütteln.

SCHWERTER

Schwerter sind Klingenwaffen mit langem Heft, die den Gegner sowohl durch Hiebe als auch durch Stiche verletzen – von leichten, flexiblen und einhändig geführten Klingen wie dem Degen bis hin zu schweren Waffen wie dem Claymore, einem schottischen Langschwert, das mit beiden Händen geführt wird und dessen Klinge manchen Träger an Länge überragt. Von wenigen Ausnahmen abgesehen, sind sämtliche übrige Klingenwaffen zwischen diesen beiden Extremen einzuordnen.

Im Allgemeinen legen Schattenjäger im Kampf Wert auf Schnelligkeit und Wendigkeit; daher bevorzugen diejenigen, die sich auf den Schwertkampf spezialisieren, in der Regel kleinere, einhändig

geführte Klingenwaffen. Aber natürlich gibt es auch Ausnahmen. Anmerkung: Falls du noch nie ein Schwert geführt hast, wirst du möglicherweise überrascht feststellen, wie schnell dein Arm ermüdet, selbst wenn du nur eine leichte Klinge hältst. Eine einfache Übung zur Vorbereitung auf die erste Trainingsstunde besteht darin, dein Schwert eine Weile mit gestrecktem Arm vorm Körper zu halten. Sobald du das Schwert dreißig Minuten lang auf diese Weise waagerecht und bewegungslos in der Luft halten kannst, bist du bereit für die eigentliche Kampfausbildung.

MESSER UND DOLCHE

Diese kleineren Klingen sind im Kampf weniger ermüdend und werden häufig in beiden Händen gleichzeitig geführt. Ihr Nachteil besteht natürlich darin, dass sie eine geringere Reichweite besitzen als ein Schwert, sodass du bei ihrem Einsatz näher an deinen Feind herankommen musst. Andererseits lassen sie sich besser verbergen als ein Schwert. Bei der Verwendung der oben beschriebenen Seraphklingen kommen in der Regel Techniken aus dem Dolchkampf zum Einsatz. Daher solltest du dich mit diesen Waffen unbedingt vertraut machen, um ihren Gebrauch sicher zu beherrschen.

Vielen Dank, Codex, ich wusste ja gar nicht, was ein Messer ist …

Möglicherweise möchtest du auch lernen, wie man ein Messer bzw. einen Dolch fachgerecht wirft. Allerdings erfordert diese Technik sehr viel Geschick und Training. Außerdem sind Dolche aufwendiger und teurer in der Herstellung als Pfeile, was man unbedingt berücksichtigen sollte, da man einen Dolch möglicherweise bereits nach einem einzigen Wurf verliert. Dennoch bevorzugen viele Schattenjäger die Kunst des Messerwurfs, da diese oft durch einen theatralisch-dramatischen Charakter gekennzeichnet ist.

HAHA, JACE WIRFT MESSER WEGEN SEINES THEATRALISCH-DRAMATISCHEN CHARAKTERS.

Wir waren alle mal 14. Du hättest diese Technik ebenfalls gelernt, wenn du Gelegenheit dazu gehabt hättest.

STREITKOLBEN, ÄXTE, HAMMER UND ÄHNLICHES

TOUCHÉ, WIE AUCH IMMER DEIN NACHNAME LAUTET.

Diejenigen, die im Kampf keinen Wert auf Raffinesse legen, sollten sich vermutlich auf Waffen dieser Kategorie spezialisieren, bei denen der Gegner einfach mit einem schweren, vorzugsweise spitzen Stück Metall niedergeknüppelt wird. Du wirst nur wenigen Kreaturen begegnen, die sich nicht mit ausreichender Schlagkraft besiegen lassen. Der große Vorteil dieser Waffen besteht darin, dass sie auch dann effektiv sind, wenn man ihren Gebrauch nicht bis ins kleinste Detail geübt hat. Denn hierbei ist lediglich brutale Kraft und ausreichend Platz zum Schwingen der Waffe erforderlich.

OH JA, BITTE, CLARY. KLEINES MÄDCHEN MIT EINEM GIGANTISCHEN HAMMER! VOLL ANIME!

Auch diese Waffen haben Nachteile: Sie sind kaum zu verbergen und entfalten ihre volle Wirkung nur, wenn die Haut des Gegners schwächer ist als das Material der Waffe. Dies mag zwar auf die meisten Schattenweltler zutreffen, gilt aber für die wenigsten Dämonen.

Im richtigen Leben hat das kleine Mädchen mit dem gigantischen Hammer auch gigantische Armmuskeln.

Streitflegel und Morgensterne, bei denen der oben erwähnte schwere Metallbrocken mit einer Kette am Griffstück befestigt ist und die daher mit mehr Wucht geschwungen werden können, verleihen zwar zusätzlich Schlagkraft, bringen aber auch das Risiko mit sich, dass man sich selbst – oder die Person neben sich – versehentlich trifft.

STANGENWAFFEN, PIKEN, SPEERE, LANZEN

Diese Waffen sind fast so variantenreich wie die Armeen der Menschheitsgeschichte, aber sie zeichnen sich im Grunde durch ein einheitliches Design aus: eine spitze Klinge am Ende einer langen, soliden Holzstange. Früher dienten sie dazu, einem Krieger größere Weitreiche zu verschaffen – sehr nützlich im Kampf gegen einen Feind zu Pferde (oder gegen Dämonen auf dem Rücken einer riesigen Echse), gegen tentakelbewehrte Dämonen oder solche mit unanständig langen Armen usw. Doch heutzutage gehört der berittene Kampf eher der Vergangenheit an und es lohnt kaum die Mühe, eine spitze, fast zwei Meter lange Stange mit sich herumzuschleppen. Höchstwahrscheinlich siehst du solche Waffen nur noch als zeremonielle Ausstattung von Schattenjägergarden (die übrigens noch andere Waffen bei sich tragen, auf welche sie im Notfall zurückgreifen würden).

BOGEN UND ARMBRÜSTE

Bogen und Armbrust sind die bevorzugten Distanzwaffen der Nephilim: leicht und gut zu transportieren. Außerdem kann man ohne großen Aufwand eine erstaunliche Anzahl von Pfeilen mit sich führen. Viele Schattenjäger haben Pfeilspitzen aus verschiedenen Materialien in ihrem Köcher, die sich für den Kampf gegen unterschiedliche Gegner eignen. (Wir empfehlen zur leichteren Identifizierung der Pfeile eine Farbcodierung der Befiederung.)

Genau wie der Schwertkampf ist auch das Bogenschießen eine komplexe und trainingsintensive Kampfkunst und du wirst unermüdlich üben müssen, um in einem richtigen Kampf sicher mit Pfeil und Bogen umgehen zu können. Die Nephilim benutzen diese Waffen nur selten aus einer sicheren, verschanzten Position heraus, wie etwa bei der Verteidigung einer belagerten Burg. Stattdessen solltest du damit rechnen, inmitten des größten Kampfgetümmels deinen Bogen mit Pfeilen bestücken, sorgfältig zielen und sicher schießen zu müssen. Umgekehrt brauchst du dir keine Sorgen zu machen, dass dich dein Ausbilder mit Pfeil und Bogen in den Kampf ziehen lässt, solange du nicht ordentliche Fähigkeiten im Umgang mit dieser Waffe gezeigt hast.

IMPROVISIERTE WAFFEN

Alle Nephilim sind im Gebrauch von Waffen geschult, welche einen wichtigen Bestandteil unserer Kampfmethoden bilden. Aber vergiss niemals, dass ein Schattenjäger ohne Waffen keineswegs schutzlos ist. Der Kampf gegen Dämonen findet oft unter extremen Bedingungen statt und im Notfall lässt sich aus fast allem eine Waffe improvisieren – denke beispielsweise an einen Ast, einen Feuerbock oder eine Handvoll Kieselsteine, die man dem Gegner ins Gesicht schleudert. Auch der eigene Körper ist eine nicht zu unterschätzende Waffe: Die Nephilim trainieren jahrelang mit dem Ziel, schneller und kräftiger zu werden als Irdische, und sie werden in der Hitze des Gefechts nie ihre eigenen Stärken und Fähigkeiten vergessen, sondern diese sinnvoll einsetzen. Eine Waffe allein gewinnt keinen Krieg – sondern nur der Nephilim, der oder die die Waffe führt.

EXOTISCHE WAFFEN

Natürlich gibt es so viele ungewöhnliche, seltene und exotische Waffen, wie es menschliche Kulturen gibt. Und vermutlich wirst du feststellen, dass die Nephilim deiner Region einige seltene Waffen kennen und nutzen, die sich von den üblichen Waffentypen unterscheiden – wie etwa Peitsche, Stockdegen, Waffen asiatischer Kampfsportarten, zu Klingen umgewandelte Haushaltsgegenstände etc. Diese ungewöhnlichen »Spezialwaffen« sind keineswegs verboten oder unerwünscht. Im Gegenteil: Ein Schattenjäger wird im Umgang mit einer Waffe, zu der er einen natürlichen Hang empfindet, sehr viel effektiver sein als mit einer Waffe, deren Gebrauch ihm das Trainingshandbuch vorschreibt.

An dieser Stelle soll auf zwei besonders exotische Waffen hingewiesen werden: eine himmlische und eine dämonische.

Der *Aegis* ist ein Dolch, der in Engelsblut getaucht und gehärtet wurde. Wie du dir sicher denken kannst, sind diese Waffen extrem selten, da Engelsblut nur äußerst schwer zu beschaffen ist. Die Nephilim verfügen lediglich über eine eng begrenzte Anzahl dieser Dolche, welche die Eisernen Schwestern unter Verschluss halten. Sie können zwar für die Waffenkammer eines Instituts angefordert werden, doch dazu bedarf es eines triftigen Grundes. Die Eisernen Schwestern geben diese Dolche nur sehr ungern an Schattenjäger aus.

Der *Athame* ist ein beidseitig geschliffener Zeremoniendolch, meist mit schwarzem Griff und

Dämonenrunen versehen. Er wird bei der Beschwörung von Dämonen verwendet – beispielsweise bei Blutritualen und zur Bündelung und Lenkung magischer Kräfte – und dient ausschließlich rituellen Zwecken. Im Kampf eingesetzt, verliert diese Waffe ihre besondere Kraft. Da es sich um eines der vier wichtigsten Ritual-Werkzeuge der neuheidnischen Wicca-Religion handelt, sind unter Irdischen sehr viele falsche *Athame* im Umlauf. Selbstverständlich können Hexenwesen diese auf den ersten Blick von echten Zeremoniendolchen unterscheiden, Irdische jedoch nicht. Das führt manchmal dazu, dass ein Irdischer versehentlich einen echten *Athame* besitzt, was ein großes Risiko darstellt.

SERAPHKLINGEN

Es gibt eine Sage rund um die Entstehung der ersten Seraphklinge, die möglicherweise einen wahren Kern besitzt. Die Geschichte geht zurück auf die Frühzeit der Eisernen Schwestern, als dieser Orden noch jung war und die *Adamant*-Zitadelle kaum mehr war als eine einzelne *Adamant*-Schmiede, umgeben von einem Wall aus Schutzzaubern. Damals war der Pfad von der Welt der Irdischen zur Vulkanebene der Zitadelle noch nicht so gut verborgen und geschützt wie heutzutage. Der Sage nach soll ein Dämon, ein Drache – denn zu jener Zeit waren Drachen-Dämonen noch weitverbreitet – den Weg zum Standort der Zitadelle gefunden haben. Der Dämon traf die einzige Eiserne Schwester, die sich zu diesem Zeitpunkt in der Schmiede aufhielt, vollkommen überrascht und unbewaffnet an, da sie darauf vertraut hatte, dass die Schmiede der Schwestern von Feinden nicht aufzustöbern sei.

Höhnisch lachend watete der Drache durch die Lavafelder wie durch einen flachen Bach. Die Eiserne Schwester schaute sich verzweifelt nach einer Waffe um, aber in der Schmiede lagen nur ein paar frisch geschürfte *Adamant*-Stücke, die auf ihre Weiterverarbeitung warteten. Also griff die Schwester nach einem der spitzen Metallsplitter und hielt ihn wie ein Lanzenträger zwischen sich und den angreifenden Dämon. Ihre Hand zitterte, doch sie fürchtete weniger um ihr Leben als um den Fortbestand der gesamten Schwesternschaft: Wenn die Dämonen den Weg zur Zitadelle erst mal gefunden hatten, würde es nicht mehr lange dauern, bis sie die Schwestern vollständig überrannten.

In ihrer Panik schickte die Schwester mehrere Stoßgebete gen Himmel an die Kräfte des Guten, und als der Drache sich auf sie stürzte, verwünschte sie ihn im Namen des Erzengels Michael, dem Bezwinger des Samael und Anführer der himmlischen Heerscharen. Augenblicklich leuchtete der *Adamant*-Splitter auf, weißbläulich und grell wie Himmlisches Feuer. Obwohl das Metallstück der Schwester die Hand verbrannte, umklammerte sie die improvisierte Lanze fest und rammte sie dem Dämon mit aller Kraft in die weiche Haut unter dem Kinn. Dabei erwartete sie nicht viel mehr, als den Drachen zu verletzen und sich so etwas Zeit zur Flucht zu verschaffen.

Stattdessen bohrte sich der *Adamant*-Speer mühelos durch den Hals des Drachen und Himmlische Flammen loderten in der Wunde auf. Der Dämon kreischte auf und begann, lichterloh zu brennen. Während die Eiserne Schwester ihn gebannt anstarrte, taumelte er rückwärts, auf eine Weise verwundet, wie sie es bei einem Dämon noch nie beobachtet hatte. Geschwächt brach der Drache über dem Lavagraben zusammen, der die Schmiede umringte, und verglühte eine Stunde lang.

Erschöpft sank die Schwester auf die Knie und sah zu, wie das Gerippe des Drachen sich auflöste und aus dieser Welt verschwand. Niemand hätte es ihr verübelt, wenn sie eine Erholungspause eingelegt hätte, aber sie war nun einmal eine Eiserne Schwester. Als die anderen Schwestern ein paar Stunden später in die Schmiede kamen, hatte sie herausgefunden, woher die Macht der von ihr entdeckten

Kraft stammte, und auf einem Pergamentbogen bereits die ersten Entwürfe für eine Seraphklinge gezeichnet. *Wow, echt taffe Ladys, diese Eisernen Schwestern!*

Heutzutage sind Seraphklingen oder Engelsschwerter die wichtigste Waffe der Nephilim. Sie schimmern klar wie Glas, sind in der Regel zweischneidig und etwa sechzig Zentimeter lang. Da sie aus *Adamant* gefertigt werden, zeichnen sie sich durch eine extrem glatte Oberfläche aus, deren Schneide nicht mehr nachgeschliffen werden muss – also eine mächtige Waffe gegen jegliche Feinde. Die wahre Kraft einer Seraphklinge zeigt sich allerdings erst, wenn sie benannt wird – wenn ein Schattenjäger sie in der Hand hält und den Namen eines Engels anruft. Es heißt, der Geist des betreffenden Engels beseelt dann die Klinge für eine gewisse Zeit, sodass die Waffe hell mit Himmlischem Feuer leuchtet, wie das Flammenschwert des Engels, der das Tor zum Paradies bewacht.

Das Himmlische Feuer besitzt eine tödliche Wirkung auf Dämonen. Genau wie Werwölfe und Vampire erholen sich Dämonen meist schnell von herkömmlichen Verletzungen. Wir Nephilim versehen unsere irdischen Waffen zwar mit Runen (siehe unten), um sie zu verstärken, aber dennoch können wir die Dämonen nur auf eine Weise verletzen, die sie zwingt, sich kurz zurückzuziehen und sozusagen ihre Wunden zu lecken. Ausschließlich Seraphklingen sind in der Lage, Dämonen dauerhaft zu schädigen, sodass sie sich für einen langen Heilprozess verkriechen oder sogar in das Endlose Nichts zurückkehren müssen.

Mit der Zeit erschöpft sich die Kraft einer aktivierten Seraphklinge; die Waffe kann aber von den Eisernen Schwestern wieder erneuert werden, um weiterhin Verwendung zu finden. Leere Engelsschwerter, deren Kraft aufgebraucht ist, werden in der Waffenkammer deines örtlichen Instituts gesammelt, damit sie erneuert werden können. *Und megataff im Recyceln sind die Schwestern auch …*

Beachte bitte, dass Seraphklingen im Kampf gegen Irdische nicht das richtige Mittel der Wahl darstellen, weil sie viel zu mächtig sind.

Während Schattenweltler durch diese Waffen auf ähnliche Weise verletzt werden wie Dämonen, würde ein getroffener Irdischer in Flammen aufgehen und bei lebendigem Leibe verbrennen.

Vom Rat offiziell als »abgefahren« eingestuft!

Ein solches Schicksal brauchen wir Schattenjäger dank unseres Engelsblutes nicht zu befürchten, dennoch kann eine aktivierte Seraphklinge ihrem Träger bei versehentlicher Berührung schwere Brandblasen zufügen. Aus diesem Grund solltest du diese Waffen erst dann in die Hand nehmen, wenn du mit der Engelskraft-Rune versehen bist (welche normalerweise unterhalb der Kehlgrube oder auf der Innenseite der Handgelenke platziert wird). Ein Nephilim, der von einer Seraphklinge durchbohrt wird, würde also nicht in Flammen aufgehen. Aber man sollte nicht vergessen, dass es sich bei Engelsschwertern nach wie vor um scharfe Waffen handelt, die einen Schattenjäger genau wie jedes andere Schwert oder Messer töten können.

Übrigens: Die meisten Schattenjäger glauben, wir müssen die Seraphklingen nur deshalb benennen, weil Jonathan Shadowhunter es für wichtig hielt, dass alle möglichst viele Engelsnamen kennen. Dieser Typ war echt hart drauf.

Bringt aber bei der »Trivial Pursuit Engel Edition« mächtig Vorteile.

Oder bei Engelscrabble.

MATERIALIEN

In deinem örtlichen Institut wirst du Waffen aus den unterschiedlichsten Materialien finden, die je nach Art der magischen Fähigkeiten ausgewählt wurden.

ADAMANT

Adamant ist das himmlische Metall, das der Erzengel Raziel uns Schattenjägern für unsere alleinige Nutzung zur Verfügung gestellt hat. Dieses silberweiße, durchscheinende Metall leuchtet leicht von innen heraus (was bei hellem Tageslicht nicht immer zu sehen ist) und fühlt sich so glatt an wie Glas (ist allerdings deutlich wärmer und schwerer als dieses). *Adamant* ist das härteste Metall, das wir Nephilim kennen, und kann nicht mit irdischen Werkzeugen bearbeitet werden. Die Eisernen Schwestern, die *Adamant* zu Waffen und Stelen verarbeiten, verwenden spezielle Runen, welche nur innerhalb der

Schwesternschaft weitergegeben werden, und befeuern ihre Schmieden mit der Glut, die direkt aus dem Herzen eines Vulkans kommt.

EISEN

Dieses Element ist für Feenwesen toxisch. Gerade im Zusammenhang mit dem Lichten Volk wirst du regelmäßig dem Begriff »Kalteisen« begegnen; dabei handelt es sich jedoch um herkömmliches Eisen. Der Name bezieht sich auf die Tatsache, dass sich Eisen kalt anfühlt – was in früheren Zeiten mit magischen Kräften assoziiert wurde. Eisen nimmt Zauber und Segen gut an und man geht allgemein davon aus, dass der hohe Anteil von Eisen im menschlichen Blut die Ursache für die Verbundenheit mit Zaubern jeglicher Art ist. Anmerkung: Meteoreisen – jene Eisen-Nickel-Legierung, aus der viele Meteoriten bestehen – ist ein besonders guter Leiter für magische Energie.

STAHL

Diese Eisenverbindung ist für Feenwesen in der Regel *nicht* toxisch; nur hochgradig reines Eisen verleiht Macht über das Lichte Volk. Allerdings behält eine scharfe Stahlklinge ihre Schneidkraft deutlich länger als Eisen, weshalb jeder Schattenjäger viel Zeit mit dem Training mit Stahlwaffen verbringen sollte, um den Einsatz gegen Dämonen zu üben.

SILBER

Silber zählt zu den Metallen, mit denen alle Nephilim besonders gut vertraut sind. Die Verwendung einer Silberwaffe ist häufig die einzige Möglichkeit, Werwölfen dauerhaft Schaden zuzufügen, da bei diesen Schattenweltlern alle Wunden, die durch sonstige Materialien hervorgerufen wurden, sehr schnell verheilen. Außerdem wirkt dieses Element toxisch auf Vampire und kann bei ihnen zu Schmerzen, Kopfweh, Übelkeit usw. führen, wenn auch nicht zum Tod. Silber ist ein starker Leiter für magische Energie, nur übertroffen von Gold und *Adamant*, weswegen die Feenwesen ebenfalls große Mengen dieses Metalls für Waffen, Rüstungen und Schmuckgegenstände verwenden. Uns Nephilim fällt die wenig beneidenswerte Aufgabe zu, den Umgang mit Waffen sowohl aus Silber als auch aus Stahl zu trainieren, da beide sich hinsichtlich ihres Gewichts erheblich unterscheiden. Jeder Schattenjäger muss in der Lage sein, im Gefecht blitzschnell von der einen Waffenart auf die andere umzustellen.

GOLD

Dieses Metall wirkt nicht nur wie Gift auf Dämonen, sondern ist auch ein hervorragender Leiter für magische Energie. Allerdings wird es nur selten für die Herstellung von Waffen oder Werkzeugen verwendet, da es in seiner reinsten Form zu den weichsten und biegsamsten Metallen dieser Welt zählt. Interessanterweise sind bei religiösen Ritualen mit diesem Metall sowohl stark positive als auch stark negative Assoziationen verbunden. Denn einerseits haben seine Seltenheit, Korrosionsbeständigkeit und Schönheit dazu geführt, dass Gold als Symbol für Ansehen, Macht und das Himmlische Licht steht. Andererseits haben gerade die Faktoren Seltenheit und Kostbarkeit Gold zum Symbol für Habgier und die Profanität materiellen Reichtums gemacht. Deshalb findet man Gold sowohl in geweihten und mächtigen religiösen Ornamenten als auch bei einigen der finstersten Dämonenrituale.

ELEKTRUM

Elektrum ist eine Legierung aus Gold und Silber, die auch in der Natur vorkommt und schon bei den alten Ägyptern Verwendung fand. Aufgrund des mangelnden Reinheitsgehalts wird es nur selten für rituelle Zwecke eingesetzt, allerdings gilt es als ein guter Leiter für magische Energie. Dieses Metall kombiniert die mystischen Eigenschaften von Silber und Gold – zwar in geringerem Maße als jedes dieser Metalle in Reinform, aber zu deutlich günstigeren Kosten als reines Gold und ohne manche der damit verbundenen Nachteile.

KUPFER

Dieses Element dient meistens zur Verstärkung anderer Materialien. Man nimmt an, dass Kupfer die Eigenschaften anderer Metalle mit den Fähigkeiten des Trägers in Einklang bringt. Aus diesem Grund wird es häufig für dekorative Zwecke verwendet oder für die Herstellung von Heften und Griffen bei Silberwaffen.

DÄMONENMETALL

Dämonenmetall ist ein Edelmetall (d. h. ein korrosionsbeständiges Metall), welches der Legende nach aus dem Endlosen Nichts stammt und in unserem Universum nicht natürlich vorkommt. Seine auf den ersten Blick dunkle Oberfläche soll von innen heraus vor dämonischer Energie strahlen und schwarz schimmern. Man könnte es als das dämonische Pendant zum *Adamant* bezeichnen, da es Wunden verursacht, die sich nicht mithilfe seraphischer Runenmale heilen lassen, sondern eine langwierige medizinische Versorgung erfordern. Wahrscheinlich wirst du diesem Metall in Form von Waffen und Rüstungen begegnen, die von Dämonen geführt bzw. getragen werden. Dagegen ist es in der Hand von Schattenwesen oder Irdischen äußerst selten anzutreffen.

EBERESCHE

Die Eberesche ist seit Langem für ihre magischen Eigenschaften bekannt und dient bereits seit Jahrhunderten zum Schutz vor bösen Geistern und Krankheiten. Diese Attribute, in Kombination mit der Härte und Stärke des Holzes, machen es zu einer beliebten Wahl für die Herstellung von Druiden- und Priesterstäben aller Art. Darüber hinaus findet Eberesche häufig bei der Errichtung von Instituten Verwendung und wird auch gern zu Pfeilen verarbeitet.

ESCHE

Der nordischen Sagenwelt nach ist das Holz des Weltenbaums Yggdrasil die Quelle des sogenannten »Skaldenmet«, jenes mythologischen Honigweins, dessen Genuss den Trinkenden in einen Gelehrten und Poeten verwandelt. Die Esche besitzt ähnliche Eigenschaften wie die Eberesche, aber ihr Holz lässt sich wesentlich leichter verarbeiten. Häufig wird es auf ähnliche Weise wie Eisen eingesetzt, denn es soll eine vergleichbare Verbindung zum Menschen besitzen. (Der nordischen Mythologie zufolge wurde der erste Mensch aus Eschenholz erschaffen.)

EICHE

Die Eiche gilt als das »irdischste« aller Gehölze, worauf sich ihre besonderen Kräfte gründen. Eichenholz zeichnet sich durch große Härte und Widerstandsfähigkeit aus, weswegen es häufig zur Herstellung von Holzwaffen verwendet wird. So fertigt man beispielsweise Pflöcke zum Töten von Vampiren traditionell aus Eichenholz; zudem soll es seinen Träger auch zur Quelle dämonischer Magie führen, damit diese vernichtet werden kann. *Jace ist das wundervollste Material, aus dem Schattenjäger geschnitzt werden.*

ICH BIN GESCHOCKT UND VERWIRRT.

WEIHWASSER BATMAN!

Wahrscheinlich hast du von Weihwasser schon einmal gehört, denn die Verwendung von Wasser als Waffe gegen das Böse findet sich in vielen Mythen und Sagen. Mehr als jede andere Substanz in unserer Welt gilt Wasser als Symbol des Lebens. Durch bestimmte Rituale kann es himmlische Eigenschaften annehmen und verwandelt sich dann von herkömmlichem Wasser in Weihwasser. Dieses geweihte Wasser hat sich als hervorragendes Mittel gegen Dämonenkräfte erwiesen: Es wirkt sowohl auf Dämonen als auch auf Vampire extrem giftig. Die ersten Symptome einer Vampirinfektion können mit Weihwasser ausgespült werden, und wer Vampirblut zu sich genommen hat, kann auf diese Weise gerettet werden (siehe Kapitel 4, Bestiarium Teil II, für weitere Informationen). Feenwesen erleiden dagegen kaum Schaden beim Kontakt mit Weihwasser – es sei denn, sie werden zum Trinken dieses Getränks überlistet, was zu einer deutlichen Herabsetzung ihrer Kräfte führt. (Interessanterweise zeigen Werwölfe keinerlei negative Reaktion auf Weihwasser, genauso wenig wie auf andere religiöse Objekte der Irdischen.)

In der Tat interessant. Muss ich mal Luke danach fragen.

Viele irdische Religionen kennen die Vorstellung eines von himmlischen Kräften beeinflussten Wassers und auch wir Nephilim beziehen einen Großteil unseres Weihwassers von den Priestern und Priesterinnen der Irdischen. Im Rahmen unserer Beziehungen zu irdischen Religionen unterhalten wir Kontakte zu Ordensgemeinschaften in aller Welt. Eine der Aufgaben dieser Gemeinschaften besteht darin, für die Schattenjäger Wasser und andere Objekte zu segnen. Die den Nephilim nahestehenden Orden zählen zu den verschwiegensten Ordensgemeinschaften dieser Welt und werden in der Regel nur von Mitgliedern der Stillen Brüder oder Eisernen Schwestern aufgesucht.

Die Gewinnung, Lagerung und der Vertrieb von Weihwasser stellt eine faszinierende logistische Aufgabe dar, deren Erläuterung den Rahmen dieses Buches sprengen würde. Wer sich für nähere Einzelheiten interessiert, dem kann ein Besuch in der Stadt der Stille empfohlen werden, wo die wissenschaftliche Abteilung der Bruderschaft bereitwillig Auskunft erteilt und dem geneigten Leser einen Blick in die mehrbändige Sammlung von Handschriften zu diesem Thema ermöglicht.

Kein Grund, sarkastisch zu werden, Codex!

Ich denke, das ist durchaus ernst gemeint.

Wow

Rüstungen und andere Ausrüstungsgegenstände

Schwarz für die Jagd in tiefer Nacht,
Weiß für Tod und Totenwacht,
Gold für die Braut im Hochzeitskleid
Und Rot für Magie und Zauberzeit.
Weiß die Seide bei der Kremation,
Blau das Banner für den verlorenen Sohn.
Flammend rot zur Geburt der Schattenjäger
Und auch für Büßer und Sündenträger.
Grau ist für alles geheime Wissen,
Elfenbein für die, die früh sterben müssen.
Safran leuchtet dem Sieger kühn,
Gebrochene Herzen lindert das Grün.
Silber für der Dämonen Türme
Und Bronze für allmagische Stürme.

Alter Kinderreim der Schattenjäger

Schattenjägerkleidung

Der Erhalt der ersten Schattenjägermontur ist für viele Nephilim ein bedeutender Augenblick in ihrer Ausbildung – schließlich kennzeichnet dies den Moment, in dem sie auch äußerlich zum ersten Mal wie ein Schattenjäger auftreten. Durch das Tragen der Kluft wirst du Teil einer Tradition, die die Nephilim über Jahrhunderte hinweg miteinander verbindet. Im Grunde hat sich die Kleidung seit der Einführung moderner Textiltechniken kaum verändert.

Die Kampfmontur wird aus schwarzem Leder gefertigt, das die Eisernen Schwestern in ihrer Zitadelle einer Spezialbehandlung unterziehen, wodurch das Material widerstandsfähiger wird und die Haut des Trägers vor den üblichen Dämonengiften schützt, ohne dabei seine Beweglichkeit einzuschränken. Nephilim, die regelmäßige Wachrunden drehen oder zu Erkundungsgängen aufbrechen, bevorzugen häufig die Grundausstattung der Montur. Doch wer sich auf eine Schlacht vorbereitet, ergänzt die Kluft oft durch Armschutzplatten und Beinschienen, die traditionell aus Elektrum geschmiedet sind (siehe »Materialien«, Seite 24).

Sowohl die Montur als auch Zusatzausrüstung wie Armplatten werden mit Runen für Schutz und Kraft versehen und sind gern mit dekorativen Symbolen verziert. Dazu zählen beispielsweise Familienwappen, Gedenk-Runen, die an bestimmte Schlachten erinnern, die Namen von Engeln, deren Schutz herbeigerufen werden soll usw.

Die herkömmliche Schattenjägermontur umfasst für Männer und Frauen schlichte, flache Schuhe und robuste, eng anliegende Hosen. Beim Oberteil hingegen gab es jahrhundertelang große Unterschiede zwischen den Geschlechtern: Männer trugen ein eng geschnittenes, hüftlanges Hemd und darüber manchmal eine Jacke, während die Frauen sich in eine lange Tunika hüllten, die in der Taille von einem Gürtel zusammengehalten wurde und bis zu den Knien reichte. Diese weiten Oberteile waren recht unpraktisch und wurden zumeist aus Gründen der Schicklichkeit und des Anstands getragen, so wie es von den Frauen der damaligen Zeit verlangt wurde. Seit der Mitte des vergangenen Jahrhunderts wurde die Tunika jedoch zunehmend durch eine einheitliche Schattenjägermontur ersetzt, die von Männern und Frauen gleichermaßen getragen wird.

NACHTEILE TRADITIONELLER RÜSTUNGEN

Im Laufe der Jahrhunderte sind neue Schattenjäger häufig zu ihrer ersten Trainingsstunde voller Stolz in der alten Ritterrüstung ihrer Ahnen erschienen, als würden sie in den Hundertjährigen Krieg ziehen (ein Phänomen, das verständlicherweise zur tatsächlichen Zeit dieses Krieges am häufigsten auftrat). Ehrlich gesagt waren diese schweren Plattenpanzerungen für Schattenjäger nie sehr praktisch. Die Welt der Irdischen erlebte im Mittelalter ein regelrechtes Wettrüsten: Sowohl Waffen als auch Schutzkleidungen wurden immer effektiver, was zur Entwicklung von Waffen führte, die auch Rüstungen durchdringen konnten – was im Gegenzug die Erfindung von Kettenhemd und Schuppenpanzer vorantrieb, welche wiederum Schutz gegen die verbesserten Waffen boten. Der Rüstungswahn erreichte seinen Höhepunkt mit der vollständigen Plattenpanzerung, die angesichts der Entwicklung von Artillerie und Schusswaffen jedoch bald überflüssig wurde.

Die Schattenjäger haben sich an diesem lächerlichen Rüstungswettlauf nie beteiligt. Denn erstens haben wir Nephilim schon immer mehr Wert auf größtmögliche Bewegungsfreiheit, gute Sicht und Geschicklichkeit gelegt als auf bloße Härte des Materials – sodass uns schwere, sperrige Rüstungen nie verlocken konnten. Und zweitens sollen irdische Rüstungen ihre Träger vor Angriffen anderer Irdischer schützen. Dagegen müssen wir Nephilim häufig gegen Gegner kämpfen, die über magische Kräfte verfügen und uns mit Feuerbällen, ätzender Säure, Dämonenblitzen und allen möglichen Toxinen und Giften angreifen. Wir kennen kein einziges Material, *Adamant* eingeschlossen, das einen Schattenjäger vor allen Tricks aus dem Arsenal unserer dämonischen Feinde schützen könnte. Aus diesem Grund mussten wir früh lernen, uns mithilfe unserer Reflexe und unseres wachen Verstandes vor Schaden zu bewahren, da keine Rüstung dieser Welt in der Lage wäre, alle erdenklichen Verletzungen abzuwehren.

Die Alltagsausrüstung

Schattenjäger reisen mit leichtem Gepäck. Die Ausrüstungsgegenstände, die sie auf Wachrunden oder Erkundungsgänge mitnehmen, dürfen weder ihr schnelles Vorankommen noch ihre Beweglichkeit behindern. Deshalb bevorzugen wir in der Regel kleine, handliche Ausrüstungsgegenstände, die leicht in der Jackentasche zu verstauen sind. Die meisten Nephilim entwickeln mit der Zeit Vorlieben für bestimmte Werkzeuge und Waffen, die sie ständig bei sich tragen. Es empfiehlt sich daher, einmal in Ruhe darüber nachzudenken, welches Equipment du gern immer griffbereit zur Hand hättest. Hier findest du eine Liste mit empfohlenen, nützlichen Gegenständen, die im Anschluss ausführlicher erläutert werden.

TYPISCHE SCHATTENJÄGERAUSRÜSTUNG

- Montur
- Primärwaffe
- zwei Seraphklingen
- Distanzwaffe (z. B. Armbrust, Schleuder) (optional)
- Stele
- Elbenlicht
- Sensor

SCHLEUDER? SO EINE, MIT DER MAN STEINE SCHLEUDERT? ECHT?

Das ist ein Witz, oder?! Hier kommt ne Lektion von Onkel Jace: Ja, schlepp das ganze Zeug mit dir herum. Noch besser: Nimm zwei Elbenlichter mit. Ich hab übrigens immer diese Dinge dabei: Kreide; Multifunktionswerkzeug mit Schraubenzieher, Klingen, Korkenzieher und dem ganzen Kram; schlagfeste Armbanduhr; stabiles Universalmesser; Sturmfeuerzeug; Handy. Wer einen Rucksack besitzt, sollte noch Nylonseil, Brechstange, Fernglas, Erste-Hilfe-Set, Ersatz-Stele und zwei Reserve-Seraphklingen hinzufügen. Ach ja, Latexhandschuhe nicht vergessen.

Hin und wieder äußerst nützlich!

DER SENSOR

Der Sensor ist ein unter Schattenjägern weitverbreitetes Gerät zum Aufspüren dämonischer Aktivität. Das Design dieses Apparats hat sich im Laufe der Zeit verändert. Heutzutage handelt es sich um ein kleines, rechteckiges Gerät aus schwarzem Metall, das eine gewisse Ähnlichkeit mit modernen Mobiltelefonen oder anderen irdischen Kommunikationsgeräten besitzt. Allerdings sind sämtliche Schaltknöpfe und Bedienfelder im Gegensatz zu irdischen Handys nicht mit Angaben in einer irdischen Sprache gekennzeichnet, sondern mit Runen versehen, deren Bedeutung jeder Nephilim auswendig lernen muss. Den ersten Sensor entwickelte Henry Branwell um 1890 herum – eine Erfindung, die die Verfolgung und Gefangennahme von Dämonen für viele Jahre revolutionierte.

Also ein Tricorder.

Ein was? Was ist ein Tricorder? Dreilagiger ... Cord?

Bedauerlicherweise ist der Sensor in seiner Wahrnehmungsfähigkeit etwas eingeschränkt. Als Frequenzdetektor stellt er sich auf Vibrationen ein, die Dämonen beim Durchqueren des Magie-Äthers erzeugen. Diese Vibrationen variieren je nach Dämonenspezies und je nach Intensität der Dämonenaktivität (Anzahl der Dämonen, verwendete Dämonenmagie usw.). Theoretisch ist es möglich, eine »Frequenztabelle« zu entwerfen, die die verschiedenen Frequenzen den jeweiligen Dämonenspezies zuordnet. In den Jahren nach der Erfindung des Sensors wurde tatsächlich viel Zeit und Tinte darauf verwendet, endlose Tabellen für die Identifizierung spezifischer Dämonensignale zu erstellen. Im Einsatz haben Schattenjäger jedoch selten Zeit, eine solche Tabelle zu befragen, und die meisten bestimmen die verschiedenen Dämonenarten lieber anhand äußerer Merkmale und bauen so ihren eigenen Erfahrungsschatz auf. Daher gelten Frequenztabellen heutzutage nur noch als historische Kuriosität.

Und wir haben mit langatmigen Ausführungen zu diesem Thema nur deine Zeit verschwendet …

Moderne Sensoren sind nicht mehr für den manuellen Sondierungsbetrieb gedacht (obwohl sie auf Wunsch auf eine bestimmte Frequenz eingestellt werden können); stattdessen suchen sie den gesamten Frequenzbereich ständig nach dämonischer Aktivität ab und bieten gegebenenfalls fundierte Vorschläge zu Herkunft und Identifizierung bestimmter Frequenzen. Manche Geräte verfügen zusätzlich über Kartierungssysteme, Näherungsalarm und andere weitreichende Funktionen.

Neue Schattenjäger sind mit dem Sensor oft überfordert, weil die Schaltknöpfe mit Engelsrunen versehen sind. Diese »Beschriftung« erlaubt jedoch den weltweiten Einsatz der Geräte, da wir Nephilim außer der Sprache des Erzengels Raziel und des Grauen Buchs sonst keine gemeinsame, einheitliche Sprache kennen.

Gähn. Schon der Anblick dieser Überschrift macht mich müde.

SENSOREN DER VERGANGENEN JAHRHUNDERTE

Ich hab mich in meinem ganzen Leben noch nie so gelangweilt, dass ich auch n einen Blick auf diese Infob geworfen hätte …

Der erste Sensor nutzte als Warnsystem ein herkömmliches Metronom, das bei der Anwesenheit von Dämonen ein rhythmisches Ticken erzeugte, dessen Geschwindigkeit mit wachsender Annäherung des Dämons zunahm. Das Metronom war dazu auf einem wuchtigen Holzgehäuse mit runenverzierten Kupferbeschlägen angebracht; im Inneren der Kiste befanden sich mechanische Messfühler (mit und ohne Runen), die mit dem Metronom verbunden waren. Da diese Geräte störungsanfällig waren und bei unerwarteten

Erschütterungen Fehlinformationen lieferten, musste der gesamte Apparat waagerecht auf einem robusten Karren mit vier Rädern transportiert werden. Anfang des zwanzigsten Jahrhunderts wurden dann verschiedene Versuche unternommen, den Sensor mit einem Eigenantrieb zu versehen, damit er einem Schattenjäger folgen und ein Gebiet eigenständig sondieren konnte. Diese Experimente lieferten jedoch keine brauchbaren Ergebnisse und führten häufig sogar zu gefährlichen Situationen, in denen ein mit Dämonenenergie betriebener Karren unkontrolliert durch die Gegend fuhr, den nächstbesten Schattenjäger mit unbekannter Absicht ansteuerte und dabei wie verrückt tickte (aufgrund der unmittelbaren Nähe zu den eigenen Messgeräten). Um 1960 wurde dieser Forschungszweig schließlich vollständig aufgegeben, da moderne Runenminiaturisierungsmagie die Entwicklung von Sensoren ermöglichte, die so klein waren, dass sie in jede Hosentasche passten.
Schattenjäger, die sich für die Geschichte des Sensors interessieren, finden in den Bibliotheken und Museumssammlungen alteingesessener Institute noch Exemplare von älteren Modellen dieser Geräte.

WUSSTEST DU SCHON ...?

Nein! Der Codex hat eine andere Vorstellung von »interessant« als ich ...

Interessanterweise waren die Runenbeschriftungen auf dem Sensor ursprünglich nur als Provisorium gedacht. In seiner klassischen Abhandlung *Ein Huch und ein Peng: Der Schattenjäger der Moderne* aus dem Jahr 1910 diskutiert Henry Branwell die These einer einzigen Rune, die bewirken könnte, dass die Schaltknöpfe auf einem Sensor (oder anderen Apparaten) in der Muttersprache derjenigen Person erscheinen, die das Gerät gerade in der Hand hält. Die Existenz einer solchen Rune ist nicht bekannt, aber zu jener Zeit setzte Branwell sich leidenschaftlich für die Verwendung von Hexenmagie in Kombination mit Schattenjägerrunen ein, um neue und komplexere Effekte zu erzielen – damals wie heute eine unpopuläre Ansicht (siehe dazu jedoch auch Kapitel 6, Grimoire, zur Geschichte des Portals). Branwells diesbezügliche Experimente fanden allerdings ein abruptes Ende, als er im Jahr 1914 eine langjährige Zusammenarbeit mit den Eisernen Schwestern begann, deren Ergebnisse bis heute unter Verschluss gehalten werden. Die von ihm angestrebte Übersetzungsrune wurde bis heute nicht erfunden und der Sensor ist auch weiterhin mit den auswendig zu lernenden Runenbeschriftungen versehen.

SENSOR: TECHNISCHER SUPPORT
HÄUFIG GESTELLTE FRAGEN (FAQ)

Der Sensor ist ein komplexes Gerät, mit dessen Nutzung viele Schattenjäger immer wieder Probleme haben. Hier findest du eine Liste mit Antworten auf Fragen, die besonders häufig gestellt werden.

JA, DENN GENAU DAS BEDEUTET »HÄUFIG GESTELLTE FRAGEN« SCHLIESSLICH. VIELEN DANK!

Kann der Sensor so modifiziert werden, dass er auch Werwölfe, Vampire und andere Schattenweltler aufspürt?

Nein. Der Sensor ist auf die Anwesenheit von Dämonenenergie eingestellt. Obwohl alle Schattenwesen Spuren von Dämonenmagie in sich tragen, sind sie dennoch keine Dämonen und besitzen normale menschliche Seelen. Aus diesem Grund werden sie von einem Sensor nicht erfasst.

Kann der Sensor so modifiziert werden, dass er nur bestimmte Arten von Dämonen aufspürt?
Ja! Diese kaum bekannte, aber nützliche Funktion erfordert nur wenige Handgriffe. Mithilfe der Runen können die Schaltknöpfe so bedient werden, dass der Sensor ausschließlich solche Dämonen aufspürt, die den Voreinstellungen entsprechen.

Kann der Sensor so modifiziert werden, dass er einen spezifischen Dämonenfürsten aufspürt?
Nein.

Kann der Sensor so modifiziert werden, dass er einen Gegenstand aufspürt, den ich irgendwo verlegt habe?
Nein.

Wann wird mein Sensor die Flash-Rune unterstützen?
Die hier angesprochene Flash-Rune erzeugt einen grellen Weihlichtstrahl. Seit Jahren kursieren Gerüchte, der Sensor würde demnächst so modifiziert werden, dass er die Flash-Rune darstellen kann. Bedauerlicherweise bewirkt die Flash-Rune zurzeit jedoch eine Beeinträchtigung der normalen Funktionsweise des Sensors: Das Gerät wird langsamer und setzt häufig vollständig aus. Das bedeutet, dass die bisher erhältlichen Sensoren Flash nicht unterstützen und nur die Eisernen Schwestern wissen, ob sich daran jemals etwas ändern wird.

Hilfe! Sämtliche Schaltknöpfe meines Sensors sind mit merkwürdigen Zeichen versehen!
Ja, das sind Runen.

Diese Runen kenn ich noch nicht!

Wir könnten dir hier den kleinen Trick verraten, der in Schattenjägerkreisen seit vielen Jahren weitverbreitet ist und der besagt, dass du die Sensorknöpfe mit einem Filzstift selbst beschriftest …

Mein Sensor vibriert!

Dies ist Teil des normalen Betriebsumfangs jedes Sensors: Sobald ein Sensor von Dämonenenergie überladen zu werden droht, beginnt er, intensiv zu vibrieren. Jahrelang galt dies als ein Designmangel, doch das Aufkommen moderner Technologie hat viele Schattenjäger – vor allem jene, die mit der Welt der Irdischen vertraut sind – dazu veranlasst, die Vibrationsfunktion als nützliches Feature zu begrüßen.

Im Gegensatz zu irdischen Geräten mit Vibrationsfunktion kann sich der Sensor jedoch derartig mit Dämonenenergie aufladen, dass er sich entzündet und sogar explodiert. Aus diesem Grund ist bei den ersten Anzeichen von Vibration Vorsicht geboten.

Mein Sensor hat derartig vibriert, dass er sich entzündet hat und explodiert ist.

Bedauerlicherweise wirst du bei deinem örtlichen Institut einen neuen Sensor anfordern müssen. Außerdem befindest du dich in unmittelbarer Nähe einer gewaltigen Menge Dämonenenergie. Deshalb solltest du umgehend deine Umgebung sichern, bevor du dich damit beschäftigen kannst, was mit deinem Sensor passiert ist. Es ist durchaus möglich, dass du kurz davor stehst, von einem Dämonenfürsten oder einem Höllenportal verschlungen zu werden.

Was wäre denn mit einem Menschen, der als Säugling eine große Menge Dämonenfürstenblut getrunken hat? Würde der Sensor darauf ebenfalls reagieren?

Wer würde denn so was Schreckliches tun? *Rein hypothetisch.*

Wenn du diesen Kerl bereits kennst, spür ihn auf. Sensoren sind für Dämonen bestimmt, die du nicht schon persönlich kennst! *Auch wieder wahr.* *Oh Mann, nehmt euch ein Zimmer!*

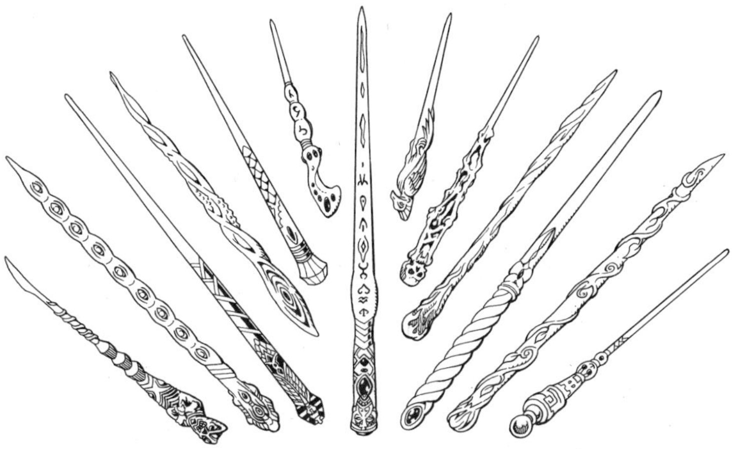

DIE STELE

Die Stele wird hier unter Ausrüstungsgegenständen geführt, könnte genauso gut aber auch unter die Kategorie »Waffen« fallen. Es handelt sich um das wichtigste Werkzeug der Nephilim: Nur mit einer Stele können Runen und Runenmale, die einzige uns zur Verfügung stehende Magie, aufgetragen werden. Eine kunstvoll verzierte Stele ist häufig der erste Gegenstand, der jungen Schattenjägern zu Beginn ihrer Ausbildung überreicht wird.

Dieses zauberstabartige Werkzeug besteht aus reinem *Adamant* und beginnt, von innen heraus mit der Magie der Runen zu leuchten, sobald man es in die Hand nimmt. Da Stelen in der Regel etwas länger sind als modernes Schreibgerät (etwa dreißig Zentimeter Gesamtlänge), erfordert ihre Handhabung sorgfältige Übung, damit man im Notfall Runen schnell und sicher zeichnen kann.

Trotz ihrer einheitlichen Funktionsweise sind Stelen in vielen verschiedenen Designs erhältlich. Viele zeigen Familienwappen auf dem Griff, andere sind mit Edelsteinen besetzt, doch die einzige Voraussetzung für eine funktionstüchtige Stele ist ein unzerbrochenes Stück *Adamant* von einer bestimmten Mindestlänge. Für

Nephilimkinder gibt es spezielle Schreiblern-Stelen, mit denen sie ihre ersten Runen auf herkömmlichem Pergament üben können, ohne das Material gleich zu versengen.

Man nimmt an, dass es sich bei der allerersten Stele um ein längliches Stück *Adamant* gehandelt hat, mit dem Jonathan Shadowhunter die ersten Runenmale auf seine Haut auftrug. Im Laufe der Jahre hat sich das Design der Stelen deutlich weiterentwickelt. Manche Gelehrten sehen einen Zusammenhang zwischen der Stele und dem jüdischen *Jad* – dem rituellen Zeigestab beim Lesen der Thora, der verhindern soll, dass die Schriftrollen mit den Händen berührt werden –, aber für eine direkte Verbindung gibt es keine Beweise (obwohl die Vermutung naheliegt, dass sich die ersten Eisernen Schwestern von dessen Aussehen haben inspirieren lassen). Genau!

Die bloße Gegenwart einer Stele kann Dämonen zwar keinen Schaden zufügen, doch in der Regel weichen sie davor zurück, genau wie beim Anblick aller Objekte aus *Adamant*.

ELBENLICHTSTEINE

Die Gewinnung und Raffinierung von *Adamant* ist eines der streng gehüteten Geheimnisse der Eisernen Schwestern. Wir wissen lediglich, dass die Anwesenheit von *Adamant* das umgebende Gestein beeinflusst, aus dem das Metall extrahiert wird. Dadurch gibt das Gestein selbst auch ein strahlend weißes Licht ab, wie eine Reflexion des *Adamant*-Lichts. Dieses »Schwestergestein« wird zerkleinert, poliert und mit Runen versehen, mit der sich die Leuchtkraft nach Wunsch ein- und ausschalten lässt. Die meisten Elbensteine sind austauschbar und nur in den seltensten Fällen hängt ein Nephilim sein Herz an einen ganz bestimmten Stein. Alle Schattenjäger führen einen Elbenlichtstein mit sich, als Erinnerung daran, dass selbst in den tiefsten Schatten ein kleines Licht gefunden werden kann – und natürlich als praktische Lichtquelle, falls wir buchstäblich im Dunklen tappen.

Elbenlichtsteine haben einen gewaltigen Vorteil: Ihr Glanz lässt nie nach oder erlischt vollständig, weil zur Erzeugung des Lichts keinerlei Brennstoff verwendet wird. Allerdings kann ein solcher Stein durch Pulverisieren zerstört werden, dann löst sich das darin enthaltene Engelslicht auf. Deshalb wirst du auch keinen »Elbenlichtsand« oder ähnliche Dinge finden.

Der größte Elbenlichtstein der Welt steht in der Stadt der Stille, und zwar in Gestalt des Engelskolosses – ein Triptychon, das Raziel zeigt, wie er mit den Engelsinsignien aus dem See emporsteigt. Der etwa zehn Meter hohe Findling bewacht den Zugang zu den Wohnräumen der Stillen Brüder. Allerdings bekommt nur selten jemand anderes als die Brüder den Koloss zu Gesicht. Denjenigen, die sich für große Elbenlichtinstallationen interessieren, wird ein Besuch des berühmten Vampirbogens im Institut von Cluj empfohlen. Jahrhundertelang hielt sich der Glaube, dass mit Vampirblut infizierte Menschen nicht nur auf Naturlicht, sondern auch auf Weihlicht empfindlich reagieren und davor zurückschrecken würden; also errichtete man den Bogen in der Annahme, er würde das Institut vor Infizierten schützen. Heute wissen wir natürlich, dass das nicht stimmt, doch der Bogen blieb als Symbol für die besondere Hingabe an den Erzengel erhalten.

Vielleicht quälen sie dort auch einfach nur gern Vampire.

Auf jeden Fall! Diese Cluj-Typen spinnen total.

Genau deswegen bist du ein so nützlicher Lehrer. Von dir erhalte ich erstklassiges Insiderwissen.

ERWÄHNTE ICH BEREITS, DASS IHR ZWEI EUCH EIN ZIMMER NEHMEN SOLLT?!

DISKUSSIONSFRAGEN UND ANREGUNGEN FÜR EXPERIMENTE

1. Woraus besteht deine Alltagsausrüstung? Was könntest du hinzufügen, um deinen neuen Verpflichtungen als Nephilim gerecht zu werden?

Portemonnaie, Uhr, Handy, Stele, Stifte, Skizzenblock, wasserfeste Filzstifte, Bleistiftspitzer, Elbenlicht, Pfefferminz-Lippenbalsam

WIE ICH HÖRE, SIND GESPRUNGENE LIPPEN EINE HÄUFIGE TODESURSACHE BEI SCHATTENJÄGERN. JETZT ICH: PORTEMONNAIE, UHR, HANDY, BASS-PLEKTRUM, STIFTE, NOTIZBUCH, VERSCHIEDENE WÜRFEL, KLEINES BRILLENPUTZTUCH – HM, VERMUTLICH NICHT MEHR NÖTIG, DA ICH JA KEINE BRILLE MEHR TRAGE – SOWIE EIN SUPERNERD-TASCHENMESSER.

Uuuund Lippenbalsam! Versuch erst gar nicht, was anderes zu behaupten. Du riechst auf Kilometer nach Erdbeeraroma!

2. Auf welche Waffen möchtest du dich spezialisieren? Was hat dir daran besonders gefallen?

AUTSCH! MEIN DUNKLES GEHEIMNIS IST ENTHÜLLT!

Na los, sag's schon: Messerscharfer Verstand. Ich weiß, dass du das sagen willst!

MESSERSCHARFER VERSTAND – GENAU DAS WOLLTE ICH SAGEN, WEIL ICH NÄMLICH WAHNSINNIG WITZIG BIN.

Armer Simon.

Hm, hab ich keine Ahnung, was ich darauf antworten soll. Ehrlich gesagt, Codex, sind diese Art von Fragen im Moment mein geringstes Problem. Ich würde mich gern darauf spezialisieren, nicht noch mal fast umgebracht zu werden.

ALSO ICH WÜRDE MICH GERN DARAUF SPEZIALISIEREN, MICH IN EINE UNSTERBLICHE, UNVERWUNDBARE TÖTUNGSMASCHINE ZU VERWANDELN, DIE ES NACH DEM BLUT DER LEBENDEN DÜRSTET.

KAPITEL ZWEI

KAMPFKUNST

KAMPFAUSBILDUNG

Sobald du dich mit den Waffen und der Ausrüstung der Nephilim vertraut gemacht hast, wird es Zeit, die Schattenjäger-Kampfkunst zu erlernen: Waffentechnik, Tarnung, Beweglichkeit, Ausdauer.

Schattenjägerneulinge sind meist überrascht, wenn sie erfahren, dass wir Krieger nicht durch einen typischen Kampfstil definiert werden. Genau wie Dämonen sind auch wir über den gesamten Erdball verteilt und verfügen daher über mindestens so viele Kampftechniken wie die Irdischen. Dein Training umfasst die Ausbildung in unterschiedlichen Kampfstilen, normalerweise aus allen Regionen dieser Welt, und du wirst schon bald feststellen, dass dir manche Stile mehr zusagen als andere, weil du darin deutlich schneller und effektiver Fortschritte machst. Neben westlichen Kampftechniken wirst du diverse asiatische Selbstverteidigungsdisziplinen kennenlernen sowie stark stilisierte Kampfsportarten wie Fechten oder Judo. Fast all diese Kampfrichtungen basieren auf herausragender körperlicher Geschicklichkeit. Daher kannst du als Neuling davon ausgehen, dass du viel Zeit mit dem Grundtraining verbringen wirst, um deine Kraft, Schnelligkeit, Beweglichkeit u. ä. zu verbessern, bevor man dich eine Waffe auch nur in die Hand nehmen lässt.

Obwohl Runenmale körperliche Eigenschaften verstärken können, findet das Training normalerweise ohne diese statt. Denn Runen sind kein Ersatz für das motorische Gedächtnis, das deine Muskulatur durch ständige Wiederholung bestimmter Bewegungsabläufe aufbaut.

Das Erlernen vieler Techniken aus einer großen Bandbreite von Quellen wird auch durch eine unserer Traditionen gefördert, die jedem Nephilim beim Erreichen der Volljährigkeit im Alter von achtzehn

Jahren ausgedehnte Reisen und Aufenthalte in einem ausländischen Institut nahelegt. Die regionalen Schattenjägerkulturen unterscheiden sich sowohl in philosophischer Hinsicht als auch bezüglich ihrer Kampftechniken deutlich voneinander, sodass ein Einblick in die fremde Kultur viele Vorteile mit sich bringt. Dies gilt vor allem für Nephilim, die in Idris aufgewachsen sind, da die behütete Welt unserer Hauptstadt Alicante den Nachwuchs möglicherweise nicht ausreichend auf die raue Wirklichkeit der irdischen Welt vorbereitet.

Auch frischgebackene Schattenjäger sollten während ihrer Ausbildung möglichst viel reisen. Da bei ihnen der Übergang zum Erwachsenenalter möglicherweise nicht durch eine besondere Zeremonie gekennzeichnet ist (wie bei geborenen Nephilim), empfiehlt es sich, rechtzeitig mit dem regionalen Institutsleiter oder der örtlichen Brigade zu sprechen.

DIE KRIEGSPHILOSOPHIE DER NEPHILIM

Genau wie Jonathan Shadowhunter träumten die ersten Schattenjäger von einer Welt, in der die Menschen eines Tages keine Krieger mehr sein müssten. Insbesondere David der Schweiger verabscheute Kampf und Gewalt und beschrieb »die Entdeckung des Friedens in allen Teilen der Welt« als das Hauptmandat der Nephilim. Man nimmt an, dass die Bruderschaft der Stille vorrangig mit dem Ziel gegründet wurde, die schrecklichen Übel rückgängig zu machen, welche Samael und Lilith begangen hatten, und anschließend unsere Dimension für Dämonen wieder zu verschließen. Diese Philosophie diente den Stillen Brüdern jahrhundertelang als Richtlinie. Noch im Jahr 1504 hielt Bruder Christopher de Sevilla schriftlich fest, dass der Auftrag der Nephilim darin bestünde, »uns selbst überflüssig zu machen«, indem »wir die Horden zurücktreiben und hinter ihnen die Tore versiegeln«.

EMPFOHLENER WOCHENENDTRAININGSPLAN
FÜR: CLARY FAIRCHILD

Nur ein Vorschlag für deine Wochenendpläne, damit du für den Start in die nächste Woche fit bleibst.
(Bereite dich schon mal auf deine erste Stockkampf-Lektion vor!!!)

08.00–09.00 Uhr Aufstehen. Frühstück (magere proteinreiche Kost, leicht verdauliche Kohlenhydrate, KEIN KOFFEIN)
09.00–09.30 Uhr Fitnessübungen @daheim
09.30–10.00 Uhr Yoga @daheim
10.00–12.00 Uhr Lernen: Fremdsprachen (Griechisch, Latein)
12.00–13.00 Uhr Mittagspause
13.00–15.00 Uhr Intensives Kardio-Workout (Lauftraining)
15.00–16.00 Uhr Lernen: Erscheinungsformen von Dämonen und ihre Schwächen, Lehrbuch »Dämonen, Dämonen, Dämonen«
16.00–18.00 Uhr Kata-Training (in deiner bevorzugten Kampfsportart)
18.00–19.00 Uhr Abendessen
19.00–23.00 Uhr Lernen: Geschichte der Wechselbälger; Gifte und ihre Gegenmittel; Rudel-Abzeichen bei Werwölfen usw.
23.00–24.00 Uhr Freizeit!
00.00 Uhr Schlafen

WOCHENENDTRAININGSPLAN FÜR: MICH

08.00 Uhr Aufgewacht.

09.00 Uhr Erneut aufgewacht und tatsächlich aufgestanden. Frühstück (Bagel, Kräuterfrischkäse, Tomate, Kaffee mit Milch). Fitnessübungen (zügig zum Feinkostgeschäft marschiert und wieder zurück).

10.00–10.15 Uhr Yoga. Sehr zentrierend.

10.15–11.00 Uhr Lernen: Fremdsprachen (Im Lateinbuch geblättert, die letzten 45 Min. von Gladiator geguckt. Sehr inspirierende Kampfszenen. Ein paar Notizen gemacht).

11.00–12.00 Uhr Mit Skizzenblock in den Park gegangen. Simon hat Mittagessen mitgebracht (Nudeln von meinem Lieblings-Chinesen bei ihm um die Ecke). Kinder beim Kricketspiel auf der Wiese beobachtet und gezeichnet. Technik für potenzielle Anwendung im Kampf studiert. Gladiatoren beim Kricketspiel gezeichnet. Synthese.

12.00–13.00 Uhr Praxistraining: Vampir interviewt bezgl. Geschichte und Kultur der Vampire, Vampirkampftechniken usw. Sehr erbaulich.

13.00–14.00 Uhr Stadterkundung (U-Bahn nach Manhattan genommen).

14.00–16.00 Uhr Literaturrecherchen (Comicladen besucht, mehrbändige Reihe zum Thema »Illustrierte Geschichte japanischer Kampftechniken im Mittelalter« gekauft).

16.00 Uhr Gesunder Nachmittagssnack (Smoothie).

16.00–19.00 Uhr Studienfilm im Kino angesehen.

19.00–21.00 Uhr Abendessen: Suppe beim kleinen koreanischen Imbiss an der 13th (Suppe ist gesund!). Kampftechniken im gerade gesehenen Kinofilm diskutiert: sehr unrealistisch!

21.00–22.00 Uhr Orientierungstraining (U-Bahn nach Hause genommen).

22.00–24.00 Uhr Mit Haupt-Schattenjägertrainer telefoniert, auf aktuellen Stand gebracht. Trainingsplan für den nächsten Tag aufgestellt. Positive Bekräftigungen ausgetauscht.

00.00–02.00 Uhr »Illustrierte Geschichte japanischer Kampftechniken im Mittelalter« gelesen. Kultureller Austausch mit Vampir bezgl.: 1. Illustrierte Geschichte, 2. derzeitige Langeweile besagten Vampirs. Eingenickt; dabei schwierigen Balanceakt »Handy auf Gesicht« geübt, bis Gerät zu Boden fiel und mich weckte.

02.00 Uhr In erfrischenden, wohlverdienten Schlaf gefallen.

Die traurige Wahrheit ist jedoch, dass wir auch nach tausend Jahren beständiger Forschung und Arbeit noch immer nicht verstehen, wie es Samael und Lilith gelingen konnte, in unsere Dimension einzufallen – ganz zu schweigen davon, wie man den Vorgang wieder rückgängig machen kann. Der einst so starke Hoffnungsschimmer – dass es möglich wäre, die Dämonenhorden in ihre Dimension zurückzudrängen – ist in der Schattenjägerkultur inzwischen derartig verblasst, dass er sich kaum noch wahrnehmen lässt. Die meisten Nephilim sind heutzutage davon überzeugt, dass nur der Himmel selbst den endlosen Strom von Dämonen aufhalten kann – nicht wir Schattenjäger.

Unsere Aufgabe ist es, direkt neben den weit geöffneten Toren zu stehen und die Dämonen einen nach dem anderen zurückzuschicken. Und so kämpfen wir unentwegt.

UNTERRICHTSFÄCHER DER NEPHILIMAUSBILDUNG

Dieser Codex will dich, den frischgebackenen Nephilim, mit dem nötigen Grundwissen ausstatten, das dir helfen soll, in deiner neuen Umgebung zu überleben und diese zu verstehen. Allerdings würde ein vollständiger Lehrgang den Rahmen dieses Werkes sprengen, zumal schriftliche Anleitungen ohne die Hilfe eines erfahrenen Übungsleiters – der nicht nur bestimmte Techniken vorführen, sondern auch deine Fähigkeiten beurteilen kann – kontraproduktiv wäre.

Stattdessen wollen wir dir hier einen allgemeinen Überblick über alle Themenbereiche der Schattenjägerausbildung bieten, zusammen mit Zielen für die Anforderungen an Anfänger, an fortgeschrittene Schüler und an diejenigen, die wahre Meisterschaft anstreben. Manchmal fällt es neuen Schattenjägern schwer, ihre eigenen Trainingsfortschritte einzuschätzen. Wir Nephilim kennen weder Dienstgrade noch einen Aufstieg in einen höheren Rang oder »Gürtel«, Level, Verdienstorden und dergleichen. Die meisten deiner Nephilimgefährten haben ihr ganzes Leben inmitten unserer Kriegerkultur verbracht und von Kindesbeinen an wurden die Fähigkeiten des sorgfältig ausgebildeten Schattenjägers angestrebt. Aus diesem Grund sollten die folgenden Vorschläge nicht als unumstößliche Anforderungen verstanden werden, sondern als Richtlinien, die dir dabei helfen, deine Fortschritte im Training besser zu erkennen.

Noch ein letzter Hinweis an besonders ehrgeizige Schattenjäger: Niemand kann in allen Bereichen gleichermaßen perfekt sein. Eines der Trainingsziele besteht darin, jene Elemente des Schattenjägerlebens herauszufiltern, die man gern eingehender studieren möchte, weil sie den eigenen natürlichen Begabungen oder Interessen entsprechen. Aber sämtliche Schattenjäger sollten sich zuerst Anfängerkompetenzen in allen Kategorien aneignen, bevor sie sich einem oder mehreren Gebieten intensiver widmen.

MONOMACHIA (ZWEIKAMPF)

Anfänger: Grundkompetenz (»Schwarzer-Gürtel«-Niveau) in mindestens einer asiatischen Kampfsportart oder westlichen Kampftradition. Fähigkeit, zwei oder drei Angreifer gleichzeitig sicher abwehren zu können.

Fortgeschrittene: Kompetenz in drei bis fünf irdischen Kampftraditionen. Fähigkeit, fünf bis acht Angreifer gleichzeitig sicher abwehren zu können.

Meister: Kompetenz in mindestens zehn irdischen Kampftraditionen. Fähigkeit, eine große Dämonenarmee sicher abwehren zu können.

DISTANZWAFFENKAMPF

Anfänger: Kompetenz im Umgang mit grundlegenden Distanzwaffen – Langbogen, Armbrust, Schleuder, Messerwurf, Speerwurf, schwere Felsbrocken.

Fortgeschrittene: Kompetenz im Umgang mit oben genannten Waffen – mit verbundenen Augen.

Meister: Kompetenz im Umgang mit oben genannten Waffen – mit verbundenen Augen und im Liegen.

TARNKAPPENTECHNIK

Anfänger: Fähigkeit, sich unbemerkt durch eine dunkle Gasse oder einen dunklen Raum zu bewegen.

Fortgeschrittene: Fähigkeit, sich unbemerkt durch eine dunkle Gasse oder einen dunklen Raum zu bewegen, der mit kleinen zerbrechlichen Objekten gefüllt ist, die ihrerseits auf anderen zerbrechlichen Objekten stehen und gefährlich wanken.

Meister: Fähigkeit, sich bei strahlendem Sonnenschein unbemerkt durch offenes Gelände zu bewegen.

ANPASSUNG UND TARNUNG

Anfänger: Fähigkeit, sich als Irdischer auszugeben – in einer typischen öffentlichen Umgebung (»Autofahren«, »Lebensmitteleinkauf« usw.). Für weitere Anregungen siehe auch ***Irdische tun die unmöglichsten Dinge,*** Ausgabe von 1988, in deiner regionalen Institutsbibliothek.

Fortgeschrittene: Fähigkeit, sich als Irdischer auszugeben – bei einer kleinen Cocktailparty oder einem Empfang.

Meister: Fähigkeit, sich als Irdischer auszugeben – inmitten einer irdischen Dämonenkulthandlung mit Menschenopfern.

BEWEGLICHKEIT UND ANMUT

Anfänger: Grundkompetenz in Akrobatik, Bodenturnen, Artistik, Gymnastik usw.

Fortgeschrittene: Kompetenz in den oben genannten Disziplinen mit dreißig Kilogramm Gepäck und mehreren schweren Waffen.

Meister: Kompetenz in den oben genannten Disziplinen mit dreißig Kilogramm Gepäck und mehreren schweren Waffen – mit verbundenen Augen und Handschellen.

AUSDAUER

Anfänger: Kompetenz bei der Anwendung von improvisierten Überlebenstechniken in typischer unwirtlicher Umgebung (z. B. in einer Gebirgswüste, auf treibender Eisscholle).

Fortgeschrittene: Kompetenz in den oben genannten Techniken in extremer Umgebung (z. B. im Inneren eines brennenden Gebäudes, beim freien Fall aus einem Flugzeug mit hoher Reiseflughöhe, im Weltraum, in der Hölle).

Meister: Fähigkeit, den Foltermethoden eines Dämonenfürsten standzuhalten, in oben genannter unwirtlicher oder extremer Umgebung.

ORTUNG

Anfänger: Kenntnisse aller Ortungsrunen; Fähigkeit zur Identifizierung verräterischer Anzeichen für tierische oder dämonische Aktivitäten und Aufnahme der Verfolgung.

Fortgeschrittene: Fähigkeit zur fortlaufenden Verfolgung – bei gleichzeitigem Ausweichen einer ähnlichen Verfolgung durch andere Tiere oder Dämonen.

Meister: Fähigkeit zur fortlaufenden Verfolgung, in unwirtlicher oder extremer Umgebung (siehe oben »Ausdauer«).

ORIENTIERUNG

Anfänger: Intuitive Erfassung von Höhe, Himmelsrichtung, Tageszeit, Witterungsverhältnisse usw.

Fortgeschrittene: Fähigkeit zur Ortung eines Wegs zu einem bekannten Zufluchtsort – von einem willkürlichen Standort aus.

Meister: Fähigkeit zur Ortung eines Wegs zu einem bekannten Zufluchtsort – in unwirtlicher oder extremer Umgebung (siehe oben).

OBSERVATION UND SCHLUSSFOLGERUNG

Anfänger: Grundkenntnisse der Forensik; Fähigkeit, einen Tatort zu »lesen« und den Tathergang mit hohem Wahrscheinlichkeitsgrad zu rekonstruieren.

Fortgeschrittene: Fähigkeit, aufschlussreiche Details eines Tatorts, die von irdischen Polizeibeamten in der Regel übersehen werden, zuverlässig zu identifizieren.

Meister: Wie oben, allerdings mit verbundenen Augen.

SPRACHEN

Anfänger: Kenntnisse mehrerer irdischer Sprachen, vorzugsweise eine Mischung aus lebendigen, regional relevanten und alten Sprachen, die in religiösen Schriften Verwendung finden (z. B. Sanskrit, Hebräisch, Altgriechisch, Sumerisch).

Fortgeschrittene: Kenntnisse der oben genannten Sprachen sowie mindestens zwei Dämonensprachen.

Meister: Kenntnisse der oben genannten und von mindestens vier Dämonensprachen sowie die Fähigkeit, Grundbedeutungen einer bis dahin unbekannten geschriebenen oder gesprochenen Sprache intuitiv zu erfassen.

DIPLOMATIE

Anfänger: Fähigkeit, sich aus einer lebensbedrohlichen Situation herauszureden (Begegnung mit einem hungrigen Dämon oder einer Horde wütender Schattenweltler).

Eine rasche Einstufung meiner Fähigkeiten und der meiner Freunde, anhand der oben genannten Maßstäbe

Alec: Fortgeschrittener, Meister, Fortgeschrittener, Fortgeschrittener, Meister, Fortgeschrittener, Fortgeschrittener, Anfänger, Fortgeschrittener, Anfänger, Fortgeschrittener

Isabelle: Meister, Fortgeschrittene, Anfängerin, Anfängerin, Meister, Meister, Fortgeschrittene, Fortgeschrittene, Fortgeschrittene, Fortgeschrittene, Anfängerin

Ich: Anfängerin, Anfängerin, Anfängerin, Meister (ich kann mich in der Welt der Irdischen hervorragend bewegen!).

Fortgeschrittene: Fähigkeit, sich aus einer lebensbedrohlichen Situation herauszureden (Begegnung mit einem hungrigen Dämonenfürsten oder der politischen Führung einer Horde wütender Schattenweltler).

Blutige Anfängerin, Anfängerin, Fortgeschrittene, Fortgeschritte[ne], Anfängerin, Meister (ich zähl Runen hier dazu, okay?).

Meister: Fähigkeit, sich aus einer lebensbedrohlichen Situation herauszureden (Begegnung mit einem hungrigen Dämonenfürsten oder der politischen Führung einer Horde wütender Schattenweltler) und besagten Dämonen oder Anführer davon zu überzeugen, dass die Freilassung ihre eigene Idee war.

Meister (zumindest im Vergleich zum Rest dieser Gruppe).

WARUM VERWENDEN NEPHILIM KEINE SCHUSSWAFFEN?

Wir Schattenjäger machen nur äußerst selten von Schusswaffen Gebrauch, da diese in unseren Händen oft nicht zuverlässig funktionieren. Sobald ein Runenmal in das Metall eines Gewehrs oder einer Kugel geritzt wird, entzündet sich das Schießpulver nicht mehr. Trotz langjähriger Studien zu diesem Problem konnte bislang keine Lösung gefunden werden. Die meisten gehen von einem alchemistischen Erklärungsansatz aus, der die

Meister, Fortgeschrittener, Meister, Meister, Meister, Meister, Meister, Meister, Meister, Meister, Anfänger himmlische Quelle unserer Runen den mit Dämonenkräften verbundenen Schießpulverbestandteilen Schwefel und Salpeter gegenüberstellt. Aber diese Theorie hat bedauerlicherweise einen Denkfehler: Dämonenrunen haben auf Schießwaffen dieselbe hemmende Wirkung wie unsere Runen und selbst der Einsatz moderner Treibmittel, die keine dieser angeblich »dämonischen« Inhaltsstoffe aufweisen, hat daran nichts ändern können. Dieses Problem bleibt eines der großen ungeklärten Rätsel der Runenmagie und noch heute suchen unsere Wissenschaftler nach Erklärungen und möglichen Lösungsansätzen.

Vampir, Vampir, Vampir, Vampir, Vampir, Vampir, Vampir, Vampir, Vampir, Vampir, Vampir

Natürlich können Schusswaffen erfolgreich gegen Vampire und (mit Silberkugeln bestückt) gegen Werwölfe verwendet werden, aber der Schuss muss mit äußerster Genauigkeit abgegeben werden. Das Risiko von Kollateralschäden, verbunden mit dem Problem der Treffsicherheit und der Tatsache, dass Schattenjägerwaffen hauptsächlich gegen Dämonen und weniger gegen Schattenweltler zum Einsatz kommen, hat dazu geführt, dass Schusswaffen für gewöhnlich nicht im Arsenal der Nephilim zu finden sind.

Und schließlich ist es für uns Schattenjäger von großem Vorteil, möglichst viele unserer Waffen nur von den Eisernen Schwestern schmieden und fertigen zu lassen. Die moderne Waffenproduktion umfasst hoch entwickelte industrielle Verfahrenstechniken, die unsere traditionellen Waffen nicht erfordern, und wenn wir die Eisernen Schwestern Schusswaffen herstellen ließen, würde das deren Bedarf an Ausstattung und Material drastisch ändern.

Die Tradition der *Parabatai*

Wo du hingehst, da gehe ich hin,
wo du stirbst, sterbe ich und
da will ich begraben sein:
Der Erzengel tue mir an, was er will –
Nur der Tod soll mich und dich scheiden!
Parabatai-Eid

Die Tradition der *Parabatai* geht auf die Anfänge der Nephilim zurück, mit Jonathan Shadowhunter und seinem Gefährten David als den ersten *Parabatai.* Die beiden wiederum hatten sich von ihren Namensvettern in der Bibel inspirieren lassen:

> »Und da ... verband sich das Herz Jonathans mit dem Herzen Davids und Jonathan gewann ihn lieb wie sein eigen Herz ... Und Jonathan und David machten einen Bund miteinander; denn er hatte ihn lieb wie sein eigen Herz.«
> 1. Buch Samuel, Kapitel 18, Vers 1–3

Von dieser Tradition ausgehend, erschuf Jonathan Shadowhunter die *Parabatai* und verankerte die Zeremonie im Gesetz.

David der Schweiger war nicht von Anfang an ein Bruder der Stille (für weitere Informationen siehe Appendix A: Auszug aus *Eine Geschichte der Nephilim*). Zunächst gab es nämlich überhaupt keine Stillen Brüder, da die ersten Nephilim hofften, ihre mehr komplexen und geheimnisvollen Aufgaben in ihr bestehendes Kriegerdasein integrieren zu können. Erst im Laufe der Zeit stellte sich heraus, dass Davids Schaffen ihn weiter von seiner physischen Gestalt entfernen und näher zu allem Himmlischen führen würde. Daraufhin legten David und seine Anhänger die Waffen nieder und tauschten sie gegen ein Leben mystischer Kontemplation und das Streben nach Weisheit.

Vor dieser Zeit kämpften Jonathan und David jedoch als die ersten *Parabatai* Seite an Seite. Laut Überlieferung war der Moment des Rituals – als sie ihr Blut tauschten, die Worte des Eids sprachen und sich gegenseitig die Vereinigungs-Rune auftrugen – das vorletzte Mal, dass David menschliche Tränen vergoss. Das letzte Mal zeigte er diese Gefühlsregung beim Zertrennen ebendieses *Parabatai*-Bundes, als er die Runenmale auf seine Haut zeichnete, die ihn zum ersten Bruder der Stille machten. Das verleiht dem Begriff >>Bromance<< eine ganz neue Dimension … Du hast ja keine Ahnung.

Heutzutage müssen *Parabatai* den Bund bereits in ihrer Kindheit schließen, d. h. bevor einer von beiden achtzehn wird. *Parabatai* sind nicht einfach nur Krieger, die zusammen kämpfen; der Eid, den die beiden vor der Schattenjägerkongregation ablegen, umfasst das Gelöbnis, für den jeweils anderen sein Leben zu geben, überall dorthin zu gehen, wo der andere hingeht, und sogar am selben Ort begraben zu werden. Anschließend werden beide mit der *Parabatai*-Rune versehen, die sie befähigt, im Kampf aus der Kraft des jeweils anderen zu schöpfen. Sie sind in der Lage, die Lebensenergie ihres Kampfbruders zu spüren; Schattenjäger, die ihren *Parabatai* verloren haben, berichten, dass sie nachempfinden konnten, wie die Lebenskraft den Körper ihres Partners verließ. Hinzu kommt, dass vom jeweiligen *Parabatai* aufgetragene Runenmale stärker sind als herkömmliche Runen. Und schließlich gibt es noch Runen, die nur *Parabatai* verwenden können, da sie aus der verdoppelten Kraft der beiden Partner schöpfen.

Der einzige Bund, der den beiden *Parabatai* untersagt bleibt, ist der Ehebund beziehungsweise eine Liebesbeziehung. Betroffene Paare müssen die Würde ihres Kriegerbundes wahren und dürfen nicht zulassen, dass dieser sich in die weltliche Liebe verwandelt, die wir als Eros bezeichnen. Im Spätmittelalter wimmelte es von Schattenjäger-Troubadourdichtungen, die die verbotene Liebe zwischen zwei *Parabatai* besangen und die Tragödien, welche die Beteiligten daraufhin ereilten. Diese Dichtungen warnen nicht nur vor Kummer und Verrat, sondern auch vor unvermeidbaren magischen Katastrophen, wenn zwei *Parabatai* eine Liebesbeziehung eingehen.

Genau wie der Ehebund wird auch der *Parabatai*-Bund normalerweise nur durch den Tod eines der Partner beendet. Der Bund kann allerdings auch durchtrennt werden, falls einer der beiden sich in einen Schattenweltler oder Irdischen verwandelt (was sehr selten geschieht) oder wenn einer der Partner der Ordensgemeinschaft der

Stillen Brüder bzw. der Eisernen Schwestern beitritt. Die Verwandlungs-Runen, die Novizen dieser Orden erhalten, zählen zu den stärksten Runen, die wir Nephilim kennen, und sie heben die *Parabatai*-Rune genauso auf wie jede herkömmliche Krieger-Rune.

Ein Schattenjäger kann nur einen einzigen anderen Nephilim zu seinem *Parabatai* erwählen, denn das Ritual lässt sich nicht wiederholen. Die meisten Nephilim gehen ohne *Parabatai* durchs Leben, und falls du, frischgebackener Schattenjäger, doch noch einen *Parabatai* finden solltest, dann betrachte diesen Umstand als ein großes Geschenk.

SICHTEN UND MELDEN VON DÄMONEN

- Wenn du dir nicht sicher bist, ob du einen Dämon allein bewältigen kannst, verwickle ihn weder in einen Kampf noch in ein Gespräch.
- Präge dir solche Dinge ein wie Anzahl der Dämonen, exakter Standort, derzeitige Aktivitäten.
- Wenn du die Dämonenart kennst (oder im Falle eines Dämonenfürsten den genauen Namen), gib diese Information bei deiner Berichterstattung weiter. Wenn du die Dämonenart *nicht* kennst, präge dir möglichst viele charakteristische Kennzeichen ein, die bei einer Identifizierung helfen können, wie etwa:
  - » Hautfarbe (Grau, Grün, Schwarzviolett, Schillernd) und Hautstruktur (Schuppen, Fell, Höcker, Flaum),
  - » Anwesenheit von Schleim, Farbe des Schleims,
  - » Anzahl der Augen, Münder, Nasen, Arme, Beine, Köpfe,

  » Größe (ziehe Vergleiche mit anderen Objekten ähnlicher Größe, anstatt die genauen Maße abschätzen zu wollen – z. B. »etwa so groß wie ein Grizzly«),
  » Geräusche (Sprache, hohe oder tiefe Stimme),
  » Geschlechtsspezifische Merkmale (sehr selten, außer bei Dämonenfürsten),
  » Erkennbare Stärken (frisst Stein oder Metall, kann sich an Wände oder Decken klammern usw.) und Schwächen (anfällig für Frostschäden, zwanghaftes Zählen von verschütteten Reiskörnern, maßloser Stolz),
  » Offensichtliche Gefahrenquellen: Fangzähne, Krallen, Klauen, Stacheln, Würgefähigkeit, ätzendes Blut, Greifzunge usw.
- Liefere den sorgfältigen Bericht bei deinem örtlichen Institut ab, wo man die Gefahr einschätzen und mögliche nächste Schritte einleiten wird. Du kannst bei der Suche helfen, indem du einen Blick in *Deutschs Dämonenfinder* wirfst, dem Standardnachschlagewerk zur Bestimmung von Dämonen anhand äußerer Merkmale. (Es ist jedoch möglich, dass dein Institut von dem Dämon, den du meldest, bereits Kenntnis hat; in diesem Falle können die Ermittlungen schnell gehen.)

KAPITEL DREI

Bestiarium Teil I:
DÄMONOLOGIE

Dämonen, die großen Eindringlinge in unser Universum, sind der Grund für die Existenz der Nephilim. Sie sind die Schatten, die wir jagen. Obwohl die Herstellung und Wahrung eines sorgfältigen Gleichgewichts zwischen Schattenweltlern und Irdischen einen Großteil unserer Verantwortlichkeiten auszumachen scheint, ist dies nachrangig. Das machen wir nur, wenn wir nicht gerade Dämonen bekämpfen. Die Hauptaufgabe der Schattenjäger – das Mandat, das Raziel uns übertragen hat – besteht in der Vernichtung der Dämonenplage, und zwar dadurch, dass wir sie ein für alle Mal in das Endlose Nichts zurückschicken, wo sie hergekommen sind.

WAS SIND DÄMONEN?

Der Begriff »Dämon« ist etwas problematisch. Ursprünglich diente er nicht als Synonym für böse Geister; aufgrund von Übertragungsschwierigkeiten in der Frühzeit des Christentums, lange vor dem Aufkommen der Nephilim, verwenden wir heute den Ausdruck zur Beschreibung der Kreaturen, die wir bekämpfen. Genauer gesagt: Wir verwenden den Begriff, weil Jonathan Shadowhunter dieses Wort benutzte, basierend auf seinen eigenen religiösen Überzeugungen der damaligen Zeit. Die meisten menschlichen Glaubenslehren kennen das Konzept von Kreaturen, die wir als »Dämonen« bezeichnen: persische Daevas, hinduistische Asuras, japanische Oni. Um die Terminologie nicht unnötig zu verkomplizieren, bezeichnen wir sie hier alle als Dämonen.

Dämonen sind nicht in dem Sinne Lebewesen, wie wir diesen

Begriff normalerweise verstehen. Sie gehören nicht in unser Universum und werden nicht von den gleichen Kräften erhalten, die unser Leben kennzeichnen. Dämonen haben keine Seele; stattdessen werden sie von einer tosenden Dämonenenergie angetrieben, ein vitalisierender Funke, der ihre Gestalt in unserer Dimension aufrechterhält. Sobald ein Dämon stirbt, wird diese Energie von seiner physischen Form getrennt und der Körper kehrt unmittelbar in die Heimatdimension des Dämons zurück. Für uns Menschen zeigt sich dieses Verschwinden auf vielfältige Weise, je nach Art des Dämons: Manche lösen sich in Staub auf, andere verblassen, bis sie nicht mehr zu erkennen sind, und wieder andere fallen in sich zusammen. Doch in allen Fällen bleiben von dem Dämon keine Überreste in unserer Welt zurück. (Allerdings kennen Hexenwesen Rituale, die Teile der körperlichen Gestalt eines Dämons »konservieren«. So lässt sich beispielsweise eine Phiole mit Dämonenblut aufbewahren, das sich auch dann nicht auflöst, wenn die Quelle dieser dämonischen Energie wieder in ihre eigene Dimension zurückgeschickt wurde.)

WAS WOLLEN DÄMONEN VON UNSERER WELT? WARUM KOMMEN SIE HIERHER?

Auf diese Frage wissen wir leider keine Antwort. Den Sagen und Legenden der Nephilim nach entstammten Dämonen ursprünglich *unserer* Welt, bevor sie verbannt wurden (siehe Appendix A: Auszug aus *Eine Geschichte der Nephilim*). Möglicherweise streben sie also danach, die Welt wieder in ihren Besitz zu bringen. Andererseits berichten unsere Legenden, dass die Dämonen von Anfang an destruktiv und durchtrieben waren und sie aus diesen Gründen verbannt wurden. Demzufolge könnten sie den Geist des Bösen in unserer Welt repräsentieren.

Auf individueller Ebene scheinen Dämonen in unsere Welt

einzufallen, um Verwüstungen und Zerstörungen anzurichten. Manchmal kommen sie hierher auf der Suche nach Macht über andere Lebewesen oder nach einflussreicher Magie usw., aber diese Macht scheint keinem anderen Zweck zu dienen, als noch mehr Unheil in der Welt anzurichten.

Es wurden aber auch eher philosophische Gründe für den Hass der Dämonen auf unsere Welt angeführt – so sollen sie beispielsweise unsere Fähigkeit zur Erschaffung von Dingen hassen, weil sie ihnen selbst fehlt. Dieses Argument dient häufig als Erklärung dafür, warum Dämonen Hexenwesen erzeugen: Schließlich handelt es sich um den einzigen Schöpfungsakt, zu dem sie fähig sind, und selbst dabei müssen sie auf unseren ureigenen »Schöpfungsakt« zurückgreifen.

Doch einstweilen können wir nur ratlos die Hände heben und einräumen, dass es ein großes Rätsel bleibt, warum Dämonen unsere Welt heimsuchen. Nur eines wissen wir mit Sicherheit: Sie sind hier, um uns Gewalt anzutun, und sie haben keinerlei Interesse an Verhandlungen oder der Vereinbarung einer Waffenruhe.

WIE SEHEN DÄMONEN WIRKLICH AUS? ÄHNELN SIE IMMER HÄSSLICHEN MONSTERN, SELBST IN IHRER EIGENEN DIMENSION?

Der Bezug zwischen dem Körper der Dämonen in unserer Welt und ihrem Erscheinungsbild in ihrer eigenen Dimension wird für uns wahrscheinlich auf ewig ein ungelöstes Rätsel bleiben. Wir glauben, dass sie keinen Einfluss auf die Gestalt haben, die sie in unserer Welt annehmen, aber ihr wahres Erscheinungsbild ist unbekannt. Wir wissen noch nicht einmal, ob Begriffe wie »Erscheinungsbild« auf das Endlose Nichts überhaupt zutreffen. Eine weitverbreitete Theorie besagt, dass beim Durchqueren von Dimensionen ein Körper für den betreffenden Dämon erschaffen wird, damit dieser in der anderen Welt überleben kann. Dies sei auch der Grund dafür, dass Dämonen die einzigen Kreaturen sind, die sich frei zwischen den Welten bewegen können. Aber natürlich ist das reine Spekulation.

MIR TUN DIE DÄMONEN HIER PLÖTZLICH IRGENDWIE LEID. IST DAS FALSCH?

Ja.

WIE ERKENNE ICH EINEN DÄMON IN FREIER WILDBAHN?

Sofern es sich nicht um Gestaltwandler handelt, fällt das Erkennen von Dämonen in der Regel nicht schwer. In unserer Welt nehmen Dämonen immer eine monströse Gestalt an und können bereits an der unheimlichen, übelkeiterregenden Atmosphäre erkannt werden, die sie wie eine düstere Aura umgibt. Falls doch einmal Zweifel bestehen, lässt sich eine positive Identifizierung anhand der heftigen Reaktion des Dämons auf geweihte Objekte oder Orte schnell vornehmen – und natürlich anhand des starken Ausschlags deines Sensors.

Neben ihrem scheußlichen Erscheinungsbild verströmen viele Dämonen einen ausgeprägten Verwesungsgeruch. Schattenjäger beschreiben diesen mit Begriffen wie »faulig«, »ranzig«, »schweflig« oder »gammlig«. Dieser Gestank kann auf den unvorbereiteten Nephilim eine lähmende Wirkung ausüben.

WAS IST DIESE WIDERLICHE SCHWARZE FLÜSSIGKEIT, DIE AUS DÄMONENSCHNITTWUNDEN AUSTRITT?

Genau wie bei anderen Lebewesen zirkuliert auch in Dämonenkörpern eine lebenswichtige Flüssigkeit. Allerdings handelt es sich dabei nicht um rotes Blut, wie wir es kennen, sondern um ein übernatürliches Sekret. Dämonenblut ist schwarz und zähflüssig, dünner als

Menschenblut und undurchsichtig. Obwohl der Kontakt mit Dämonensekret nicht gefährlich ist, kann dieses bei Menschen zu leichten Vergiftungserscheinungen führen, falls es über eine offene Wunde oder auf anderem Wege in den Blutkreislauf dringt. Schattenjäger mit den üblichen Schutz-Runen tragen normalerweise keine Schäden davon, aber sicherheitshalber sollte man Vorsicht walten lassen.

BEHERRSCHEN DÄMONEN MENSCHLICHE SPRACHEN?

Die meisten Dämonen beherrschen keine menschliche Sprache. Allerdings sind manche Spezies in der Lage, Gehörtes wie ein Papagei nachzuplappern. Dies ist oft ein Anzeichen dafür, dass ein Dämon heraufbeschworen wurde, statt aus eigenem Antrieb in unsere Welt zu dringen. Solche Dämonen wiederholen dann fast schon zwanghaft bestimmte Worte oder Ausdrücke, die ihr Beschwörer an sie richtet.

Obwohl es vermutlich eine unendliche Zahl an Dämonensprachen gibt, haben wir bisher nur einige wenige Sprachen identifizieren können, welche hauptsächlich für Hexenwesen von Bedeutung sind oder für Schattenjäger, die sich für Dämonenforschung interessieren. Zu den geläufigsten gehören Cthonisch und Purgatisch und es lohnt sich, diese beiden Sprachen sowohl in geschriebener als auch in gesprochener Form zumindest erkennen zu können und sich vielleicht den einen oder anderen häufig verwendeten Ausdruck oder Satz einzuprägen, wie etwa »Hallo«, »Auf Wiedersehen«, »Ich bin ein Nephilim«, »Im Namen des Erzengels Raziel schwöre ich dir ab«, »Hinweg, du Unhold!«.

ERGREIFEN DÄMONEN VON MENSCHEN BESITZ?

Trotz der fixen Idee vieler Irdischer, dass Dämonen Besitz von ihrem Körper ergriffen hätten, sind solche Übernahmen äußerst selten und erfordern die Fähigkeiten eines sehr mächtigen Dämonenfürsten – glücklicherweise, denn dabei handelt es sich um eine der stärksten Magien, zu denen Dämonen fähig sind. In der Regel lässt sich die Verbindung zwischen dem Dämon und der Person, in die er gefahren ist, nur durch den Tod des Dämons trennen, wobei das unglückliche Opfer häufig ebenfalls getötet wird.

Solltest du einem Besessenen begegnen, versuche auf *keinen Fall*, die Situation allein zu regeln und mit dem Betroffenen zu verhandeln, als wäre er eine politische Geisel. Die besessene Person steht vollkommen unter dessen Kontrolle. Er oder sie wird zu einem Gefangenen im eigenen Körper und nimmt jede Handlung des Dämons wahr, ist aber nicht mehr in der Lage, aus eigenem Willen heraus zu agieren. (Gnädigerweise kann sich ein Besessener in der Regel an nichts erinnern, was er oder sie in diesem Zustand getan hat.) Du darfst das Opfer festsetzen, vorzugsweise mit der Hilfe anderer Schattenjäger, doch dann solltest du die Stillen Brüder kontaktieren, damit sie den Besessenen in die Stadt der Stille bringen und dort bestimmte magische Rituale durchführen, bei denen du lieber nicht zugegen sein willst.

WARUM SIND DÄMONEN SO VERSESSEN DARAUF, UNS ZU VERNICHTEN?

Man nimmt an, Dämonen hegen einen angeborenen Hass gegen uns, weil sie auf das Leben in unserer Dimension neidisch sind. Denn ihre eigene Dimension ist, soweit wir das beurteilen können, tot – eine Dimension ohne jedes Leben. Sie wollen uns und unsere Welt verschlingen, um sich das anzueignen, was sie selbst nicht (oder vielleicht nicht mehr) haben. Dämonen sind in der Lage, die Anwesenheit von Lebensenergie in ihrer Nähe wahrzunehmen, und häufig bedienen sie sich dieses Spürsinns, um ihre Beute zu orten.

WUSSTEST DU SCHON ...?
Einer der größten unbesungenen Helden in der Geschichte der Nephilim ist Gregory Hans. Dieser Bruder der Stille entdeckte im siebzehnten Jahrhundert die richtige Kombination von Runen, um damit nicht nur die Sinne eines Nephilims zu schärfen, sondern gleichzeitig auch den Geruch der Dämonen herauszufiltern – wofür ihm Generationen von Schattenjägern dankbar sind. (Anmerkung: Unter Einfluss von Dämonenglanz können die Betroffenen einen Dämon genauso wenig riechen, wie sie ihn hören oder sehen können. Dankenswerterweise werden alle Sinne außer Kraft gesetzt.)

WIE TÖTET MAN DÄMONEN?

Die größte Schwachstelle der Dämonen ist ihre Verwundbarkeit durch Engelsmacht und Himmlisches Feuer. Genau wie die Schattenwesen, die sie erzeugt haben, sind sie mit herkömmlichen irdischen Waffen nur schwer zu verletzen und nicht dauerhaft zu schädigen. Aus diesem Grund sind selbst die einfachsten Schattenjägerwaffen mit Runen versehen und die Seraphklinge (siehe Kapitel 1, Waffenkunde) stellt mit Abstand die wichtigste Waffe in deiner Kampfausrüstung dar.

Aber Dämonen reagieren nicht nur auf unmittelbare Engelsenergie empfindlich, sondern auch auf jegliche Art von religiösen Symbolen. Allerdings kann es passieren, dass derartige Symbole sehr mächtigen Dämonen, wie etwa Dämonenfürsten, statt gravierenden

Schäden nur leichtes Unbehagen bereiten. Deshalb sollte sich ein Schattenjäger niemals ausschließlich auf die Schutzwirkung dieser Symbole verlassen.

Genau wie Vampire vertragen auch Dämonen kein direktes Sonnenlicht. Das bedeutet allerdings nicht, dass Dämonen tagsüber nicht aktiv wären. Unsere künstlichen Lichtquellen machen ihnen rein gar nichts aus. Außerdem besteht für sie nicht die geringste Notwendigkeit, so zu tun, als würden sie Tageslicht vertragen – im Gegensatz zu Vampiren, die oft versuchen, unerkannt unter den Irdischen zu leben.

Es ist zwar möglich, einen Dämon mithilfe von Sonnenlicht zu zerstören, doch dazu muss der Schattenjäger den Dämon buchstäblich in die Enge treiben, wo er den Strahlen der Sonne nicht entkommen kann – was nicht einfach ist. Eine Seraphklinge durch die Kehle oder mitten durchs Herz des Dämons sorgt in der Regel für wesentlich zuverlässigere Ergebnisse.

Schließlich können wir noch auf einen anderen großen Vorteil bei unserem Kampf gegen die Dämonen vertrauen: Es ist ihnen nicht möglich, zwischen Irdischen und uns Schattenjägern zu unterscheiden, und sie können die Anwesenheit von Engelsmagie nicht wahrnehmen. Das wiederum ermöglicht es den Nephilim, sich mithilfe von Zauberglanz vor ihnen zu verbergen, bis der richtige Moment zum Kampf gekommen ist. Dagegen können Dämonen die Anwesenheit von anderen Dämonen und Schattenwesen durchaus wahrnehmen.

Ich fasse den folgenden Abschnitt schnell für dich zusammen:
Wir haben keinerlei Informationen – weder über das eine noch über das andere.

DAS ENDLOSE NICHTS UND DIE DÄMONENSTADT PANDEMONIUM

O. k., das spart echt Zeit. Danke.

Wir wissen nur wenig über das Endlose Nichts, die Heimat der Dämonen. In der Literatur finden sich viele Namen für diesen Ort –

beispielsweise sämtliche Begriffe, die irdische Religionen für »Hölle« geprägt haben, oder abstrakte Bezeichnungen wie »Chaos« und »Abgrund«. Heutzutage bevorzugen wir »das Endlose Nichts« als einen anschaulichen und weltumspannenden Ausdruck, den sonderbarerweise sogar die Dämonenfürsten unserer Zeit benutzen.

Die geografische Beschaffenheit des Endlosen Nichts ist seit Jahrhunderten ungeklärt. Oft hat es den Anschein, dass Dämonen kein richtiges Zuhause besitzen und deshalb zu jeder Zeit an jedem Ort sein können. So kann man beispielsweise jeden Dämon, dessen Beschwörungsformel bekannt ist, herbeizitieren – und all diese Dämonen erscheinen zuverlässig und nach immer der gleichen Zeit, unabhängig von der Dämonenart oder dem Standort des jeweiligen Beschwörers. Andererseits zeigen manche Dämonenspezies eine »natürliche« Affinität zu bestimmten Regionen unserer Welt: z. B. die Rakshasas des indischen Subkontinents oder die Gorgonen der griechischen Welt. Als mögliche Erklärungen dafür wurden viele Theorien vorgelegt, aber Tatsache ist: Wir wissen nicht, warum sich manche Dämonen zu bestimmten Regionen hingezogen fühlen. Doch diese Affinität ist für uns von Vorteil, denn die an den verschiedenen Instituten stationierten Schattenjäger entwickeln sich somit zu Experten im Kampf gegen die regional bekannten Dämonen und müssen daher in der Regel nicht alles über alle existierenden Dämonenformen wissen.

Wie gesagt ist die Zahl der unterschiedlichen Dämonenspezies im Endlosen Nichts unendlich. Wir gehen von Aberhunderten Millionen verschiedenen Arten aus, und obwohl wir Nephilim seit über tausend Jahren gegen Dämonen kämpfen, haben wir nur mit einem Bruchteil aller Dämonenarten Bekanntschaft gemacht. Zudem vertreten manche Wissenschaftler die These, dass viele Dämonen gar nicht in der Lage sind, sich in unserer Welt zu manifestieren.

Bei unseren Gesprächen mit denjenigen Dämonen, die eine oder mehrere menschliche Sprachen beherrschen, gibt es eine Konstante: Wieder und wieder ist die Rede von dem Ort Pandemonium, der angeblichen Hauptstadt der Dämonen im Zentrum des Endlosen Nichts – sofern man bei einem Nichts überhaupt von einem Zentrum sprechen kann. Da noch kein menschliches Wesen diese Stadt je zu Gesicht bekam und davon berichten konnte, lassen sich keine definitiven Aussagen darüber machen, worum es sich dabei handelt, wie dieser Ort aussieht oder ob er sich mit einer physikalischen Einheit wie den Städten in unserer Welt vergleichen lässt. Wir wissen lediglich, dass die Dämonenmetropole Pandemonium sehr, sehr groß ist – unfassbar viel größer als jede unserer menschlichen Städte und dichter besiedelt als die gesamte Erdoberfläche zusammengenommen. Forschungen zum Thema Pandemonium finden derzeit nur eingeschränkt statt, da die meisten Schattenjäger der Ansicht sind, dass es in unserer Welt schon genügend Dämonen gibt und man nicht nach noch weiteren suchen muss.

DÄMONEN VERSUS DÄMONENFÜRSTEN

Wir wissen nicht, ob es so etwas wie »Dämonenfürsten« tatsächlich gibt.

Allerdings bezeichnen wir mit diesem Ausdruck einige spezielle Dämonen, die mehrere Dinge gemein haben: menschenartige Intelligenz, Persönlichkeit, einen Namen und die Fähigkeit, durch unsere Waffen nicht dauerhaft Schaden zu erleiden. Das wissen wir deshalb, weil uns viele Fälle bekannt sind, in denen Dämonenfürsten »getötet« wurden, nur um dann später – vollkommen intakt und unversehrt – wieder zurückzukehren. Die Theorie des Endlosen Nichts lehrt uns, dass ein Dämonenfürst nach der Zerstörung seines Körpers unmittelbar in den Raum des Endlosen Nichts zurückkehrt. Dort verbleibt seine ätherische Form so lange, bis der Dämon im Laufe der Jahre wieder genügend Kraft und Macht gewinnt, um erneut eine physische Gestalt aufbauen zu können.

Eines solltest du jedoch nicht vergessen: Bei diesen Gedankengängen handelt es sich vielfach um reine Spekulation. Es wäre durchaus denkbar, dass wir weder Dämonenfürsten noch Dämonen endgültig töten können. Aber da wir unter den Dämonen, die nicht über menschenartige Intelligenz verfügen, keine Individuen ausmachen können, vermögen wir nicht zu sagen, ob ein von uns getöteter Dämon später wieder zurückkehrt oder nicht. In der Vergangenheit hat es Versuche gegeben, individuelle Dämonen mit einer Ortungs-Rune zu versehen, meistens mit katastrophalen Ergebnissen. Das Töten von Dämonen ist schon schwer genug – und das Einfangen lebender Exemplare, um sie dann mit Ortungs-Runen zu versehen und ihnen nachzuspüren, hat sich als Ding der Unmöglichkeit erwiesen.

Aus diesem Grund können wir nicht ausschließen, dass »Dämonenfürst« einfach nur »Dämon mit menschenartiger Intelligenz« meint – und dass es im Grunde keine klare Unterscheidung zwischen »fürstlichen« und »herkömmlichen« Dämonen gibt. Um der Sache endgültig auf den Grund zu gehen, bedarf es weiterer Studien; glücklicherweise versiegt der endlose Strom grauenhafter Nicht-Lebensformen aus den Tiefen des Endlosen Nichts nicht so bald, sodass uns wahrscheinlich immer genügend Forschungsmaterial zur Verfügung stehen wird.

— Dämonen, Dämonen, Dämonen —

Jetzt mit noch mehr Dämonen!

I. Einige Dämonenfürsten

LILITH

Im Gegensatz zu ihrem dunklen Gefährten Samael ist Lilith nicht tot, sondern wurde mehrfach auf Erden gesichtet. Bete darum, dass du ihr nie begegnest.

Lilith ist unter vielen Namen bekannt – selbst wenn man nur die jüdische Tradition befragt, die ja als Quelle der meisten Sagen und Legenden um sie gilt, ganz zu schweigen von den zahlreichen Erscheinungsformen in anderen Mythologien mit ähnlicher Gestalt oder Funktion, die möglicherweise dieselbe Dämonin meinen. Im jüdischen Volksglauben trägt Lilith auch folgende Namen: Satrina, Abito, Amizo, Izorpo, Kokos, Odam, Ita, Podo, Eilo, Patrota, Abeko, Kea, Kali, Batna, Talto und Partash.

Laut dieser Tradition wurde sie für ihren Ungehorsam dadurch bestraft, dass sie keine Kinder mehr gebären konnte. In manchen Versionen der Geschichte wird ein noch brutaleres Bild gezeichnet: Dort ist Lilith zwar in der Lage, Kinder zu gebären, doch diese sterben unmittelbar nach der Geburt. Aus diesem Grund wird sie häufig mit dem Schwächen und Töten menschlicher Kinder in Verbindung gebracht. Große Teile unseres Wissens über Lilith leiten sich von jüdischen Traditionen ab, Neugeborene mithilfe von Amuletten und Beschwörungsformeln vor Liliths Einfluss zu schützen.

SAMAEL

Abgesehen von Samaels entscheidender Rolle bei der Rebellion der Engel gegen Gott wissen wir nicht viel über ihn. Er gilt als die Schlange, die die Menschheit in Versuchung und damit zum Sündenfall brachte.

Aber da Samael seit vielen Jahrhunderten nicht mehr auf Erden gesehen wurde, bleibt seine physische Gestalt ein Rätsel.

Traditionelle Überlieferungen behaupten, dass er für sein Verbrechen – die Aufhebung der Schleier zwischen der Menschenwelt und dem Endlosen Nichts – vom Erzengel Michael, dem Anführer der himmlischen Heerscharen, gejagt und getötet wurde. Diese in vielen irdischen Religionen vertretene These wird auch häufig von den Dämonen selbst wiederholt. Da Samael seit unendlich langer Zeit nicht mehr in dieser Welt gesichtet wurde, existieren keine Rituale zu seiner Beschwörung.

ABBADON

Der Herrscher des Abgrunds. Sein ist die ewige Leere zwischen den Welten. Sein ist der Wind und die unendliche Dunkelheit. Dieser Dämon besitzt die Gestalt eines gut drei Meter großen, verwesenden Skeletts. *Ein echter Mistkerl.*

AZAZEL

Erster Bannerträger der Höllenarmeen und Waffenschmied. Wie die meisten hochrangigen Dämonenfürsten war auch er einst ein Engel. Es heißt, er habe die Menschheit den Gebrauch von Waffen gelehrt, zu einer Zeit, als dieses Wissen den Engeln vorbehalten war. Für dieses Vergehen wurde er aus dem Himmel verbannt, worauf er sich in einen Dämon verwandelte. Die Ironie der Tatsache, dass ein Dämon der Menschheit das Wissen zur Bekämpfung von Dämonen schenkte, ist uns Nephilim durchaus bewusst und wir vermuten, auch Azazel dürfte sie nicht entgangen sein. Schon im Buch Henoch steht geschrieben: »Die ganze Erde ist verdorben durch die Wirkungen Azazels Lehre. Ihm also schreibe das ganze Verbrechen zu.«

HUNGER

Der unter dem Namen Hunger bekannte Dämon ist eine fettleibige, teufelsartige, menschenähnliche Gestalt, die von Kopf bis Fuß mit stachligen Schuppen bedeckt ist und über den gesamten Körper verteilt mehrere, mit scharfen Fangzähnen versehene Mäuler besitzt. Hunger verschlingt alles, was seinen Weg kreuzt, meist auf unappetitliche und groteske Weise.

MARBAS

Ein blauer Dämon, etwa halb so groß wie ein Mensch, mit blauen, einander überlappenden Schuppen und einem langen, stachelbewehrten Schwanz. Er besitzt scharlachrote Augen, echsenartige Gesichtszüge und ein abgeflachtes Schlangenmaul.

MRS DARK

Eine große Kreatur augenscheinlich weiblichen Geschlechts (allerdings wissen wir nicht, welche Rolle das Geschlecht im Reich der Dämonen spielt), mit harter grauer, steinähnlicher Haut, verwachsenen Gliedmaßen, klauenbewehrten Händen und Hörnern auf der Stirn. Sie ist auch an ihren schwefelgelb glühenden Augen und ihren drei Mündern mit grünlichen Reißzähnen zu erkennen. Sie ist eine *Eidolon* (siehe separater Eintrag auf Seite 78).

II. EINIGE GELÄUFIGE DÄMONEN

BEHEMOTH

Der Behemoth-Dämon ist eine formlose Monstrosität: ein länglicher, mit einer doppelten Zahnreihe bestückter, schleimiger Körper, dessen Bewegungen an die einer blinden Schnecke erinnern. Deutlich größer als ein Mensch, verschlingt der Behemoth alles, was sich ihm in den Weg stellt, einschließlich Menschen.

DRACHEN

Drachen-Dämonen zählen zu den Kreaturen in der modernen Welt, die den alten Drachenmythen am nächsten kommen. Diese großen, geflügelten, Feuer speienden Echsen sind sehr intelligent und zeichnen sich durch eine Vielzahl unterschiedlicher Formen und Farben aus. Sie sind schreckliche Widersacher, doch glücklicherweise begegnen wir Nephilim ihnen nur recht selten, da sie fast ausgestorben sind. Man sollte sie nicht mit Vetis-Dämonen verwechseln, die äußerlich den Drachen ähneln, aber nicht mit diesen verwandt sind.

DREVAK

Uns Schattenjägern ist der Anblick von Drevak-Dämonen durchaus vertraut. Dämonenfürsten oder bösartige Hexenwesen benutzen sie gern als Spione und Boten. Diese schwachen und blinden Dämonen haben einen blassbleichen, larvenähnlichen Körper und spüren ihr Opfer über den Geruch auf.

Ihre Mangel an Kraft und Intelligenz bedeutet allerdings nicht, dass sie harmlos sind. Statt Zähnen tragen sie giftige Stacheln im Maul, die sehr gefährlich werden können, wenn sie in der Haut des Opfers abbrechen und stecken

bleiben. Ihre Bisse werden wie herkömmliche Vergiftungen durch Dämonengift behandelt.

DU'SIEN

Die Du'sien zählen zu den weniger bekannten, gestaltwandelnden Dämonenarten (siehe unten »Eidolon«). Ihr wahres Erscheinungsbild ist recht abstrakt und erinnert an einen unregelmäßig geformten Klumpen aus graugrüner, gallertartiger Masse mit einem kleinen, leuchtenden schwarzen Zentrum. Im Gegensatz zu Eidolon sind sie nicht in der Lage, die Gestalt anderer Kreaturen bis ins kleinste Detail nachzuahmen; außerdem beherrschen sie menschliche Sprachen nur rudimentär. Aus diesem Grund tarnen sie sich gern als Personengruppen, als Mitglieder einer größeren Menge, und geben sich seltener als ein bestimmtes Individuum aus.

EIDOLON

»Eidolon« ist nicht der Name für eine spezifische Dämonenart, sondern ein Sammelbegriff für eine Vielzahl dämonischer Gestaltwandler, die in zahlreichen Formen, Größen und Gestalten auftreten und über unterschiedliche Stärken verfügen. Aufgrund ihrer Mannigfaltigkeit verwenden wir Schattenjäger den Begriff »Eidolon« häufig als generelle Bezeichnung für Gestaltwandler-Dämonen. Mit anderen Worten: In der Regel ist es sinnvoller, die gestaltwandlerischen Fähigkeiten eines Dämons festzuhalten, statt auf die untergeordneten Details seiner ursprünglichen Gestalt zu verweisen.

Aus naheliegenden Gründen machen Eidolon den Großteil der Dämoneneltern von Hexenwesen aus (siehe »Hexenwesen« in Teil II dieses Bestiariums für eine Erläuterung, falls die Gründe dir nicht sofort einleuchten).

Zusätzlich zu der Gefahr, die von ihrer fast perfekten Tarnfähigkeit ausgeht, verfügen Eidolon gegenüber anderen Dämonenarten noch über einen weiteren Vorteil: Wenn sie die Gestalt eines Menschen annehmen, sind sie bis zu einem gewissen Grad vor den schädlichen Strahlen der Sonne geschützt. Zwar kann sich ein Eidolon direktem Sonnenlicht nicht gefahrlos aussetzen, aber diffuses Licht, das durch dichte Wolken, Nebel oder Regen gefiltert wird, bereitet diesen Dämonen nur leichtes Unbehagen.

GESICHTSSCHMELZER

Erklärt sich von selbst.

HÖLLENHUNDE

Eine dämonische Verfälschung des Hundes, genau wie viele Dämonen verfälschte Versionen von Männern und Frauen darstellen. Diese gefährlichen Dämonen sind wesentlich größer als herkömmliche Hunde; sie haben rote Augen, dichtes, drahtiges schwarzes Fell und einen blutrünstigen Charakter. Genauso intelligent wie die Hunde der Menschen, werden sie von anderen Dämonen für ähnliche Zwecke eingesetzt – zum Aufspüren und Jagen (jedoch nie zum Viehhüten und auch nicht als Gefährte, da Dämonen zu solchen Dingen wie Freundschaft oder Kameradschaft nicht fähig sind). Die gefährlichste Waffe der Höllenhunde sind ihre messerscharfen Zähne, aber im Gegensatz zu herkömmlichen Hunden haben sie zusätzlich einen krummen Schwanz, dessen Spitze wie ein mittelalterlicher Streitkolben mit nagelähnlichen Dornen besetzt ist.

HYDRA

Ein mittelgroßer, bösartiger, aber nicht sehr schlauer Dämon mit zahlreichen Köpfen (mindestens drei, aber häufig deutlich mehr), der sich von anderen mehrhäuptigen Dämonen durch seine animalische Intelligenz, seine langen, schwankenden Hälse und die fehlenden Augen unterscheidet. Hydra-Dämonen vertrauen auf ihr Gehör, ihren Geruchssinn und die Anzahl ihrer riesigen Mäuler, um ihre Beute zu fangen.

IBLIS

Iblis-Dämonen sind Kreaturen mit menschlicher Gestalt, doch geformt aus wirbelndem schwarzem Qualm und mit glühenden gelben Augen ausgestattet.

KOBOLD

Beim gemeinen Kobold handelt es sich um eine kleine, menschenähnliche Kreatur mit den typischen Merkmalen westlicher Teufelsgestalten – Hörner, gegabelter Schwanz usw. Als Einzelwesen nicht besonders gefährlich, können Kobolde sich in Rudeln von mehr als zweihundert Exemplaren zum Problem entwickeln.

DSCHINN

Die Dschinn werden hier deshalb erwähnt, weil sie oft fälschlicherweise für Dämonen gehalten werden. Dabei zählen sie eigentlich zu den Feenwesen.

KAPPA

Dieser reptilienartige Wasser-Dämon mit schützendem Rückenschild und hervorstehendem, schnabelförmigem Mund besitzt die Größe und ungefähre Gestalt eines zehnjährigen Kindes. Er schnellt gern hinterrücks aus dem Wasser, um nichts ahnende Irdische in den Tod zu ziehen.

KURI

Große schwarze Spinnen-Dämonen mit acht Zangenarmen und Gift absondernden Fangzähnen, die aus den Augenhöhlen hervorragen.

MOLOCH

Verwirrenderweise verweist der Begriff »Moloch« sowohl auf einen Dämonenfürsten – einer der furchterregendsten Dämonenkrieger, ein Wesen aus Rauch und Öl – als auch auf eine Spezies rangniedrigerer

Dämonen, die besagtem Dämonenfürsten als Lakaien und Fußsoldaten dienen. Moloch-Dämonen sind etwa menschengroß und bestehen aus dichtem, waberndem Öl; sie haben Arme, aber statt Beinen nur formlose, flüssige Fortsätze. Ihre Hauptwaffe ist das Feuer: Flammen, die aus ihren leeren Augenhöhlen hervorschießen. In der Regel treten sie in großen Gruppen auf.

ONI

Menschengroße Dämonen mit grüner Haut, breiten Mäulern und Hörnern auf dem Kopf.

RAHAB

Diese großen, zweibeinigen Dämonen erinnern durch ihr Erscheinungsbild und ihre Fortbewegungsweise an Echsen. Sie sind blind und besitzen anstelle der Augen lange Zahnreihen; ihr Maul ist mit scharfen Fang- und Stoßzähnen bestückt. Ihr dünner, peitschenartiger Schwanz trägt rasiermesserscharfe Schuppen und ist genau wie ihre Klauen extrem gefährlich. Doch die bedrohlichste Waffe dieser Dämonen ist der knollenförmige Stachel am Ende ihrer langen, gespaltenen Zunge.

RAUM

Dieser furchterregende, gefährliche Dämon kann zwar nicht sprechen, ist aber dennoch ein nicht zu unterschätzender Gegner. Etwa menschengroß, besitzt er grauweiße, schuppige Haut, hervorquellende, krötenartige Augen ohne Pupillen, ein perfekt kreisrundes, lippenloses Maul und lange Tentakel statt Armen. Diese Tentakel bilden die gefährlichste Waffe der Raum-Dämonen: Jeder Fangarm ist mit blutroten Saugnäpfen bedeckt, in denen jeweils eine Ansammlung winziger, nadelspitzer Zähne lauert.

RAVENER

Der Ravener ist eine klassische Monstrosität: ein langer, schuppiger Körper, mit einer Reihe flacher schwarzer Augen, die weit vorn in der Mitte des gewölbten Schädels sitzen; dazu kommen eine abgeflachte, alligatorähnliche Schnauze und ein stachliger Schwanz. Ravener haben spitze Fangzähne, die ein tödliches Gift absondern, welches dem Opfer innerhalb kürzester Zeit sämtliche Lebensenergie raubt und nur ein Häufchen Asche zurücklässt. Dieses Toxin ist eines der gefährlichsten Dämonengifte überhaupt – und wir reden hier von einer Kategorie, in die auch das Gift des Gesichtsschmelzers fällt (siehe »Gesichtsschmelzer«, Seite 79).

SHAX

Diese Dämonen sind für ihren feinen Geruchssinn bekannt und werden von Hexenmeistern manchmal zum Aufspüren vermisster Personen eingesetzt. Man muss sie besonders genau im Auge behalten, denn die Shax sind Brutparasiten und legen einem verwundeten Opfer ihre Eier unter die Haut, solange es noch am Leben ist.

VERMITHRALL

Die meisten Schattenjäger werden dir irrtümlicherweise erzählen, beim Vermithrall handelt es sich um eine unförmige Masse aus Tausenden von wimmelnden Würmern. Dabei ist nicht diese Masse an sich, sondern jeder einzelne dieser Würmer ein Vermithrall-Dämon. Allerdings schließen sie sich gern zu Kolonien in Menschengestalt zusammen und greifen uns dann als ein Wesen an. Einmal vom Hauptkörper entfernte Würmer

werden alles daransetzen, schnellstmöglich zur Gruppe zurückzukehren, wodurch es sehr schwierig ist, einen Vermithrall zu töten.

VETIS

Man sollte sie nicht mit Drachen-Dämonen verwechseln, mit denen sie trotz der äußeren Ähnlichkeit nicht verwandt sind. Diese großen, menschenartigen Wesen mit grauer Haut und rubinroten Augen haben lange, schlangenähnliche Arme, an deren Enden keine richtigen Hände, sondern längliche Gliedmaßen mit aalartigen Köpfen sitzen. Genau wie Drachen horten auch sie alles, was glitzert und funkelt, aber im Gegensatz zu Ersteren können sie nicht zwischen Edelsteinen und Krimskrams unterscheiden. Deshalb erinnern ihre Höhlen eher an riesige Rattennester als an Schatzkammern.

IRDISCHE DÄMONENKULTE

Im Laufe der Geschichte hat es zahllose Beispiele für jämmerliche Gruppierungen irregeleiteter Irdischer gegeben, die die Anbetung eines bestimmten Dämons (oder gleich einer Gruppe) zum Kult erhoben haben. Die meisten dieser Kulte interessieren uns Nephilim wenig, da sie lediglich die Geschichte der Dämonen durcheinanderbringen und vielmehr für Verwirrung sorgen, weil sie sich bloß auf eingebildete oder erfundene Dämonen gründen.

Nichtsdestoweniger ist es einer Minderheit dieser Dämonenkulte gelungen, schwache, rangniedere Dämonen heraufzubeschwören. Diese Geschichten enden in der Regel damit, dass die Kultgruppe den Dämon unsachgemäß bindet und dieser sämtliche Mitglieder der Gruppe umgehend tötet. In wenigen Ausnahmefällen konnte ein Dämonenkult für einen etwas längeren Zeitraum überleben, wobei die Mitglieder dem Dämon dienten und nur wenig dafür zurückverlangten. Obwohl diese Kulte unweigerlich nach ein oder zwei Generationen wieder verschwinden und sie uns deshalb in historischer Hinsicht kaum interessieren, können sie regional für Unfrieden sorgen und ein Eingreifen der Brigade erfordern.

In der Regel sind die irdischen Mitglieder dieser Dämonenkulte zum Zeitpunkt eines solchen Eingriffs nur noch ein Schatten ihrer selbst. Der angebetete Dämon raubt ihnen ihre Menschlichkeit, um sich selbst am Leben und bei Kräften zu halten. Es bleiben nur noch menschliche Hüllen zurück, deren Körper verwesen und deren Seelen sich in einem Zustand ständiger animalischer Wut befinden. Dieses Verfallsstadium ist unumkehrbar; daher gilt das Töten solcher dämonverseuchten Irdischen als Gnadenakt und fällt in den Rahmen der geltenden Gesetze.

Auch um die Anbetung von Dämonenfürsten haben sich Kulte gebildet, doch es gibt keinerlei Beweise dafür, dass es irgendeiner dieser Gruppierungen gelungen ist, das Objekt ihrer Verehrung heraufzubeschwören. Falls sie tatsächlich Erfolg hatten, wurden sie umgehend vom jeweiligen Dämonenfürsten vernichtet und konnten keine Berichte hinterlassen, die uns von ihrer Torheit erzählen.

DÄMONENPOCKEN

Astriola oder auch »Dämonenpocken« ist eine seltene, kräftezehrende Krankheit unter Schattenjägern, die durch »unschickliche«, also unangemessene Beziehungen mit Dämonen verursacht wird – kommt heutzutage nur noch selten vor. Irdische sind immun gegen diese Krankheit und man vermutet, dass die Anfälligkeit der Nephilim mit einer Reaktion des Dämonengifts auf unser Engelsblut zusammenhängt.

Die ersten Anzeichen der Dämonenpocken äußern sich durch einen schildförmigen Hautausschlag auf dem Rücken eines Infizierten, der sich dann über den ganzen Körper ausbreitet und Risse in der Haut verursacht. Ab diesem Zeitpunkt setzt ein körperlicher Verfall ein, begleitet von Fieber, Schüttelfrost, Übelkeit, nässenden und nicht nässenden Wunden, Lymphknotenschwellungen, schwarzer Eintrübung der Linsen, Haarausfall und ähnlichen Erschöpfungssymptomen. Die Wunden und Risse in der Haut verschorfen und dieser wappenartige Schorf bildet schließlich einen dunklen Kokon, in dem sich das Opfer unter Schmerzen und über mehrere Wochen hinweg schließlich selbst in einen Dämon verwandelt. Sobald der Dämon einmal aus dem Kokon geschlüpft ist, existiert die ursprüngliche Person nicht länger und ihre Qualen lassen sich nur durch das Töten des Dämons beenden.

Früher führte *Astriola* unweigerlich zum Tod. Man konnte für den Infizierten nicht viel mehr tun, als es ihm so bequem wie möglich zu machen und ihn von anderen Nephilim zu isolieren (die sonst vielleicht zu Schaden hätten kommen können, sobald die Verwandlung zum Dämon vollständig abgeschlossen war). Der Krankheitsverlauf konnte verzögert, aber nicht aufgehalten werden und in vielen Fällen entschied sich das Opfer gegen eine Behandlung, die sein Leiden nur verlängert hätte. Heutzutage existieren zuverlässige Arzneimittel, mit denen Dämonenpocken im Frühstadium problemlos kuriert werden können, sodass es nur noch zu wenigen Todesfällen kommt. Wenn ein Infizierter jedoch das fortgeschrittene Stadium der Dämonisierung erreicht hat, lässt sich *Astriola* nicht mehr heilen. Außerdem sind Dämonenpocken noch immer mit einem ausgeprägten Stigma behaftet, da die Erkrankung als hinreichender Beweis für einen Verstoß gegen das Gesetz bezüglich des Intimverkehrs mit Dämonen gilt. Aus diesem Grund werden Infizierte heutzutage häufig innerhalb der Mauern der Gebeinstadt behandelt, während sie dort ihre Haftstrafe absitzen.

DISKUSSIONSFRAGEN UND ANREGUNGEN FÜR EXPERIMENTE

1. Lern ein paar Worte Purgatisch oder Cthonisch! In deinem örtlichen Institut solltest du den einen oder anderen Sprachführer finden.

   Ich empfehle den Klassiker Purgatisch in nur zehn bis zwölf qualvollen Jahren.
   Hast du vor, häufig in Dämonenrestaurants zu essen? Nein. Lohnt sich die Mühe?
   Dann nicht. Dämonen, die clever genug sind, ein Gespräch zu führen, beherrschen in der Regel eine menschliche Sprache.

2. Eine Frage an diejenigen unter euch, die über das Zweite Gesicht verfügen: Hast du je einen Dämon gesehen, bevor du zu den Schattenjägern gekommen bist? Falls ja, wie hat dein Verstand das Gesehene verarbeitet?

   An dieser Stelle den Witz über Mrs Thomson aus der siebten Klasse einfügen. ALSO, ES WAR EINMAL MRS THOMSON –
   ACH, VERGISS ES, DU HAST DEN WITZ EH SCHON RUINIERT …

3. Dämonen versprechen ihren Opfern gern das, was diese sich am meisten wünschen. Was könnte ein Dämon dir versprechen? Wie könnte er dafür sorgen, dass dein Wunsch auf ironisch-schreckliche Weise in Erfüllung geht? Denk mal darüber nach. Sollte ein Dämon dir tatsächlich eines Tages die Erfüllung deiner innigsten Wünsche anbieten, fällst du nicht mehr auf seine Lügen herein.

   Ein Dämon könnte mir vielleicht … ein Pony versprechen.
   Und er könnte diesen Wunsch auf schreckliche Weise in Erfüllung gehen lassen, indem er mir ein Spielzeugpferd schenkt oder ein wirklich wütendes Pony, das nichts ahnende Leute angreift. Oder ein Pony, das mit spitzen Stacheln bedeckt ist, sodass man nicht darauf reiten kann.

Deine Hausaufgabe: Finde heraus, wie du diese Diskussionsfragen ernster nehmen kannst!

KAPITEL VIER

Bestiarium Teil II: SCHATTEN-WELTLER

Wenn marodierende Dämonen die einzigen Kreaturen in der Welt wären, auf die wir Schattenjäger ein Auge haben müssten, wäre unser Leben wesentlich leichter. Denn mit Ausnahme von seltenen Gestaltwandlern sind Dämonen eindeutig keine Menschen und praktischerweise durch und durch bösartig. Zwischen Menschen und Dämonen gibt es nichts zu besprechen und keine Verhandlungen zu führen. Es herrscht einfach nur Krieg. Sie greifen an und wir verteidigen uns.

Aber leider ist der Rest der Welt nicht so einfach aufgebaut. Nachdem die Dämonen erst einmal in das Leben der Menschen eingedrungen waren, nahmen die schwarz-weißen Flüsse von Gut und Böse eine graue Tönung an und aus diesen trüben Gewässern der Menschheit entwickelten sich die Schattenwesen. Manche Schattenweltler – Hexen- und Feenwesen – stammen aus einer Zeit, die der der Nephilim um Jahrtausende vorausgeht. Doch die anderen Schattenwesen, Werwölfe und Vampire, sind ein relativ neues Phänomen: das Ergebnis von bisher unbekannten Dämonenkrankheiten, die sich in das Menschengeschlecht eingeschlichen haben und uns allem Anschein nach auf ewig erhalten bleiben werden.

WERWÖLFE

Werwolf? Wiewolf? Waswolf? *Machst du das bei den nächsten Kapiteln etwa auch?*

Die Lykanthropie, die ältere dieser beiden Dämonenkrankheiten, tauchte vermutlich erstmals im 13. Jahrhundert in den Wäldern Mitteleuropas auf und verbreitete sich von dort rasend schnell in ganz Europa und schließlich im Rest der Welt. Gegen Ende des 15. und zu Beginn des 16. Jahrhunderts wurden Werwölfe gnadenlos verfolgt

Wer weiss!

und öffentlich auf dem Scheiterhaufen hingerichtet – ähnlich den damals unter den Irdischen so beliebten Hexenverbrennungen (es handelte sich bei den Opfern jedoch nur selten um richtige Schattenwesen; siehe Appendix A: *Die Verfolgungen und das Schisma*).

Die Dämonenkrankheit Lykanthropie transformiert einen Menschen in einen Werwolf, einen Halbmenschen, dessen Infektion dazu führt, dass er oder sie sich bei Vollmond in einen großen, gefährlichen Wolf verwandelt. Hinzu kommt, dass Werwölfe in ihrer Wolfsgestalt nicht nur einfach Wölfe sind, sondern auch außergewöhnliche – dämonische – Eigenschaften wie enorme Kraft und Schnelligkeit besitzen. Mit ihren Klauen und Fangzähnen können sie dann einen Maschendrahtzaun mühelos durchtrennen oder ein Vorhängeschloss duchbeißen. Ohne Hilfe und Training kann sich ein Werwolf zu einer äußerst gefährlichen Kreatur entwickeln: Ein infizierter Mensch führt scheinbar ein ganz normales Leben, um sich dann jeden Monat etwa drei Nächte lang in eine bösartige, zügellose, blutrünstige Bestie zu verwandeln, die anschließend jedoch keinerlei Erinnerung an die eigenen Taten während dieser Zeit besitzt.

BEGEGNUNG MIT EINEM WERWOLF

Ein Werwolf in üblicher Menschengestalt – also nicht unter dem unmittelbaren Einfluss der Lykanthropie – unterscheidet sich durch nichts von anderen Menschen. Deshalb solltest du jeden neuen Werwolf in Menschengestalt genau wie andere Menschen auch behandeln. Entgegen landläufiger Meinung werden sie dich nicht beschnüffeln oder zu einem Zweikampf auf Leben und Tod herausfordern.

Solltest du allerdings einem Werwolf in Wolfsgestalt begegnen, musst du die Situation rasch einschätzen. Ignoriert er dich, entferne dich ruhig, aber zügig. Beobachtet er dich, halte wie bei einem Hund nach typischen Anzeichen für Aggression Ausschau – gefletschte Zähne, Knurren, gesträubte Nackenhaare. Halte beide Hände hoch, um ihm zu zeigen, dass du keine Gefahr darstellst.

Und versuch, möglichst nicht wie ein saftiges Stück Steak auszusehen …

Verteidige dich nur, wenn du angegriffen wirst, und versuche, den Wolf außer Gefecht zu setzen, statt ihn zu töten. Ein Werwolf, der einen Menschen angreift, reagiert in der Regel auf eine empfundene Bedrohung – oder es handelt sich um einen frisch verwandelten Werwolf, der sich und seine Kräfte noch nicht unter Kontrolle hat.

Wenn du den fraglichen Werwolf kennst, versuche auf *keinen Fall*, mit ihm zu diskutieren, ihn bei seinem Menschennamen anzusprechen oder ihn an all die spaßigen Menschenaktivitäten zu erinnern, die ihr gemeinsam unternommen habt. Verzichte unbedingt auf Kommandos, wie du sie einem Hund geben würdest, wie etwa »Bei Fuß« oder »Sitz!«.

WOHER STAMMEN WERWÖLFE URSPRÜNGLICH? WIE LEBEN SIE?

Wir wissen nicht, welcher Dämon bzw. welche Dämonenart für das erstmalige Auftauchen von Werwölfen verantwortlich ist. In der einschlägigen Literatur finden sich zwar Hinweise auf einen mutmaßlichen Dämonenfürsten, der üblicherweise mit dem Platzhalternamen »Wolf« bezeichnet wird. Aber trotz zahlreicher sogenannter Beschreibungen in mittelalterlichen Handschriften gibt es keinen glaubwürdigen Kandidaten für diesen »Wolf«. Anscheinend ist er einfach hier aufgetaucht, hat die Werwölfe erschaffen und dann unsere Welt wieder verlassen.

Neue Werwölfe entstehen, indem ein Mensch von einem Werwolf gebissen wird. In etwa der Hälfte aller Fälle führt ein Werwolfbiss zur anschließenden Infektion mit Lykanthropie. Inzwischen wurden sowohl vonseiten der Nephilim als auch von den Werwölfen selbst (siehe Infobox zu den *Praetor Lupus* auf Seite 98) zahlreiche Sicherheitsvorkehrungen getroffen, um unvermutete Angriffe zu vermeiden – mit dem Ergebnis, dass Bisse von bösartigen Werwölfen heutzutage zum Glück recht selten sind.

Die wichtigste Aufgabe jedes frischgebackenen Werwolfs besteht darin, seine Transformation oder »Verwandlung« kontrollieren zu lernen. Diese große Verantwortung ist wichtiger als jeder andere Aspekt seines oder ihres neuen Lebens. Mit dem richtigen Training und genügend Selbstbeherrschung sind Werwölfe – besser als alle

anderen Schattenweltler – dazu fähig, friedlich und ruhig inmitten der Irdischen zu leben. Laut den Richtlinien der *Praetor Lupus* gilt jeder Werwolf, der seine Verwandlung nicht aktiv steuern kann, als »bösartiger Einzelgänger«, unabhängig von seinem Verhalten. Diese Vorschriften zielen darauf ab, Werwölfe dazu zu motivieren, Kontrolle über ihre Verwandlung zu erlangen, um so der strengen Überwachung durch die *Praetor* zu entgehen. Ein unabsichtlicher Angriff ist für die *Praetor* und die Werwolfgemeinschaft eine Katastrophe; daher wurden strenge Regeln zur Vermeidung solcher Vorfälle aufgestellt.

Dies ist besonders wichtig, weil für frisch verwandelte Werwölfe der Übergang in ihr neues Leben selten reibungslos verläuft. Als Begleiterscheinungen der lykanthropischen Reaktion treten ungezügelte Aggressionen und Wut, Selbstmordgedanken und Depressionen auf. Dieser Gefühlscocktail kann für einen neu erstarkten Schattenweltler, der seine neuen Kräfte und Fähigkeiten noch nicht einzuschätzen weiß, besonders Furcht einflößend und gefährlich sein. Aus diesem Grund sollte man neuen Werwölfen mit Vorsicht begegnen. Die *Praetor Lupus* haben die Aufgabe übernommen, sich in der Schattenweltgemeinschaft sowohl um Vampirfrischlinge (siehe »Vampire«, Seite 99) als auch um neue Werwölfe zu kümmern, und können in besonders schwierigen Fällen helfend zur Seite stehen.

Allen Berichten zufolge ist die erste Verwandlung die schlimmste, weil es sich um eine vollkommen neue Erfahrung handelt. Aber es sollte kein Zweifel daran bestehen, dass jede lykanthropische Verwandlung traumatisch ist. Das Dehnen und Umgestalten von Muskeln und Knochen wird von großen Schmerzen begleitet, insbesondere die Neuordnung der Wirbelsäule. Das menschliche Gebiss wird von den Wolfszähnen verdrängt, die sich schmerzhaft aus dem Zahnfleisch herausschieben. Diese körperlichen Umwälzungen in Kombination mit den chemischen Veränderungen im Gehirn führen bei den meisten Werwölfen dazu, dass sie während ihrer ersten Verwandlung in einen geistigen Dämmerzustand verfallen und jegliche

Erinnerung an diese Ereignisse verlieren. In dieser Situation – wenn sie ihre Verwandlung noch nicht aktiv steuern und ihren menschlichen Verstand nicht wieder einschalten können – sind Lykanthropen besonders gefährlich.

Hinzu kommt, dass die meisten neuen Werwölfe sich noch keinem Rudel angeschlossen haben und daher keinerlei Zugang zu Informationen besitzen, die ihnen die Umstände ihrer Verwandlung verständlicher machen könnten. Aus diesem Grund plädieren wir für Nachsicht gegenüber frischgebackenen Werwölfen, auch wenn bösartige Schattenweltler genau genommen nicht durch das Abkommen geschützt sind. Neue Werwölfe sind buchstäblich nicht Herr ihrer Sinne. Die *Praetor Lupus* leisten große Hilfe beim Aufspüren und bei der Rehabilitation solcher Einzelgänger, weswegen man einen gefangenen bösartigen Werwolf eher zur nächsten Niederlassung der *Praetor* bringen sollte statt zum örtlichen Wolfsrudel.

Die *Praetor* sind bei der Erfüllung ihrer Aufgabe sehr erfolgreich und haben mit ihrem Beispiel der freiwilligen Selbstkontrolle die Werwölfe zu Muster-Schattenweltlern gemacht. So müssen wir Nephilim inzwischen in den meisten Regionen der Welt nur noch selten ausrücken, um uns mit einem bösartigen Werwolf zu befassen. Nichtsdestoweniger wird selbst der ruhigste Werwolf bei Vollmond einer Verwandlung unterworfen (und sei es auch nur in der eigentlichen Vollmondnacht); aus diesem Grund gibt es so etwas wie einen »vollkommen harmlosen Werwolf« nicht.

Genauso wenig wird sich ein völlig harmloses Wolfsrudel finden lassen, denn innerhalb einer traditionellen Werwolforganisation herrscht ein inhärentes Gewaltprinzip: Der Leitwolf kann jederzeit von einem beliebigen Rudelmitglied zu einem Kampf auf Leben und Tod herausgefordert werden, um die Frage der Leitung des Rudels zu klären. Dies bedeutet nicht nur, dass sich die gesamte Sozialstruktur der Werwölfe um rituelle Tötungen dreht (eine bedauerliche Tatsache, die sich wie ein roter Faden durch alle Schattenweltkulturen zieht), sondern auch, dass die Werwolfpopulation ständig eine Handlung vollzieht, die in der Gesellschaft der Irdischen als vorsätzlicher Mord bezeichnet wird und demzufolge die Aufmerksamkeit der irdischen Polizeibehörden wecken kann. In solchen Fällen ist gelegentlich ein Einschreiten unsererseits erforderlich, um Schattenweltler und Irdische mithilfe von Zauberglanz und anderen Schutzvorkehrungen voneinander fernzuhalten.

Ein erfahrener Werwolf, für den die allmonatliche Verwandlung zu einem vertrauten Begleiter geworden ist (und nicht länger ein unerwünschter Eindringling), kann anspruchsvollere Gestaltwandlungen erlernen – beispielsweise eine Hand zu einer Wolfstatze zu verwandeln, um mit seinen Klauen ein Hindernis zu durchtrennen.

Traditionsgemäß hegen Werwölfe und Vampire einen unermesslichen Hass gegeneinander, der vermutlich mit den jeweiligen Dämoneninfektionen einhergeht. Doch es gibt auch Orte auf dieser Welt, wo beide Gruppen gut miteinander auskommen oder sogar Verbündete sind, wie beispielsweise in Prag.

Werwölfe sind sterblich; sie altern und sterben schließlich genau wie andere Menschen. Außerdem können sie Nachwuchs bekommen, an den die Lykanthropie *nicht* vererbt wird. Auch aus einer Verbindung mit einem Nephilim können Kinder entstehen, und da das Blut der Schattenjäger immer dominant ist, wird das Kind eines Werwolfs und eines Schattenjägers ein Nephilim sein.

SCHWÄCHEN

Zusätzlich zu ihrer übernatürlichen Stärke, Beweglichkeit und Reflexschnelligkeit verfügen die Werwölfe – genau wie viele andere Schattenweltler – über außerordentlich rasche Selbstheilungskräfte. Zwar können sie verloren gegangene Gliedmaßen oder Organe nicht ersetzen, aber von den meisten irdischen Verwundungen erholen sie sich ziemlich schnell. Es gibt nur zwei Möglichkeiten, einen Werwolf dauerhaft zu verletzen oder zu töten: entweder durch das Engelsfeuer der Seraphklinge oder durch reines Silber (die berühmtere Methode). Silber wird mit dem Mond assoziiert und durch Silberwaffen herbeigeführte Verletzungen fügen Werwölfen nicht nur große Schmerzen, sondern auch dauerhaften Schaden zu. Aus diesem Grund wirst du in jedem Institut ein Arsenal an Silberwaffen vorfinden, das ausschließlich diesem Zweck dient.

Habe Luke diesen Abschnitt gezeigt, worauf er losgebrüllt hat und 'ne halbe Stunde lang wütend im Wohnzimmer auf und ab marschiert ist. Habe pflichtgemäß Notizen gemacht:

DIE PRAETOR LUPUS

Die *Praetor Lupus* sind die erste und größte Vereinigung zur freiwilligen Selbstkontrolle innerhalb der Schattenwelt. Sie entwickelten sich aus einer kleinen Keimzelle, die Ende des 19. Jahrhunderts in London entstand, zu einer weltweit agierenden Organisation. Ihr Name suggeriert eine alte, wenn nicht gar antike Vereinigung, dabei wurden die *Praetor Lupus* – die »Wolfsgarde« – erst vor 150 Jahren gegründet. Der Name spiegelt also eher die viktorianische Begeisterung für alles Klassische wider. Ihr Gründer Woolsey Scott, ein wohlhabender Werwolf aus London, rief die Organisation als Reaktion auf den letzten Wunsch seines verstorbenen Bruders ins Leben. Der selbst erklärte Auftrag der *Praetor* besteht darin, »verwaiste« Schattenweltler – frischgebackene Werwölfe, Vampirfrischlinge und neue Hexenwesen, die keinerlei Kenntnis von anderen Mitgliedern ihrer Schattenweltgruppe haben – aufzuspüren und ihnen dabei zu helfen, ihre ungewohnten Kräfte und Fähigkeiten beherrschen zu lernen und Kontakt zu einem Rudel, Clan oder einem Hexen-Mentor aufzunehmen.

Trotz zahlreicher gemeinsamer Ziele besteht zwischen dem Rat und den *Praetor* ein etwas angespanntes Verhältnis. Die Wolfsgarde zieht es vor, eigenmächtig und im Stillen

Anscheinend übertreibt der Codex die Gefahr bösartiger Einzelgänger maßlos und tut so, als wären sie wie die Haie in Der weiße Hai: einfach nur effiziente Tötungsmaschinen. Städtische Werwolf-Einzelgänger werden meistens von der Polizei erschossen, diejenigen in den Wäldern oder auf dem Land verhungern, andere kommen im Kampf mit Bären um usw.

Dein Fleiß und Eifer beim Lernen erstaunen mich immer wieder. Und definitiv ein Satincape für Simon. Du weißt, wie sehr er sich eins wünscht.

Die Praetor sollten ursprünglich den Werwölfen helfen, nicht durch ihre Krankheit getötet zu werden, und nicht die Irdischen vor Auswirkungen der Werwölfe schützen.
Die Vorstellung eines »Muster-Schattenweltlers«, von dem der Codex herablassend spricht, ist ziemlich beleidigend.
L. wird ihnen zeigen, wohin sie sich ihren Muster-Schattenweltler schieben können …
Das ist der Grund, weshalb der Rat bla, bla, bla. Die Kongregation bla, bla, bla. Zu meiner Zeit bla, bla, bla fünf Kilometer zu Fuß zur Schule gelaufen, bei Wind und Wetter, durch meterhohen Schnee bla, bla, bla.
Mögliche Lichterfestgeschenke für Simon: Neues Tezuka-Boxset? Lustige Wintermütze? Schwarzes Satincape? Blut?

Habe Luke diese Seite gezeigt. Er ist vor Wut rot angelaufen und hat mich aufgefordert, sie Jordan zu zeigen. Notizen von Gespräch mit Jordan: Die Praetor sind eigentlich gar nicht geheimnistuerisch. Erst recht nicht gegenüber dem Rat. Was der Rat als Heimlichtuerei bezeichnet, nennen die Praetor »Dem-Rat-nicht-jedes-kleinste-Detail-über-uns-und-unsere-Handlungen-auf-die-Nase-Binden«. Die angebliche Offenheit und Transparenz des Rats ist ein Witz. Für diese Erkenntnis hätte ich die Werwölfe allerdings nicht gebraucht.

zu operieren, und gibt sich bezüglich ihrer Methoden und Mitgliederzahlen sehr verschwiegen. Diese Heimlichtuerei bereitet dem Rat Unbehagen, da wir Nephilim zu den obersten Beschützern der Schattenwelt bestimmt wurden und erklärte Befürworter von größtmöglicher Offenheit und Transparenz sind. Die *Praetor* argumentieren jedoch, ihr Ziel bestehe darin, Schattenwelt-Einzelgänger aufzufangen, bevor sie mit dem Gesetz in Konflikt geraten. Eine strenge Überwachung vonseiten des Rats würde ihre Möglichkeiten einschränken, ihre Schützlinge vor Gefahren zu bewahren. Trotz des Abkommens ist die Wolfsgarde im Laufe der Zeit immer geheimnistuerischer geworden.

Das Symbol der *Praetor Lupus* ist leicht zu erkennen: Es handelt sich um einen Bronzeanhänger mit dem Abdruck einer Wolfstatze und dem Motto *Beati Bellicosi* (»Selig sind die Krieger«), der von den Mitgliedern der Wolfsgarde mit Stolz getragen wird.

VAMPIRE

DIESEN ABSCHNITT NICHT ÜBERSPRINGEN.

Simon ist zum Thema Vampire keine lehrbuchmäßige Informationsquelle!

Vampire sind Opfer einer anderen Art der Dämoneninfektion, die sie zu Blutsaugern macht. Sie besitzen messerscharfe, einziehbare Fangzähne, die hervorschnellen, wenn ihre Blutgier geweckt wird, und die sie zum Trinken dann in eine Oberflächenvene ihres Opfers bohren. Der Akt des Blutsaugens sorgt für einen gewaltigen Energieschub und rauschartigen Zustand. Erfahrene Vampire können diesem Rausch widerstehen und ihren Durst so mäßigen, dass das Opfer am Leben bleibt und sich wieder erholen kann. Neue Vampire haben dagegen

NICHT ÜBERSPRINGEN! HÖCHSTENS ÜBERLAUFEN, ÜBERHÜPFEN ODER ÜBERGEHEN.

oft Schwierigkeiten, dem Drang zu widerstehen, ihr Opfer bis zum Eintritt von dessen Tod auszusaugen. Hinzu kommt, dass nach dem ersten Stich beim Biss eines Vampirs ein im Vampirspeichel enthaltenes Gift die Schmerzen des Opfers dämpft und das Ganze vielmehr zu einem angenehmen Erlebnis macht. Das Gift besitzt eine muskelentspannende und euphorisierende Wirkung und selbst willensstarke Schattenjäger können sich diesem Effekt nicht entziehen. Natürlich können mit Runen versehene Nephilim deutlich länger als Irdische bei Bewusstsein bleiben, dennoch ist mit einem Vampirbiss ein hohes Risiko verbunden.

Im Gegensatz zu Werwölfen gelten Vampire als »untot«; das bedeutet, ihr Körper ist nicht länger in dem Sinne lebendig, wie wir diesen Zustand definieren. Ihre menschliche Seele wohnt in einem belebten Leichnam, der durch die Dämonenkrankheit intakt gehalten wird. Vampire können keinen Nachwuchs bekommen und neue Vampire nur durch ihre ansteckenden Bisse erzeugen.

BEGEGNUNG MIT EINEM VAMPIR

Schau einem Vampir nie direkt in die Augen. Zeige ihm nicht deinen entblößten Hals oder die Innenseiten deiner Handgelenke. Gehe niemals mit einem fremden Vampir an einen dir unbekannten Ort. Trink nicht aus einem Kelch, den ein Vampir dir reicht, ganz gleich, wie sehr er oder sie beteuert, das Getränk sei ungefährlich. Es besteht zwar kein Grund, einem Vampir mit übermäßiger Achtung zu begegnen, aber denk daran, dass sie Kränkungen nicht auf die leichte Schulter nehmen. Mach dich nicht über die Frisur oder Kleidung eines Vampirs lustig. Vampire legen großen Wert darauf, dass man sie respektvoll behandelt,

und es ist klüger, sie sich nicht zu Feinden zu machen, auch wenn sie uns im Rahmen des Abkommens keinen Schaden zufügen werden.

DU SOLLTEST EINEN VAMPIR NICHT VERHÖHNEN. ODER IHM SAGEN, SEIN T-SHIRT SEI DÄMLICH. ODER IHN »THE VAMPMAN« ODER »DR. GOLDZAHN« ODER SO WAS NENNEN.

Stimmt. Der Blutsauger hat recht.

WOHER KOMMEN VAMPIRE?

Wenn eine Vampirmama und ein Vampirpapa sich ganz doll lieb haben ...

Viele Vampire sind von edler Abstammung, und das ist sehr passend für eine Gruppe von Schattenweltlern, die großen Wert auf Rituale und Etikette legt. Im Gegensatz zur Lykanthropie wissen wir über das Wer, Wann und Wo der ersten Vampire bestens Bescheid. Sie entstanden in einer öffentlichen Zeremonie, für die wir Nephilim zahlreiche schriftliche Berichte von Personen haben, die behaupten, bei der Zeremonie anwesend gewesen zu sein. Die Dämonenfürstin Hekate, manchmal (verwirrenderweise) auch als »Mutter der Hexen« bezeichnet, wurde im Rahmen eines gewaltigen Blutopfers heraufbeschworen, das im Jahr 1444 am Hof des Fürsten Vlad III. stattfand. Der damalige Herrscher über die Walachei, einer Region im heutigen Rumänien, hatte eine große Menge von Kriegsgefangenen enthaupten und ihre Köpfe auf hohe Holzpfähle aufspießen lassen. Im Gegenzug für diese beeindruckende Opfergabe verwandelte Hekate Vlad und einen Großteil seiner Höflinge in die ersten Vampire.

Die Entstehung der ersten Vampire ist ganz schön heftig.

Doch der Vampirismus verbreitete sich erst einige Jahre später wie eine Seuche, als Vlad eine Reihe von Überfällen auf das benachbarte Transsilvanien ausführte. Dort haben er und seine Gefolgsleute sich offenbar an ihren Feinden gütlich getan und den Vampirismus in der gesamten Region in Umlauf gebracht. Die Stadt Cluj entwickelte sich zum Sitz des ersten Vampirclans, der vom Rat offiziell anerkannt wurde, und Transsilvanien bildete das Epizentrum der Vampirepidemie. Vlad und seine Gefolgsleute erschufen in ihrer eigenen Heimat keine signifikanten Mengen von Vampiren – aus welchen Gründen auch immer. Und nach Vlads Tod kam die vampiristische Aktivität in der Walachei fast vollständig zum Erliegen.

~~DIE VAMPIRE DER WALACHEI~~
~~FLOGEN 1444 SCHNELL HERBEI~~
~~UND SCHLUGEN ALLES ENTZWEI ...~~

Jetzt reicht's aber!

Durch einen glücklichen Zufall für unsere Geschichtsschreibung war das Institut in Cluj Ende des 15. Jahrhunderts Heimat eines Schattenjägers namens Simion. Wir wissen nur wenig über ihn, nicht einmal seinen Familiennamen – er selbst nannte sich immer nur »Simion der Schreiber« –, aber er hinterließ uns ein detailliertes Bild der ursprünglichen Verbreitung des Vampirismus. Simion beschreibt eine Situation, die nur als totaler Krieg zwischen den Nephilim und den ersten Vampirclans bezeichnet werden kann: Irdische, die aus ihren Betten gerissen und ausgeblutet auf der Straße zurückgelassen wurden; Vampire, die mit Ketten an den Dorfpranger gefesselt wurden und durch die Strahlen der Sonne bei lebendigem Leib verbrannten, und ähnliche Gräueltaten. Schattenjäger – insbesondere solche, die schon Erfahrung in der Jagd auf Schattenweltler besaßen – reisten gruppenweise nach Transsilvanien, um dort Vampire niederzumetzeln. Gleichzeitig entstanden im selben Tempo so viele neue Vampire, wie alte getötet wurden. Innerhalb weniger Monate entwickelte sich das Institut in Cluj, früher eines der kleinsten und unbedeutendsten Institute in ganz Europa, zum Epizentrum der größten Dämonenepidemie, die die Welt der Irdischen je gesehen hatte. Chaos griff um sich, da weder die Vampire noch die Nephilim begriffen, wie neue Vampire entstanden bzw. wie sie effektiv getötet werden konnten. ICH MUSS SAGEN, DIESER ABSCHNITT IST NICHT DIE ART VON VERGNÜGLICHER LEKTÜRE, DIE ICH MIR EIGENTLICH ERHOFFT HATTE.

Muss wohl daran liegen, dass es um das Töten von deinesgleichen geht …

Der Krieg endete ohne eindeutigen Sieger. Das Wissen über die Erkrankung nahm zu und verbreitete sich genau wie der Vampirismus selbst auch in anderen Teilen Europas. Die Nephilim kehrten in ihre Heimatländer zurück und unterzeichneten völkerrechtliche Abkommen mit den örtlichen Vampirclans, um den Frieden in den jeweiligen Regionen zu sichern. Dagegen war Transsilvanien noch jahrhundertelang ein verwüstetes Schlachtfeld, mit den weltweit höchsten Sterblichkeitsraten bei Vampiren wie Schattenjägern und bestenfalls geringem Einfluss des Rats. Erst mit dem inoffiziellen Endes des Schismas in der ersten Hälfte des 18. Jahrhunderts fanden

auch hier die kriegerischen Auseinandersetzungen ein Ende. Heutzutage ist das Institut in Cluj zwar noch immer vampirorientierter als andere Institute, aber nicht gefährlicher als irgendeine andere Stadt. Und wir Nephilim bereisen die Region nicht länger, um einen Feldzug zu unternehmen, sondern um das »Muzeul de Vampiri« zu besuchen, in dem magisch animierte Wachsfiguren die blutigen Geschehnisse vor fünfhundert Jahren nachstellen.

Die Exponierung – das Fesseln von Vampiren im Freien, sodass sie von der aufgehenden Sonne bei lebendigem Leibe verbrannt werden – wurde 1902 im Rahmen des Dritten Abkommens verboten, nachdem die Beliebtheit von Bram Stokers Roman *Dracula* aus dem Jahr 1897 vielerorts eine leidenschaftliche Begeisterung für die Jagd und brutale Ermordung unschuldiger, gesetzestreuer Vampire geweckt hatte.

WIE SEHEN VAMPIRE AUS?

Das Erscheinungsbild der Vampire ist natürlich so vielfältig wie das der Menschen, aber im Allgemeinen sind Vampire eher fahl, blass und dünn, als wären sie durch Unterernährung oder eine auszehrende Krankheit geschwächt. Doch im Gegensatz zu ihrem Äußeren besitzen sie, genau wie Werwölfe, übernatürliche Stärke, Beweglichkeit und Reflexe sowie nachgerade unglaubliche Selbstheilungskräfte. Trotz ihrer totenbleichen Erscheinung schimmert ihr Blut leuchtend rot, wesentlich heller als menschliches Blut.

Mehr als andere Schattenweltler scheinen Vampire bereits mit einem Fuß in der Hölle zu stehen; sie erwecken den Eindruck, als wären sie nicht hundertprozentig gegenwärtig in dieser Welt. Vermutlich erzeugen Vampire deshalb kein Spiegelbild und hinterlassen keinerlei Fußspuren oder Fingerabdrücke. Außerdem sind sie weder mit dämonischer noch mit nephilimischer Ortungsmagie aufzuspüren. (Allerdings reisen mächtige Vampire häufig in Begleitung ihrer menschlichen Domestiken, welche durchaus geortet werden können.) Vampire fühlen sich wohl in der Dunkelheit; ihre Pupillen passen sich fast augenblicklich und wesentlich schneller als das menschliche Auge an das Sehen im Hellen bzw. im Dunkeln an.

Die Erde des Grabes, in dem ein Vampir bestattet wurde, ist für den betreffenden Vampir mit besonderen Eigenschaften verbunden. So kann er beispielsweise spüren, ob das Grab zertrampelt oder sogar zerstört wurde oder ob die Erde von der Grabstätte entfernt wurde. Vampire haben diese Fähigkeit geschickt dazu genutzt, um einfache Botschaften schnell über weite Entfernungen zu schicken: Beispielsweise kann durch das Zerschlagen eines Gefäßes mit Graberde der betreffende Vampir alarmiert und herbeigerufen werden.

Ich hätte was von der Graberde aufbewahren sollen …

Die letzte, besonders erwähnenswerte Eigenschaft der Vampire ist wahrscheinlich auch ihre gefährlichste Waffe: der *encanto* oder ihre »Faszination«. Vampire können durch anhaltenden Augenkontakt Irdische und selbst Schattenjäger von fast allem überzeugen und sie auf diese Weise dazu bringen, ihnen nahezu jeden Wunsch zu erfüllen. Diese Fähigkeit muss jedoch erlernt und geübt werden, sodass in der Regel nur ältere und mächtigere Vampire den *encanto* nutzen. Falls du in einer Region mit besonders hoher Vampiraktivität lebst, solltest du dich an dein örtliches Institut wenden und über ein spezielles Training reden, das dich befähigt, dem *encanto* leichter zu widerstehen.

MEIN ERSTES ALBUM WIRD FOLGENDEN TITEL TRAGEN: MIT EINEM FUSS IN DER HÖLLE

Hiermit erkläre ich diesen Titel für »Total Bescheuert«.

VAMPIRE UND DAS GESETZ

DU LIEBST DIESEN TITEL! GIB'S ZU: DU KANNST DICH MEINEM ENCANTO NICHT ENTZIEHEN!

Viele frischgebackene Schattenjäger sind überrascht, wenn sie erfahren, dass das Trinken von Menschenblut für einen Vampir nicht gegen das Gesetz verstößt – sofern der betreffende Mensch dabei nicht ums Leben kommt. Dies hängt mit den heilenden Kräften des Vampirspeichels zusammen. Wenn ein Vampir seinem Opfer Blut absaugt, erhöht das bei Letzterem die Anzahl der roten Blutkörperchen, wodurch das Opfer stärker und gesünder wird und länger lebt. Die Wirkung ist zwar nur gering, aber sie lindert den schwächenden Effekt des Blutverlusts und demzufolge trägt ein gebissener Mensch in der Regel keinen Schaden davon.

Nichtsdestoweniger bleibt das Risiko einer versehentlichen Tötung, wenn ein Vampir zu viel Blut eines Menschen trinkt. In Kombination mit einer Aura immanenter Bedrohung, die mit dem Saugen von Blut einhergeht, hat dies dazu geführt, dass »zivilisierte« Vampire meist das Trinken von lebenden Menschen scheuen (außer von Domestiken, siehe Seite 110). In der Regel geben sie sich mit abgefülltem Blut oder sogar mit Tierblut zufrieden. Gemäß dem Abkommen müssen Vampire sich genau wie alle anderen Schattenwesen an die Gesetze der Irdischen zur Vermeidung von Mord und Totschlag halten, aber Vampire sind die einzigen Schattenweltler, die für Nahrung einen Mord begehen dürften, also um ihr Überleben zu sichern. Daher ist es bemerkenswert und bewunderungswürdig, dass sich so viele Vampire – genau wie die anderen Unterzeichner des Abkommens – freiwillig zur Achtung menschlichen Lebens verpflichtet haben.

Jetzt ist auch Simon sauer. Er und Luke marschieren wütend auf und ab und stoßen wüste Drohungen in Richtung des Codex aus. Zusammenfassung: »Nur Vampire morden für Nahrung? Das ist echt stark!« Ist wohl nicht immer leicht, das Monster-Handbuch zu sein …

VAMPIRPOLITIK

Genau wie Werwölfe betrachten auch Vampire sich als ebenbürtige Brüder aller anderen Vampire, ganz gleich, welchem Clan sie angehören. Außer im seltenen Fall eines Clankriegs würde jeder Vampir, der die Hand gegen einen anderen Vampir erhebt, aus der Vampirgemeinschaft verbannt – und hätte damit sein Leben verwirkt. Wir Nephilim halten uns aus solch internen Justizangelegenheiten grundsätzlich heraus; allerdings schreiten wir manchmal ein, um Konflikte zwischen Clans zu schlichten, bevor diese in einen Krieg ausarten. Sollte dennoch einmal ein (interner) Clankrieg ausbrechen, kann dies wie bei den Werwölfen zu einem Wechsel in der Führung des Clans führen: Wer das Oberhaupt eines Clans tötet, wird automatisch neuer Anführer.

Unter den Schattenweltlern legen nur die Feenwesen noch größeren Wert auf Ehre und Etikette als die Vampire. Letztere geben gern Versprechen oder machen Zusicherungen, die sie sehr ernst nehmen. Diese Gelöbnisse werden in der Regel schriftlich festgehalten und mit dem eigenen Blut der Vampire unterzeichnet – kein Wunder angesichts ihrer Besessenheit für Blut im Allgemeinen. Solche Bluteide sind bindend: Vampire sind gezwungen, sich an den Inhalt des Eids zu halten, und können nicht dagegen verstoßen, es sei denn, diese Bindung wird durch ein weiteres und schwerwiegenderes Ritual aufgehoben. Also kannst du einem Vampir, der dir gegenüber einen derartigen Eid abgelegt hat, zumindest insofern trauen, dass er sich an jedes Wort des Gelöbnisses halten wird. Umgekehrt solltest du Vorsicht walten lassen, wenn ein Vampir dir ein Versprechen geben, dieses aber nicht mit seinem Blut unterzeichnen will.

Ich wünschte, Simon würde versprechen, meine Ghibli-DVDs zurückzugeben.

ICH VERSPRECHE ES!

Mit deinem eigenen Blut?

VERGISS ES!

SCHWÄCHEN

Natürlich würden wir Nephilim es vorziehen, wenn wir uns nie genötigt sähen, einem Vampir Schaden zufügen zu müssen. Doch die Geschichte lehrt uns, dass es klug ist zu wissen, wie man sich gegen sie verteidigt und worin ihre Stärken und Schwächen liegen. Das Abkommen verlangt, dass die Vampire sich von ihrer ureigenen Natur als Jäger und Räuber distanzieren, genau wie die Menschen sich von ihrer eigenen Fähigkeit zum Töten und Verletzen abwenden müssen.

Vampire reagieren extrem empfindlich auf Feuer. Während sie in vielerlei Hinsicht wesentlich stärker und zäher als Irdische und Nephilim sind, ist ihr Körper sehr viel weniger gegen Verbrennungen gefeit. Beim Kontakt mit Feuer gehen sie – ganz wie Papier, trockenes Holz oder anderes leicht entzündliches Material – sofort in Flammen auf. Auf diese Weise können Vampire durch Feuer nicht nur verletzt, sondern auch auf Abstand gehalten werden, z. B. mit einem Schutzwall aus Feuer oder einer brennenden Fackel.

Weihwasser und andere gesegnete Objekte, wie etwa Engelsschwerter, sind schädlich für Vampire und führen zu schweren Verbrennungen.

Alle religiösen Symbole, die eine besondere Bedeutung für den betreffenden Vampir besitzen, wirken abschreckend. Ein Kruzifix mag einen Vampir aufhalten, der vor seiner Verwandlung christlichen Glaubens war. Aber ein Vampir, der als Buddhist erzogen wurde, wird darauf nicht reagieren. In der Frühgeschichte der Vampirjagd, als wesentlich weniger Völkerwanderungen stattfanden, wirkten religiöse Symbole noch deutlich zuverlässiger zur Vampirabwehr, doch in unserem modernen Zeitalter des religiösen Pluralismus und der starken Migration empfiehlt es sich nicht mehr, sich ausschließlich auf diese Methode zu verlassen.

Ähnliche Probleme bereiten ältere Handbücher zur Schattenwelt: Sie behaupten, man könne einen Vampir, der seine wahre Natur zu verbergen versucht, daran erkennen, dass er den Namen Gottes nicht aussprechen kann. Doch diese These trifft so nicht länger zu. Die meisten Vampire, die schon als Irdische keiner religiösen Glaubensrichtung angehörten, entwickeln im Rahmen ihrer Verwandlung auch keine Abneigung gegen heilige Namen. Hinzu kommt, dass ältere und mächtigere Vampire diese Fähigkeit oft zurückerlangen; allerdings ist nicht eindeutig geklärt, ob das daran liegt, dass diese Aversion einfach nur mit der Zeit schwindet, oder eher daran, dass alternde Vampire immer tiefer in die Bereiche des Dämonischen vordringen und so fähig werden, den Namen Gottes als einen Fluch auszustoßen.

Wie bereits erwähnt, ertragen Vampire keinen direkten Kontakt mit Sonnenlicht. Laut Mythologie ist dies eine Facette ihres Status als dämonische, verdammte Kreatur: Alle Vampire sind mit einem Fluch belegt, der verhindert, dass sie das Licht der Leben spendenden Sonne sehen können. Tatsache ist: Sonnenlicht führt bei Vampiren zu schweren Hautverbrennungen, genau wie Elbenlicht (wenn auch in geringerem Maße), da es sich um Licht himmlischer Herkunft handelt. Sofern es hell genug ist, kann selbst künstliches Licht, wie von Gaslaternen oder elektrischer Beleuchtung, Vampiren Unbehagen bereiten; aber in der Regel tragen sie keinen Schaden davon (es sei denn, sie sind bereits sehr geschwächt).

AUCH NEONLICHT WIRD GERN VERMIEDEN, WEIL NICHT SONDERLICH SCHMEICHELHAFT...

Ein einzelner Sonnenstrahl verursacht Brandblasen auf der Haut eines Vampirs, aber eine vollständige Exponierung – bei der ein Vampir der Sonne ungeschützt ausgesetzt wird – führt dazu, dass der betreffende Vampir schlagartig in Flammen aufgeht, vom Feuer verzehrt wird und einen raschen Tod erleidet. Aus diesem Grund achten Vampire normalerweise sorgfältig darauf, während der Tagesstunden zu ruhen und sich im Dunkeln aufzuhalten.

ES SEI DENN, ES HANDELT SICH UM EINEN SUPERVAMPIR!

BEHANDLUNG VON VAMPIRBISSEN

Wichtig! Unbedingt merken!

Wenn ein Vampir ein Opfer beißt und dessen Blut trinkt, muss nicht notwendigerweise eine Behandlung mit übernatürlichen Mitteln erfolgen. Normale

WARUM NUR DIESER GEHÄSSIGE TON? MUSS ES WIRKLICH SO ZWISCHEN UNS SEIN, MANN?

Wundversorgung wie die Verwendung einer *Iratze* oder anderer Heil-Runen sowie Maßnahmen zur Behandlung des Blutverlusts und möglichen Schockzustands reichen in der Regel völlig. Auch Irdische können Vampirbisse ohne dauerhafte Schäden überleben, sofern die Wunden behandelt werden und der Blutverlust nicht zu groß ist.

Die eigentliche Gefahr besteht immer dann, wenn ein Mensch Vampirblut aufgenommen hat. Selbst wenn der Vampir seinem Opfer nicht so viel Blut entzogen hat, dass dieses stirbt und als Vampir wiedergeboren wird, genügt schon die kleinste Menge Vampirblut, um bei einem Opfer den unwiderstehlichen Drang zu wecken, die Nähe von Vampiren aufzusuchen. Und das kann wiederum dazu führen, dass sich das Opfer zu einem Domestiken entwickelt, der darum bettelt, in einen vollständigen Vampir verwandelt zu werden.

Die richtige Behandlung beim Verzehr von Vampirblut besteht darin, einen starken Brechreiz auszulösen: Das Opfer muss so lange Weihwasser trinken, bis sämtliche Spuren des Vampirbluts aus seinem Körper ausgespült sind. Dieser Prozess geht mit Fieber und starkem Erbrechen einher, bei dem nicht nur das Vampirblut, sondern auch alles andere hervorgewürgt wird. Dennoch ist diese Behandlung besser als die Alternative …

Selbst eine geringe Menge Vampirblut kann die Einnahme großer Mengen Weihwasser erfordern; hierbei sollte man kein Risiko eingehen und lieber zu viel als zu wenig Weihwasser applizieren. Das Opfer gilt dann als geheilt, wenn das Trinken von Weihwasser keinen Brechreiz mehr auslöst.

VAMPIRDOMESTIKEN

Mächtige Vampire fassen häufig den Beschluss, dass sie sich nicht länger willkürlich von Blut ernähren wollen, auf das sie gegebenenfalls nur unregelmäßig und eher zufällig stoßen. Stattdessen bevorzugen sie einen regelmäßigen, immer verfügbaren Nachschub und nehmen sich deshalb einen menschlichen Domestiken: Sie suchen das Opfer sorgfältig aus, halten es ständig in ihrer Nähe, trinken sein Blut und spenden ihm im Gegenzug kleine Mengen ihres eigenen Vampirbluts. Dieses Vampirblut macht den Domestiken gefügig, ergeben und hörig. Er wird normale Nahrung immer öfter verweigern und sich schließlich nur noch von einer Kombination aus Tier- und Vampirblut ernähren. Statt sich in einen vollständigen Vampir zu verwandeln, verharren Domestiken in einem scheintotartigen Zustand, bei dem sich ihr Alterungsvorgang drastisch verlangsamt (obwohl sie nicht unsterblich sind und letztendlich sterben werden).

Wird ein Domestik doch einmal einer Verwandlung unterzogen und in einen vollständigen Vampir transformiert, legt er sein bisheriges ergebenes und höriges Verhalten gegenüber seinem ehemaligen Gebieter ab und entwickelt sich zu einem ganz normalen Vampir.

Die meisten Domestiken besitzen ein recht jugendliches Erscheinungsbild, denn Vampire verehren Jugend und Schönheit und legen Wert darauf, dass ihre Domestiken beides besitzen. (Allerdings spielen auch praktische Gründe eine Rolle: Je jünger der Domestik, desto geringer das Risiko, dass sein Blut von einer Krankheit verseucht ist oder sich in anderer Form als problematisch entpuppt.)

Gelegentlich werden Domestiken als »Finsterlinge« bezeichnet. Obwohl dieser Begriff veraltet ist, findet er in formellen Vampirritualen bis heute Verwendung. Vampire lieben formelle Rituale.

Vampire und ihre Domestiken pflegen einen besonderen Umgang miteinander: Domestiken sind für sie keine Menschen mehr, deshalb gewährt man ihnen auch nicht dieselben Rechte und den Respekt, den Vampire gegenüber Menschen zeigen. Domestikation durch Vampire ist im Grunde eine Form freiwilliger Sklaverei. Die Domestiken willigen ein, in den Besitz ihres Vampirgebieters überzugehen, und legen auch ihren menschlichen Namen ab. So würde sich ein Domestik beispielsweise niemals selbst einem anderen Vampir oder dessen Domestiken vorstellen: Allein sein Gebieter entscheidet, ob der Name an andere weitergegeben wird oder ob der Domestike überhaupt noch einen Namen trägt.

Die Erschaffung neuer Domestiken wurde im Rahmen des Siebten Abkommens 1962 untersagt. Allerdings durften Vampire, die noch Domestiken aus der Zeit vor diesem Abkommen besaßen, diese behalten. Das Gesetz erlaubt den Transfer bestehender Domestiken an andere Vampire. Das macht es fast unmöglich, Vampire für die Erschaffung von Domestiken zu belangen. Die Vampire behaupten, ihre Domestiken stammten aus der Zeit vor dem Abkommen, und da Identität und Leben eines Domestiken von den Vampiren kontrolliert werden, kann man ihnen nur schwer das Gegenteil beweisen.

VAMPIRFRISCHLINGE

ANMERKUNG: NICHT GELESEN. IST ALLES NOCH ZU FRISCH.

Ein Mensch, der genügend Vampirblut zu sich genommen hat, um sich selbst in einen Vampir zu verwandeln, wird sich entgegen landläufiger Meinung unter Irdischen keineswegs von einem Moment auf den nächsten in einen Vampir verwandeln. Dieser Mensch – in Vampirkreisen auch als »Frischling« bezeichnet – muss zuerst sterben, dann begraben werden und sich aus eigener Kraft aus dem Grab befreien, um als Vampir wiedergeboren zu werden. (In den seltenen und sehr traurigen Fällen, dass ein Nephilim sich unwiderruflich in einen Vampir verwandelt, wird bei der Bestattung eine Ausnahme gemacht und er oder sie darf beerdigt statt eingeäschert werden.)

Genau wie ein Geist entzieht auch ein aus dem Grab erwachender Frischling den Lebewesen in seiner Umgebung Kraft und Wärme, sodass sich ein ausgesprochener Kältebereich um sein Grab herum bildet. Sobald er sich aus der Erde befreit hat, wird er ein fast verwildertes Verhalten zeigen und hungrig nach dem Blut verlangen, das ihn fortan bis in alle Ewigkeit ernähren wird. Aus diesem Grund zählen Frischlinge zu den gefährlichsten aller Vampire. Gelegentlich sorgt ein Vampirclan absichtlich dafür, dass sich ein Mensch in einen Vampir verwandelt, wobei dann die Verwandlung meist reibungslos verläuft. Der Clan kann bei der Erweckung anwesend sein, um dafür zu sorgen, dass sich der Frischling problemlos befreit, das benötigte Blut erhält und an einen sicheren Ort gebracht wird.

Allerdings trifft dies nur auf die wenigsten Vampire zu – in der Regel entstehen sie eher versehentlich. In solch einem Fall wird der Frischling von Familie und Freunden ganz normal beerdigt und erwacht dann unerwarteterweise an einem irdischen Ort, wo er vor Blutdurst kaum einen klaren Gedanken fassen kann. Dies sind üblicherweise die Umstände, die zu Vampirattacken und zum Tod von Irdischen führen. Obwohl solchen Frischlingen natürlich Einhalt geboten werden muss, vertreten wir Nephilim die These, dass es sich bei ihnen nicht unbedingt um bösartige Vampire handelt. Stattdessen sollten sie entweder dem nächsten Vampirclan übergeben oder sogar in die Obhut der *Praetor Lupus* verbracht werden, da beide Organisationen hervorragend auf die Versorgung von Frischlingen vorbereitet sind.

Hexenwesen

Es gibt wohl kaum eine Schattenweltler-Gruppierung, deren Beziehungen zu uns Schattenjägern noch komplexer sind als die der Hexenwesen. Die Nachkommen von Dämonen und Irdischen zeichnen sich

TON
TAU
MA

nicht durch viele typische Eigenschaften aus, so wie sie Werwölfe oder Vampire miteinander verbinden, und ihre Mannigfaltigkeit lässt sich nicht einmal mit der der Feenwesen vergleichen. Allerdings gibt es ein paar Fakten, die auf alle Hexenwesen zutreffen: (1) Sie besitzen ein sogenanntes Lilithmal an ihrem Körper, das sie als nichtherkömmliche Menschen ausweist, (2) wie die meisten Hybridarten sind sie unfruchtbar und (3) sie besitzen die Fähigkeit, Magie zu betreiben. Gerade diese letzte Eigenschaft macht sie zu den mächtigsten Schattenweltlern und denjenigen, die die engsten Verbindungen zu Schattenjägern unterhalten. Seit unserer Entstehung haben wir stets mit Hexenwesen zusammengearbeitet; dabei waren sie entweder unsere Partner oder (häufiger) von uns beauftragte Spezialisten, wodurch wir uns ihrer dämonischer Magie bedienen konnten.

Es braucht wohl nicht betont zu werden, dass Hexenwesen nur selten einer liebevollen Verbindung zwischen einem Dämon und einem Menschen entspringen. Stattdessen entstehen sie durch zwei gleichermaßen schreckliche Auswirkungen, die das Eindringen von Dämonen in unsere Welt mit sich bringt. Zum einen gibt es die Hexenwesen, die durch Vergewaltigung eines Menschen durch einen Dämon gezeugt wurden – eine Methode, die in früheren Jahrtausenden wesentlich weiter verbreitet war, als es noch nicht so viele Dämonen gab und diese nur vereinzelt auftraten. Doch heutzutage ziehen Dämonen es vor, sich nicht in aller Öffentlichkeit zu manifestieren, da die Anwesenheit der Schattenjäger und die schiere Anzahl von Schattenweltlern die Gefahr einer Entdeckung und eines Angriffs wesentlich wahrscheinlicher macht. Aus diesem Grund sind die meisten der heutigen Hexenwesen das Ergebnis einer anderen Form von Vergewaltigung: der Paarung eines Menschen mit einem Eidolon-Dämon (siehe Kapitel 3, Bestiarium Teil I: Dämonologie), der sich als der geliebte Partner des betreffenden Menschen ausgibt.

Dagegen können aus der Verbindung eines Dämons mit einem Schattenjäger keine Hexenwesen entstehen: Da das Engelsblut der

Nephilim genau wie Dämonenblut immer dominant ist, sind aus dieser Kombination keine lebenden Nachfahren möglich. Das Ergebnis einer Verbindung zwischen einem Dämon und einem Nephilim ist der Tod.

BEGEGNUNG MIT EINEM HEXENWESEN

Zu Begegnungen mit Hexenwesen gibt es keine allgemeingültigen Aussagen. Diese Schattenweltler unterscheiden sich hinsichtlich Charakter und Eigenschaften mindestens so deutlich voneinander wie die Menschheit als Gesamtes. Es besteht allerdings gesichertes Wissen darüber, dass es als unhöflich gilt, das Lilithmal eines Hexenwesens (siehe Seite 117) unverhohlen anzustarren.

HEXENWESEN UND MAGIE

Alle Hexenwesen betreiben im gewissen Rahmen Magie. Aber manche Hexenwesen, die von Natur aus mit größeren magischen Fähigkeiten ausgestattet sind und diese Begabung pflegen, können sich zu sehr mächtigen Magiern entwickeln und für uns Nephilim ziemlich nützlich sein. Die talentiertesten unter ihnen reisen sogar zum geheimnisumwobenen Spirallabyrinth, der zentralen Bibliothek und Dokumentensammlung der Hexenwesen, um sich dort dem Studium der Dämonenmagie zu widmen. Im Gegensatz zu uns Nephilim verfügen Hexenwesen von Natur aus über magische Kräfte und haben im Laufe der Jahrhunderte zahlreiche neue Zauberformeln entwickelt, die allesamt im Spirallabyrinth sorgfältig erfasst und dokumentiert sind. Der Ort der Hexenbibliothek ist selbst uns Schattenjägern unbekannt; möglicherweise existiert sie in einer Dimensionsfalte jenseits unserer Welt. Auch ihr Alter ist nicht bekannt: Laut unseren frühesten Aufzeichnungen galt sie bereits zu Zeiten von Elphas dem Unsteten (siehe Appendix A: Auszug aus *Eine Geschichte der Nephilim*) als uralt. Die Magie, die eine Reise zum Spiegellabyrinth erlaubt, zählt zu den am strengsten gehüteten Geheimnissen in der Welt. Man munkelt, dass alle Hexenwesen unmittelbar nach der Geburt mit einer *geis* versehen werden, welche garantiert, dass ein Enthüllen des Standorts an Unbefugte den sofortigen und dazu schmerzhaften Tod des betreffenden Hexenwesens zur Folge hat.

Man munkelt auch, dass das völliger Schwachsinn ist.

Hexenwesen haben in mancher Hinsicht mehr gelitten als andere Schattenweltler: Sie besitzen weder die Clan- oder Rudelgemeinschaften von Vampiren und Werwölfen noch ein heiliges Heimatland wie die Feenwesen und mussten sich ihren Weg in unserer Welt fast immer allein und nur mithilfe ihres eigenen Mutes und ihrer Gewitztheit suchen. Die Nephilim haben den Hexenwesen nicht immer eine sichere Zuflucht geboten und sich stattdessen oft gegen sie gewandt und sie beispielsweise zur Zeit des Schismas (siehe Appendix A) zu Hunderten niedergemetzelt. Heutzutage können wir den Verlust an Vertrauen und Kooperationsbereitschaft, wie sie einst zwischen Hexenwesen und Schattenjägern bestanden haben, nur beklagen. Zwar haben sich die gegenseitigen Beziehungen seit dem Abkommen deutlich verbessert, das den Hexenwesen nicht nur eigene Rechte zugesteht, sondern ihnen auch ausdrücklich erlaubt, Dämonenmagie zu betreiben, sofern sie bei Ermittlungen der Nephilim helfen. Dennoch ist es eher unwahrscheinlich, dass wir noch einmal die intensive Zusammenarbeit zwischen dem Himmlischen und dem Dämonischen in Gestalt von Nephilim und Hexenwesen erleben werden, welche die Blütezeit der Magie im Mittelalter kennzeichnete.

Tja, liebe Ratsmitglieder, bei dieser ganzen Blutvergießerei habt ihr euch echt nicht mit Ruhm bekleckert. Da ist man ja unheimlich stolz auf seine Nephilimbrüder und -schwestern …

LILITHMALE

Jedes Hexenwesen trägt an seinem Körper ein besonderes Merkmal, das es als ein nicht rein menschliches Lebewesen kennzeichnet. Diese Male (nicht zu verwechseln mit unseren Runenmalen) sind so verschiedenartig wie das Dämonengeschlecht und reichen von subtilen bis hin zu offensichtlichen und ins Auge fallenden Körpermerkmalen. Das Schicksal eines Hexenwesens unter Irdischen hängt vielfach nicht von ihm selbst oder seiner Herkunft ab, sondern davon, ob er mit einer seltenen Augenfarbe oder ungewöhnlichen Körpergröße zur Welt gekommen ist oder aber mit blauer Haut, Widderhörnern, Tigerstreifen oder einem glänzend schwarzen Rückenpanzer. Natürlich kann jedes auffällige Kennzeichen durch Zauberglanz den Blicken entzogen werden, aber das Lilithmal ist von Geburt an sichtbar. Du solltest nicht vergessen, dass die meisten Irdischen lange nichts von der außergewöhnlichen Natur ihres ungeborenen Kindes ahnen, bis es schließlich auf die Welt kommt und sein Lilithmal deutlich ins Auge fällt. Selbst für Eltern, die sich der dämonischen Abstammung ihres Kindes vielleicht bewusst sind, mag ein Lilithmal eine äußerst unangenehme Überraschung sein. Allem Anschein nach besteht jedoch kein Zusammenhang zwischen der Art des Mals und einer besonderen Dämonenspezies; hierbei geht es weniger um die Vererbung bestimmter Dämonenmerkmale als vielmehr um die individuelle Mutation eines Hexenwesenkörpers als Reaktion auf die Dämonenmagie, die durch seine Adern fließt. Anmerkung: Magnus' Augen.

HEY BABY, RAT MAL, WO MEIN LILITHMAL IST …

IFRITS Das funktioniert nicht. Hat es noch nie und wird es auch nicht. Glaub mir!

In seltenen Ausnahmefällen wird ein Hexenwesen ohne Zugang zur Dämonenmagie geboren, obwohl es sich um ein Kind von einem Dämon und einem Menschen handelt. Solche bedauerlichen Nachkommen haben die Nachteile eines Hexenwesens – das Lilithmal, das sie als ein nicht rein menschliches Lebewesen kennzeichnet –, können aber keine Magie betreiben. Diese sogenannten Ifrit sind an der Schwelle zur Magischen Welt gefangen und leiden unter dem Stigma, das mit ihrem nichtmenschlichen Lilithmal einhergeht, ohne dabei die Vorteile übernatürlicher Kräfte zu genießen. Traditionellerweise gehören sie zur Unterschicht der Übernatürlichen Welt und sind häufig bei illegalen Handlungen anzutreffen, da sie weder in der Welt der Irdischen leben noch einer ehrbaren Tätigkeit in der Schattenwelt nachgehen können.

Natürlich kommt es auch vor, dass ein Ifrit mit einem Lilithmal geboren wird, das sich leicht verbergen lässt. Diese »Geister-Ifrit« leben dann oft vollkommen unauffällig unter den Irdischen und unterhalten möglicherweise keinerlei Kontakte zur Verborgenen Welt. Ifrit mit schwer zu kaschierenden Lilithmalen besorgen sich meistens magische Artefakte, die sie mit einem ständigen Zauberglanz umgeben. In der Regel leben diese Ifrit, die keine eigenen Kinder bekommen können, fernab der Magischen Welt und für Irdische vollkommen unauffällig.

FEENWESEN

Anmerkung: Das sogenannte Feine Volk ist eigentlich kein bisschen fein. Genau genommen sind die Feenwesen sogar ziemlich rücksichtslos.

So seltsam und fremd – und noch unbekannter als Dämonen – die Feenwesen uns auch erscheinen mögen, handelt es sich bei ihnen dennoch um Schattenweltler. Sie sind Lebewesen, sie haben eine Seele und sie sind die am wenigsten verstandene Gruppierung aller Schattenwesen, das große Mysterium unserer Welt. Feenwesen findet man in den unterschiedlichsten Formen, Größen und Arten sowie in allen Lebensräumen.

Diese Kreaturen werden am besten mit dem Begriff »Feenwesen« bezeichnet, nach ihrem Heimatland, dem Feenreich. In der Literatur existieren zahlreiche andere Namen für sie, zum Teil aufgrund ihrer enormen Vielfalt, aber auch aufgrund des uralten Aberglaubens, dass man sie durch die Anrufung ihres Namens heraufbeschwören kann. Neben Feen wirst du also auch Bezeichnungen wie Elfen, Elben, das Lichte Volk, das Feine Volk und zahlreiche andere Euphemismen hören.

BEGEGNUNG MIT EINEM FEENWESEN

Unterzeichne mit Feenwesen keine Verträge und lasse dich auch auf keinen Handel ein. Feenwesen feilschen liebend gern, aber immer nur dann, wenn sie sicher sind, dabei zu gewinnen. Verzehre nichts, was eine Fee dir reicht (weder Nahrung noch Getränke). Nimm nicht an den Feenreigen unter den Hügeln teil. Sie werden ein wunderschönes Bild davon malen, was dich dort alles erwartet, aber diese Schönheit ist falsch und hohl. Necke ein Feenwesen nicht wegen seiner Größe. Erwarte keine direkten Antworten auf direkte Fragen. Erwarte keine indirekten Antworten auf indirekte Fragen.

Feenwesen werden sich stets buchstäblich an den Wortlaut eines gegebenen Versprechens halten, aber rechne damit, dass sie dieses Versprechen nur mit großer Ironie erfüllen werden.

Trotz dieser Warnungen und Verhaltensregeln sind viele Schattenjäger dem Irrtum erlegen, dass ein bestimmtes Feenwesen, dem sie gerade gegenüberstanden, einfältig, naiv oder großzügig sei. Dieses Schauspielern ist jedoch nur eine weitere Taktik des Lichten Volks. Das ist jetzt etwas harsch. So schlecht sind Feenwesen nun auch wieder nicht.

Da bin ich anderer Meinung!

WOHER KOMMEN FEENWESEN?

Feenwesen sind ursprünglich die Nachkommen von Dämonen und Engeln und besitzen die Schönheit der Engel und die Bösartigkeit der Dämonen. (Da Engel in der heutigen Zeit nur selten, wenn überhaupt, in unserer Welt anzutreffen sind, handelt es sich bei einem Großteil der Feenwesen natürlich um die Kinder anderer Feenwesen – wie auch die meisten Schattenjäger Nachfahren anderer Schattenjäger sind und nicht durch das Trinken aus dem Engelskelch entstehen.) Das Lichte Volk steht in moralischer Hinsicht weder den Engeln noch mit den Dämonen wirklich nahe: Feenwesen sind eine verworrene

Mischung aus Gut und Böse und folgen weder der Moral des Himmels noch der Unmoral der Hölle, sondern vielmehr ihrem eigenen, launenhaften Verhaltenskodex. Außerdem sind sie für ihre Gerissenheit und ihren grausamen Sinn für Humor bekannt. Besonderes Vergnügen bereitet es ihnen, Menschen hereinzulegen – Irdische und Schattenjäger gleichermaßen. Häufig versuchen sie, einen Handel mit einem Menschen abzuschließen, und versprechen ihm das, was er sich am sehnlichsten auf der Welt wünscht. Dabei versäumen sie jedoch zu erwähnen, dass die Erfüllung dieses Wunsches immer mit einem dicken Pferdefuß verbunden ist. Feenwesen können sehr alt werden und entwickeln dann nur noch mehr Schläue und Macht.

Außer den Werwölfen sind sie die einzigen anderen Schattenweltler, die Nachwuchs bekommen können. Sogar von Menschen. Diese Kinder gehören dann dem Geschlecht der Menschen und nicht dem des Lichten Volks an, aber in vielen Fällen bleiben bei ihnen einige feenhafte Eigenschaften erhalten oder sie besitzen eine Begabung für gewisse Formen der Feenmagie. So glaubt man beispielsweise in weiten Kreisen, dass Menschen, die das Zweite Gesicht besitzen, diese Eigenschaft von irgendeinem Feenvorfahr ererbt haben.

Kinder von Feenwesen und Schattenjägern werden dagegen immer Nephilim sein (genau wie der Nachwuchs von Werwölfen und Schattenjägern).

Obwohl die Feenwesen aktive Mitglieder der Schattenwelt sind und auch das Abkommen unterzeichnet haben, interessieren sie sich kaum für die Geschehnisse in unserer Welt. Sie leben zurückgezogen und beschäftigen sich mit ihren eigenen komplexen politischen und sozialen Strukturen, die unsere Welt nur indirekt betreffen.

Im Allgemeinen sind Feenwesen einzelnen Königshäusern zugeordnet, mit je einem Souverän, der über bestimmte Gebiete in unserer und ihrer Welt herrscht. Es gibt allerdings mindestens ebenso viele (wenn nicht sogar mehr) freie Feenwesen, die keinem bestimmten Königshof angehören. So wie sie gern Menschen in die Irre führen, bereitet es ihnen genauso viel Freude, sich gegenseitig durch Intrigen und Ränke zu manipulieren. Man kann sogar sagen: Wenn die Probleme der Feenwesen bis in unsere Welt vordringen, ist das in der Regel das Ergebnis eines Konflikts zwischen rivalisierenden Königshäusern, die manchmal spielerisch und manchmal äußerst ernst und brutal ausgetragen werden.

FEENWESEN UND MAGIE

Soweit wir wissen, ist die Magie der Feenwesen einzigartig in dieser Welt: sehr mächtig, aber weder mit dem Dämonischen noch mit dem Himmlischen verbunden. Außerdem kann sie von keinen anderen Kreaturen erlernt oder betrieben werden als von den Feenwesen selbst. Diese Magie ist zweifelhaft und chaotisch und nicht leicht in Strukturen oder Regeln zu fassen. Obwohl wir Nephilim über Runenmale verfügen, die einen gewissen Schutz gegen Feenzauber bieten, solltest du dich in Gegenwart von Feenwesen niemals in Sicherheit wiegen. Wenn du glaubst, du hättest bei Verhandlungen mit einem Feenwesen die Oberhand, dann ist das ein sicheres Zeichen dafür, dass man dich täuscht und du letztendlich dafür büßen wirst.

Jetzt fragst du dich vielleicht: Wenn die Feenwesen so weit von unserer Welt entfernt leben, warum interagieren sie dennoch regelmäßig mit den Menschen? Die Antwort auf diese Frage liegt in ihren Genen.

Das größte Problem, das die Feenwesen in unserer modernen Welt bewältigen müssen, betrifft die Schwächung ihrer Blutlinie durch jahrhundertelange Inzucht. Aus diesem Grund verbringen Feenwesen viel Zeit damit, Menschen in ihre Welt zu locken. Sie verfolgen dieses Ziel mit zweierlei Mitteln: indem sie Wechselbälger (siehe unten) erschaffen und indem sie erwachsene Menschen dazu verlocken, an ihren Feenreigen und anderen Festivitäten teilzunehmen. Viele Feenzauber dienen nur dazu, diese feiernden Menschen für immer im Feenreich festzuhalten oder zumindest so lange, dass sie sich entweder »den Einheimischen anpassen« und ihr früheres Leben vergessen oder aber zur Zeugung neuer Kinder benutzt werden können.

Dabei gibt es für Irdische (und Schattenjäger) durchaus Mittel und Wege, an Feenfeiern teilzunehmen, ohne auf ewig im Feenreich gefangen zu bleiben. So kann man ein Feenwesen beispielsweise dazu überreden (oder mit ihm übereinkommen), einem Menschen ein Unterpfand für sicheres Geleit zu geben – normalerweise ein Objekt wie ein Blatt oder eine Blüte. Außerdem kann ein Feenwesen, das einen bestimmten Menschen freiwillig zu einer Feenfeier mitnimmt, seinen Schutz anbieten und dafür Garant stehen, dass dieser Mensch das Feenreich ungehindert verlassen kann. Diese Abmachungen unterliegen in der Regel aber wieder den üblichen Kniffen und Tricks der Feenwesen – und Irdische und Schattenjäger sollten sich gleichermaßen in Acht nehmen.

WECHSELBÄLGER

Der häufigste Kontakt zwischen Feenwesen und Menschen besteht darin, dass ein Feenwesen einem Menschen ein Kind unterschiebt, um so ein neues Feenkind zu »gewinnen«. Dieser Vorgang erinnert ein wenig an die Art und Weise, wie wir Nephilim mithilfe des Engelskelches neue Schattenjäger erschaffen, doch im Falle der Feenwesen ist für dic daran beteiligten Menschen kein Nutzen damit verbunden. Die Feenwesen schleichen sich nachts in ein irdisches Haus, nehmen das Menschenkind und ersetzen es durch ein kränkliches Mitglied ihrer eigenen Art, den sogenannten »Wechselbalg«. Das Menschenkind wächst dann im Feenreich auf und bringt frisches Blut in die alten Feenfamilien, während die Irdischen gezwungen sind, ein schwer krankes Kind aufzuziehen, das panische Angst vor Eisen hat. Man nimmt an, dass die Feenwesen deswegen eines ihrer Kinder als Ersatz zurücklassen, weil sie zum einen das Misstrauen der Irdischen zerstreuen wollen und weil es zum anderen ihrer verworrenen und sehr feenhaften Vorstellung eines fairen Tauschs entspricht.

Durch gewisse, uns nicht näher bekannte Methoden nehmen im Feenreich aufgewachsene Menschenkinder Eigenschaften von Feenwesen an und können daher bestimmte Formen von Feenmagie betreiben. Umgekehrt erfährt das Feenkind, das in der Welt der Irdischen zurückgelassen wurde, normalerweise nichts von seiner wahren Herkunft – falls es denn überhaupt überlebt. Außer einer Neigung für das Zweite Gesicht wird dieser Wechselbalg gewöhnlich keinerlei Berührungspunkte mit der Magischen Welt haben.

Durch den Bündnisvertrag ist es uns Nephilim untersagt, uns in den Vorgang des Kindstauschs einzumischen. Dieses Gesetz hat in den vergangenen einhundert Jahren bei verschiedenen Abkommensverhandlungen Anlass zu hitzigen Diskussionen gegeben, aber in beiden Fällen wachsen die getauschten Kinder in einer liebevollen Umgebung auf: Die Feenwesen wählen die ahnungslosen Adoptiveltern ihres Nachwuchses sorgfältig aus. Außerdem konnte bisher keine Alternative zur Stärkung der Feenblutlinie gefunden werden. Aus pragmatischen Gründen ziehen wir Nephilim es vor, dass die Feenwesen lieber ihre Kinder eintauschen, statt erwachsene Menschen in ihr Reich zu entführen.

DAS FEENREICH

Schattenjäger sind im Reich der Feen nicht willkommen und aus diesem Grunde sollten wir Nephilim versuchen, einen Aufenthalt dort möglichst zu vermeiden.

Trotz unserer Kräfte und unserer Fähigkeit des Zweiten Gesichts sind wir ebenso anfällig für die Verlockungen und Gefahren des Feenreichs wie die meisten Irdischen. Außerdem hat das Lichte Volk keinen Zweifel daran gelassen, dass das Unterzeichnen des Abkommens ihr Einverständnis zu einem bestimmten Verhalten in *unserer* Welt, aber nicht in ihrem eigenen Reich repräsentiert. Die Feenwelt ist älter als das erste Abkommen und älter als wir Nephilim und verfügt über eine Art der Magie, gegen die das Graue Buch nur teilweise und bestenfalls unzureichend schützen kann.

Nichtsdestoweniger kennt auch das Feenreich Regeln – und diese Regeln bewirken, dass wir Nephilim nicht völlig machtlos sind. So ist es einem Schattenjäger, der das Opfer eines grundlosen Angriffs durch ein Feenwesen wird, gemäß Feenrecht gestattet, sich selbst zu verteidigen. Sollte der Angreifer dabei getötet werden, kann man davon ausgehen, dass die Feenwesen nur die Achseln zucken und verkünden, es sei schließlich die eigene Entscheidung des Angreifers gewesen – dass sich diese Entscheidung als fataler Fehler herausgestellt habe, sei nicht das Problem anderer Feenwesen. (Man muss natürlich vorsichtig sein, dass ein solcher Angriff nicht auf Geheiß einer anderen Kreatur oder eines fremden Feenhofes geschah. Außerdem sollte man nie vergessen, dass es nur eines gibt, an dem die Feenwesen noch mehr Vergnügen haben als an der Einmischung in Angelegenheiten der Menschen – nämlich an ihren eigenen internen politischen Auseinandersetzungen. Ein Schattenjäger, der sich in eines der kunstvollen Ränkespiele der Feenwesen verstrickt und wie eine menschliche Schachfigur hin und her geschoben wird, befindet sich in einer wirklich bedauernswerten Lage.)

Die Zugänge zum Reich der Feen sind eher versteckt als bewacht und liegen in der Regel jahrhundertelang an derselben Stelle. (Allerdings können die Feenwesen jederzeit Zugänge schließen und neue öffnen, falls ein Eingang einmal zu gefährlich oder unbrauchbar werden sollte oder falls es zu einem Krieg zwischen verschiedenen Feenhöfen kommt.) Diese sogenannten Feentore finden sich eher in der Natur als in Gebieten, die von Menschenhand angelegt wurden, und verraten ihre wahre Eigenschaft oft durch eine merkwürdige, irgendwie »unpassende« Facette an ihrem Erscheinungsbild – ein Baum von eigentlich unmöglichem Wuchs, eine Reflexion im Wasser, die nicht zu der Welt über der Wasseroberfläche passt, eine scheinbar leere Höhle, aus der leise Musik ertönt, während in der Umgebung völlige Stille herrscht.

Es wird empfohlen, die Feenwelt zu meiden. Obwohl sie als ein Reich beschrieben wird, das man bereisen kann wie jedes andere Land, toleriert diese Welt keine genaue Erforschung und besitzt auch keinen einheitlichen Aufbau. Jahreszeiten können sich im Nu ändern, Berge und Höhlen tauchen plötzlich an Stellen auf, wo Momente vorher nichts dergleichen zu sehen war, und Flüsse ändern ihren Lauf ganz nach Lust und Laune einer unbekannten Kraft. Bisher konnte noch keine einzige Karte des Feenreichs erstellt werden. Wer dieses Reich betrifft, muss damit rechnen, sich dem unermesslichen Strom von Menschen anzuschließen, die die Grenzen zu den Feengebieten überschritten haben und nicht mehr zurückgekehrt sind.

WELCH EINE ÜBERRASCHUNG, DASS WIR ALLE IN IRGENDWELCHE FEENANGELEGENHEITEN GEZOGEN WURDEN, DIE WIR UNBEDINGT HÄTTEN VERMEIDEN SOLLEN! SIND WIR ALS GRUPPE JEMALS EINEM WARNZEICHEN BEGEGNET, DAS WIR NICHT IGNORIERT HÄTTEN?

Du vielleicht, Blutsauger.

DISKUSSIONSFRAGEN UND ANREGUNGEN FÜR EXPERIMENTE

1. Was ist deine bevorzugte Schattenweltler-Gruppe? Und warum?

~~Hexenwesen, weil sie einfach sensationell sind!~~

~~BIN BELEIDIGT. AUSSERDEM SIND VIELE HEXEN UND HEXENMEISTER ALLES ANDERE ALS SENSATIONELL.~~

Vampire, weil sie mich ständig nerven. Das ist eine echt blöde Frage. TRIFFT NUR AUF DEN ZU, DEN WIR KENNEN.

2. Hast du irgendwelche Vorurteile gegenüber Schattenweltlern, die deine Fähigkeit zur Zusammenarbeit mit ihnen behindern könnten? Falls ja, solltest du eine derartige Voreingenommenheit erkennen und mit deinem Institutsleiter darüber sprechen, bevor du den aktiven Dienst antrittst.

Vampire gehen mir ständig auf die Nerven; ein Werwolf bestimmt, wann ich abends zu Hause sein muss; ein Hexenmeister hat mir meine Erinnerungen gestohlen und die Feenwesen betrachten mich als ihr persönliches Spielzeug.

Gratuliere: Du hast kapiert, dass alle Schattenweltler echte Nervensägen sind.

3. Wurden bei dir Untersuchungen vorgenommen, um eventuelle Spuren von Feen- oder Werwolfblut in deinen Adern nachzuweisen? Ein positives Testergebnis könnte deine Empfänglichkeit für bestimmte Runenmale beeinträchtigen. Achte besonders auf Symptome wie das Zweite Gesicht bzw. häufigen Heißhunger auf dunkles Fleisch.

Ehrlich gesagt: Was die Schattenwesen mit mir angestellt haben, ist nichts im Vergleich zu dem, was andere Schattenjäger mir angetan haben. Von daher …

Äh, nein, bin bisher nicht darauf getestet worden.

Ich denke, du brauchst dir keine Sorgen zu machen: Deine beiden Elternteile waren Vollblutnephilim – und einer von beiden war total besessen, was die Reinheit des Bluts anbelangt.

Ich wette, Valentin hatte eine Werwolfgroßmutter oder was Ähnliches. Meistens läuft es doch auf so was hinaus …

Ich habe hier gerade etwas eingetragen, aber da es für ein Lehrbuch nicht geeignet war, habe ich es wieder ausradiert.

EIN ZIMMER. IHR BEIDE. NEHMT EUCH EIN ZIMMER. JETZT!

KAPITEL FÜNF

Bestiarium Teil III: ENGEL UND MENSCHEN

ENGEL: UNSERE GEHEIMNISVOLLEN SCHUTZPATRONE

Und furcht einflößend!

Was denn, Codex? Kein Abschnitt »Begegnung mit einem Engel«? Du bist mir ja 'ne schöne Hilfe …

Über Engel ist leider wenig bekannt. Vieles basiert auf Mutmaßungen und es gibt nur wenige Menschen, die von eigenen Erfahrungen mit Engeln berichten können. Von allen übernatürlichen Wesen in diesem Codex bilden Engel die geheimnisvollste Gruppe. Sie sind die großen, abwesenden Generäle unserer Armee. Vor tausend Jahren ließen sie uns mit ihrer himmlischen Unterstützung, einer groben Marschrichtung und ausreichend Magie auf Erden zurück, die es uns erlaubt, allein zu kämpfen. In ihrem Namen geschahen viele Taten – gute wie böse –, dabei kann die Zahl verifizierter Engelserscheinungen in der gesamten Geschichte der Nephilim an einer Hand abgezählt werden.

Dennoch fließt ihr Blut in den Adern eines jeden Nephilim, was durch die transformativen Eigenschaften des Kelchs der Engel überhaupt erst möglich wurde. Obwohl Engel nicht in unserer Nähe weilen, sind sie dennoch unsere Schutzpatrone und spirituellen Eltern, die wir durch unsere Gebete und Anrufungen sowie in den Namen unserer heiligsten Waffen auch als solche anerkennen.

Genau weiß niemand, warum sich die Engel aus dem Weltgeschehen zurückgezogen haben. Die ketzerischste Frage in der Geschichte der Nephilim hast du dir sicher auch schon gestellt: Wenn Raziel und seine Engel so entschlossen waren, die Dämonenplage zu beseitigen, warum haben sie diese Aufgabe dann nicht selbst übernommen? Aber wie so viele Fragen zur Natur der Engel lässt sich auch diese nicht beantworten und so bleiben sie schlicht ein erhabenes Fundament, auf dem unser Leben und unser Auftrag basieren.

Schriftliche Belege für Engelssichtungen der vergangenen Jahrhunderte sind durchweg unzuverlässig. Allerdings besteht Einigkeit darüber, dass Engel eine menschenähnliche (jedoch wesentlich größere) Gestalt besitzen, dazu mit Schwingen ausgestattet sind und vom Himmlischen Feuer erfüllt. Aber viele Autoren vertreten die Ansicht: Wenn ein Engel in unserer Welt erscheint, nimmt er dazu jede Gestalt an, die ein Zeuge als die eines Engels erkennt. Heutzutage reagiert der Rat sehr misstrauisch auf angebliche Engelserscheinungen und lehnt es in der Regel ab, weitere Untersuchungen einzuleiten. An dieser Haltung hat sich seit dem peinlichen Vorfall im Jahr 1832 nichts geändert, bei dem ein preußischer Bauer und Schattenjäger namens Johannes von Mainz den gesamten Rat zu seinem Hof rief, um den »Engel« zu betrachten, den er in seinem Kuhstall herbeigerufen hatte. Die anfängliche Ehrfurcht verwandelte sich schnell in Unmut, als einer der Nachbarn den »Engel« als Johannes' Sohn Hans erkannte, der mit Blattgold bedeckt war und Botschaften in einer kruden Mixtur aus Latein, Deutsch und einem selbst erfundenen Kauderwelsch verkündete. Die Schwingen des Engels entpuppten sich bei näherem Hinsehen als Mischung aus Gänse-, Enten- und Hühnerfedern, die willkürlich auf einen hölzernen Rahmen geklebt waren. Zutiefst gedemütigt zog Johannes sich auf seinen Hof zurück und Hans konnte nicht einmal mehr in die Stadt gehen, ohne Pfiffe und Buhrufe zu ernten und mit Federn beworfen zu werden. Seit diesem Vorfall sind die Schattenjäger sehr vorsichtig, wenn es darum geht, eine Engelserscheinung zu melden – oder diese zu überprüfen.

Oh Johannes, was sollen wir nur mit dir machen?

Der Erzengel Raziel

Herr Lehrer? Ich hab meine eigene Studie zu diesem Thema durchgeführt. Zählt das auch?

Ja, du darfst diesen Abschnitt überspringen. Genieße deine freien sechzig Sekunden …

Der Engel Raziel hat natürlich eine besondere Bedeutung als Schutzpatron der Schattenjäger und Schöpfer der Nephilim. Seine Rolle bei diesem Schöpfungsakt wird an anderer Stelle ausführlich erläutert;

in diesem Kapitel beschäftigen wir uns nur mit dem, was über Raziel bekannt ist.

Raziel gilt als einer der Erzengel des Himmels und wird in der jüdischen Mythologie oft als »Hüter der Geheimnisse« und »Engel der Mysterien« bezeichnet. Interessanterweise kennt die jüdische Mystik ein Buch, bei dem es sich um eine Abwandlung des Grauen Buchs zu handeln scheint, welches den Namen »Buch des Raziel« trägt und eine eigenartige Mischung aus kabbalistischen Lehren, Angelologie, Erläuterungen zur jüdischen Schöpfungsgeschichte und verstümmelten Varianten dämonischer Zauberformeln umfasst. Das Buch enthält außerdem eine große Anzahl von Runen, die meisten frei erfunden; nur bei einigen wenigen handelt es sich um Verfälschungen echter Runenmale (jedoch ohne Anleitungen zu ihrem Gebrauch oder Verwendungszweck). Von diesem Text bestehen bis heute diverse Ausgaben in hebräischer und lateinischer Sprache, allerdings nur als historisches Kuriosum. Eine während der Renaissance entstandene Bewegung gegen Magie in jedweder Form bezeichnete das Buch jedoch als gefährliches schwarzmagisches Werk, was dazu führte, dass seine Verwendung von den irdischen Kirchenhäuptern untersagt wurde – zum Wohle der Nephilim.

Zu Raziels Erscheinungsbild auf Erden lassen sich nur Vermutungen anstellen. Wir können uns lediglich an die ältesten Texte und Kunstwerke halten, die die Entstehung der Nephilim beschreiben und abbilden, und davon ausgehend eine zusammengestückelte Skizze entwerfen. Der Engel wird einheitlich als menschenähnliche Gestalt von mehrfacher Menschengröße dargestellt, mit langem silbernem und goldenem Haar und mit goldenen (nicht im Grauen Buch zu findenden) Runenmalen bedeckt – ein Wesen, dessen Erscheinung »sich im selben Moment wieder aus dem Gedächtnis flüchtet, in dem es gesichtet wurde«. Viele Abbildungen zeigen den Engel mit zwei gewaltigen Schwingen mit goldenen Federn, von denen jede mit einem großen goldenen Auge bestückt ist.

Bedauerlicherweise lässt sich bei den mündlichen Berichten über die erste Begegnung zwischen dem Engel Raziel und Jonathan Shadowhunter – einem Akt von großer symbolischer und historischer Bedeutung – nur schwer unterscheiden, was als Tatsachenbeschreibung gedacht war und was als Allegorie. Da keine schriftlichen Aufzeichnungen dieser ersten Begegnung vorliegen (weder von Jonathan noch von jemandem aus seinem persönlichen Umfeld), müssen wir davon ausgehen, dass sämtliche Beschreibungen des Erzengels Raziel einen wahren Kern besitzen, aber auch ein Körnchen interpretierende Dichtung enthalten.

Unbestritten ist jedoch, dass Raziel (a) gewaltig, (b) Furcht einflößend und (c) sehr ungehalten ist, wenn er in menschliche Angelegenheiten hineingezogen wird. Er geht davon aus, dass wir unsere Probleme mithilfe der uns gewährten Mittel selbst lösen. In der Geschichte der Nephilim kursieren viele (möglicherweise zweifelhafte) Berichte von unglückseligen Schattenjägern, die versucht haben, Raziel herbeizurufen, nur um dann auf der Stelle zerschmettert und zu Asche verbrannt zu werden, als Strafe für die Verschwendung der kostbaren Zeit des Erzengels. Die Engelsinsignien sind dazu da, Raziel herbeizurufen und gleichzeitig Schutz zu bieten, damit der Beschwörer eben *nicht* von einem raschen Tod ereilt wird. Leider reagiert Raziel meist ungehalten auf diejenigen, die ihn zur Lösung eines Problems herbeizitieren, das nicht von weltbewegendem und wahrhaft epischem Ausmaß ist. Hinzu kommt, dass es sich nur um ein theoretisches Gedankenspiel handelt, da den Schattenjägern das Wissen um den Engelsspiegel schon vor Jahrhunderten abhandengekommen ist und bis heute nicht aufgefunden werden konnte.

Wenn man das Geheimnis erst kennt, erscheint es ziemlich offensichtlich, oder nicht?

Ja, ich muss gestehen: Es ist fast schon ein wenig peinlich …

ANDERE, DEN NEPHILIM BEKANNTE ENGEL

Unter jungen Nephilim wird eine Frage besonders häufig diskutiert: Wenn die Engel nicht in unserer Welt erscheinen und nicht herbeigerufen werden können und dürfen, warum müssen wir dann die Namen so vieler Engel auswendig lernen? Darauf geben wir dir folgende Antwort: Erstens, weil wir von ihrem Blut abstammen und ihre Namen aus Respekt und Ehrfurcht erlernen. Und zweitens, weil wir unsere Seraphklingen nach ihnen benennen; denn wir gehen davon aus, dass die Seraphklingen nicht nur vom Himmlischen Feuer des *Adamant* erfüllt sind, sondern auch einen Funken der Seele des genannten Engels enthalten. Aus diesem Grund wirst du nur selten Seraphklingen finden, die nach den berühmtesten und mächtigsten Engeln benannt sind, weil die Gefahr besteht, dass der Träger einer solchen Waffe von ihrer himmlischen Kraft überwältigt und vernichtet werden könnte.

Hier folgt eine Liste der bekanntesten Engel, die uns Nephilim zur Benennung unserer Seraphklingen dienen. Ausführlichere Informationen zu jedem Engel findest du im offiziellen Engelhandbuch *Fürchte dich nicht*, Alicante, 1973.

Ein nützlicher Tipp: Wenn Engel sagen »Fürchte dich nicht«, dann solltest du dich fürchten.

Wir müssen uns wie gesagt die Engelsnamen einprägen, weil Jonathan Shadowhunter es für wichtig hielt, dass wir möglichst viele Engelsnamen auswendig können.

Auf jeden Fall haben sie eine Vorliebe für die Endung »el«.

Das bedeutet auf Hebräisch »von Gott«, Clariel.

IHR ZWEI SEID EINFACH GOLDIG.

Adriel
Ambriel
Amriel
Anael
Arariel
Ariel
Asmodei
Atheed
Barachiel
Camael
Cassiel
Dumah
Eremiel
Gabriel
Gadreel
Gagiel
Hadraniel
Haniel
Harahel
Harut
Israfiel
Ithuriel
Jahoel
Jegudiel
Jehuel
Jerahmeel
Jophiel
Khamael
Lailah
Malik
Marut
Metatron
Michael
Moroni
Munkar
Muriel
Nakir
Nuriel
Pahaliah
Penemue
Peniel
Puriel
Raguel
Raphael
Raqeeb
Raziel
Remiel
Ridwan
Sachiel
Samandriel
Sandalphon
Saraqael
Sealtiel
Shamsiel
Taharial
Uriel
Yahoel
Zadkiel
Zaphkiel

Noch ein nützlicher Tipp: Benenne keine Seraphklinge mit dem Namen »Raziel«.
Es geht das Gerücht, dass er das nicht mag.

Was würde denn passieren?

Lass es einfach … Jedenfalls nichts Gutes.

RUFE KEINE ENGEL HERBEI

Warte mal, bin verwirrt. Also sollte ich doch Engel herbeirufen? Ist das richtig?

Eine der Lektionen, die Schattenjäger schnell lernen, ist die Tatsache, dass das Leben zutiefst unfair ist. Denn obwohl wir von Raziel unser himmlisches Mandat erhielten, haben wir im Grunde keinen unmittelbaren Zugang zu Engeln oder ihren Kräften [die wir Herausgeber dieses Codex nur widerstrebend als Magie bezeichnen wollen; die Fähigkeiten der Engel übersteigen selbst das Wissen der mächtigsten Hexenwesen bei Weitem]. Als ein junger Nephilim hast du sicher schon darüber nachgedacht, dass sich als beste Waffe gegen die Bedrohung der Dämonen eine ebenso mächtige himmlische Gegenkraft eignen würde. Und vielleicht hast du ja bereits überlegt, selbst einen Engel herbeizurufen, und sogar in deiner Institutsbibliothek nach Erzählungen oder Grimoires zum Thema Herbeirufung von Engeln gesucht.

Die Kunst der Dämonenjagd entwickelt sich zwar ständig weiter und die Methoden, die gestern verboten waren, sind morgen anerkannte Vorgehensweisen. Aber dennoch hat eine Regel unvermindert weltweit Bestand:

Du sollst nicht versuchen, einen Engel zu deiner Unterstützung herbeizurufen.

Für diese Regel gibt es mehrere wichtige Gründe. Erstens – und das ist noch der uninteressanteste Grund – handelt es sich ziemlich sicher um reine Zeitverschwendung. Engel reagieren auf Beschwörungsversuche nicht auf dieselbe Weise wie Dämonen. So können sie sich beispielsweise in unserer Dimension nicht lange manifestieren, genauso wenig wie andere, nicht dämonische Kreaturen in fremden Dimension. Außerdem sind die Beschwörungsrituale, die behaupten, einen Engel herbeirufen zu können, allesamt verworren, schwer verständlich und unzuverlässig. Sie haben so selten zum Erfolg geführt, dass wir nicht genügend Dokumentationsmaterial darüber besitzen, was funktioniert und was nicht. Ein missverständliches oder falsch angewendetes Ritual ist mit hohen Risiken verbunden und kann katastrophale Konsequenzen, schwere Verletzungen und sogar den Tod des Beschwörers zur Folge haben.

Zweitens ist ein herbeigerufener Engel nicht verpflichtet, deinen Wünschen gemäß zu handeln. Engel können nicht wie Dämonen *gebunden* werden, es sei denn durch streng verbotene und blasphemische Rituale, die zu den schlimmsten Verbrechen zählen, welche ein Schattenjäger begehen kann.

Und drittens: Selbst wenn es gelingen sollte, einen Engel herbeizurufen, werden alle daran Beteiligten (du und jeder andere, der dir eventuell geholfen hat) sterben, und zwar umgehend. Im Gegensatz zu Dämonen *wollen Engel nicht* in unserer Realitätsebene sein. Es gefällt ihnen nicht, sich hier zu manifestieren oder Menschen zu helfen, und sie sind nicht gerade berühmt für ihre Barmherzigkeit. Alles in allem scheinen ihnen die Leiden und Mühsale der irdischen Welt gleichgültig zu sein. Außerdem sind sie nicht nur Botschafter, sondern auch Krieger (Michael gilt als Anführer der himmlischen Heerscharen). Engel kümmern sich nicht um die Hoch- und Tiefpunkte des menschlichen Lebens. Bilder von nackten, kleinen Knaben mit Flügeln, die irgendjemanden in Gewänder hüllen, solltest du dir schleunigst aus dem Kopf schlagen. Engel sind groß, mächtig und Furcht einflößend. Natürlich sind sie unsere Verbündeten, aber um Missverständnissen vorzubeugen: Sie sind zutiefst fremdartig und inhuman. Genau genommen, sind sie sogar weit inhumaner als der ungeheuerlichste Dämon, dem du je begegnest. In unseren Adern mag zwar Engelsblut fließen, aber reines Himmlisches Feuer würde uns verzehren und zu Asche verbrennen – mit derselben tödlichen Sicherheit wie Dämonengift.

Engel sind unser mystischer Kraftquell und der Ursprung unserer Rechtschaffenheit. Aber sie sind nicht unsere Freunde.

Jaja, haha. Das klingt zwar alles sehr lustig, ist aber eigentlich ein wichtiger Hinweis.

Wie groß ist die Wahrscheinlichkeit,
dass das nochmal passiert?!

ENGELSBLUT

Wir Nephilim wachsen in dem Wissen auf, dass in unseren Adern zum Teil Engelsblut fließt, und dementsprechend ranken sich viele Geschichten und Legenden um diese Substanz. So soll das Blut beispielsweise übermächtige Kräfte verleihen, jede Krankheit heilen und das menschliche Leben verlängern. Doch solche und ähnliche Behauptungen sind alles andere als glaubwürdig – und sei es auch nur aufgrund der Tatsache, dass die Berichte von Engelserscheinungen unseres Wissens nach ausnahmslos gefälscht sind. Ein Schattenweltler, der behauptet, Engelsblut oder ein Derivat dieser Substanz zu verkaufen, lügt. Eigentlich sollten wir Nephilim es besser wissen und nicht auf solche Märchen hereinfallen. Doch leider hat es im Laufe der Jahre immer wieder junge Schattenjäger gegeben, die mit Fieber und Schüttelfrost auf der Krankenstation ihres Instituts gelandet sind und sich nur langsam von der Einnahme irgendwelcher Tinkturen erholten, die jemand zusammengemischt hatte, um den Eindruck von Engelsblut zu erwecken. Aber es gibt nun einmal keine Phiole mit Engelsblut, die Superkräfte verleiht – hier nicht und nirgendwo! Fall nicht auf diese Tricks herein. *Hm!*

Schätze, das ist ein weiterer Abschnitt, bei dem ich für praktische Erfahrungen Punkte kriege.

Ja, denke ich auch.

IRDISCHE

Kann's kaum erwarten ...

Die Welt der Irdischen ist die Welt, die du kennst, die Welt, aus der neue Schattenjäger wie du stammen. Und die Bewohner dieser Welt, die Irdischen, sind die Menschen, die du kennst und denen du bis vor Kurzem – bis zum Moment deiner Verwandlung – selbst angehört hast. Wir Nephilim sprechen von der irdischen Welt oft auf eine Weise, als handelte es sich dabei um einen unbedeutenden Aspekt unseres Lebens und unserer Welt. Doch in Wahrheit existieren wir zwangsläufig nur *aufgrund* der Irdischen. Wenn wir Nephilim sagen, wir sind die Beschützer der Welt, meinen wir damit eigentlich die Beschützer der Irdischen. Sie sind unsere Schützlinge und unsere Verantwortung. BLÖDMÄNNER!

Die Irdischen leben ihr Leben, ohne von der sie umgebenden Schattenwelt auch nur zu ahnen, und es ist unsere Aufgabe, ihnen diese Ahnungslosigkeit weitgehend zu erhalten. Wenn du in den Straßen deiner Stadt Patrouille gehst, bist du umgeben von Irdischen, die ihr Leben leben, feiern und trauern und zwischen Momenten des Glücks, der Trauer, der Wut, des Kummers und der Freude hin und her wechseln. Diese Gefühlsregungen mögen im (manchmal krassen) Widerstreit zu dem stehen, was du – als Besitzer des Zweiten Gesichts – als Wahrheit erkennen kannst. Die Zahl der Nephilim, die sich beinahe aufgerieben haben im Kampf gegen einen Dämon, der eine ganze Stadt lächelnder, ahnungsloser Menschen bedroht, ist Legion. Aber das gehört zu den Bürden, die wir tragen müssen – und es ist unsere Aufgabe, diese Bürde in Würde zu tragen.

Unter normalen Umständen ist Irdischen der Zugang nach Idris oder zu einem unserer Institute untersagt. Allerdings erlaubt es das Gesetz, dass ein Schattenjäger einem Irdischen Zuflucht gewährt, falls Letzterer durch einen Angriff von Dämonen oder Schattenwesen (oder den damit verbundenen Auswirkungen) in akuter Gefahr schwebt. Anmerkung: Im Gesetz steht nicht, dass wir dazu *verpflichtet* sind. Der Schutz der Irdischen ist zwar unser heiliges Mandat, aber nicht auf Kosten unserer eigenen Sicherheit. Schattenjäger müssen sorgfältig abwägen, ob einem Irdischen Zuflucht gewährt werden kann, ohne dabei das Geheimnis und damit die Sicherheit der Verborgenen Welt zu gefährden.

Gefühle wie Verachtung oder sogar Neid auf die Irdischen sind daher durchaus verständlich. Schließlich befinden sie sich nichts ahnend in ständiger Gefahr. Selbstzufrieden gehen sie ihrem Alltag nach und leben in dem großen Luxus, von der gewaltigen Schlacht zwischen Gut und Böse, die wie ein Damoklesschwert ständig über ihrer Welt schwebt, nicht das Geringste mitzubekommen. Und sie genießen das große Glück, sich nicht wie wir in einem ständigen Kriegszustand zu befinden, verbunden mit dem Wissen, dass jeder unserer Freunde und jedes unserer Familienmitglieder täglich in einen Kampf hinauszieht, von dem er oder sie möglicherweise nicht mehr zurückkehrt.

Deshalb bitten wir dich eindringlich: Hab Mitleid mit der Welt der Irdischen. Es ist unser Schicksal, für sie zu kämpfen, ohne dass sie von unseren Opfern auch nur ahnen. Das ist nicht ihre Schuld.

Diese armen Schweine. Sie tun mir leid … einfach nur leid.

Ach, komm schon, so schlimm ist es nun auch wieder nicht. Man will doch nur, dass wir nett zu Irdischen sind!

IRDISCHE, DIE NICHT REIN IRDISCH SIND

ie sind nun wieder cool. Aber nicht o cool wie Schattenjäger.

Ist allerdings etwas dick aufgetragen.

Der Schattenjäger, wie mich dünkt, gelobt zu viel

Dünkt mich ebenfalls.

Natürlich gibt es auch Irdische, durch deren Adern nicht rein menschliches Blut fließt, sondern auch Feen- oder Werwolfblut, meistens über Generationen vererbt, und ganz selten auch einmal Nephilimblut. Diese Irdischen können oft daran erkannt werden, dass sie das Zweite Gesicht besitzen oder in der Lage sind, durch manchen Zauberglanz hindurchzusehen. (Allerdings bemerken nur die wenigsten von ihnen irgendwelche übernatürlichen Aktivitäten, weil ihr Blick dafür nicht geschärft ist. Ein wichtiger Hinweis zum Thema Zauberglanz:

In der Regel sehen die Leute nur das, was sie sehen wollen (siehe auch »Zauberglanz und das Zweite Gesicht«, Seite 158). Selbst zweitgesichtige Irdische übersehen häufig ungewöhnliche Erscheinungen und erklären sie sich als Illusion oder Missverständnis.)

Viele dieser Irdischen mit dem Zweiten Gesicht waren früher als Bedienstete oder Hausverwalter bei großen Instituten oder wohlhabenden Schattenjägerfamilien angestellt. Allerdings ist die Beschäftigung von Dienstboten in vielen Teilen der Welt aus der Mode geraten und die Familien, in deren Adern auch Schattenweltler-Blut fließt, unterhalten schon lange keine engen Beziehungen zu den Nephilim mehr. Da inzwischen mehrere Generationen vergangen sind, wissen die lebenden Mitglieder dieser zweitgesichtigen Familien oft nicht einmal mehr, dass ihre Vorfahren einst den Nephilim gedient haben.

Allerdings fühlen sich auch viele Irdische ohne die Gabe des Zweiten Gesichts zu Orten der Magie und Kraft hingezogen, ohne jedoch die Gründe dafür zu verstehen. Manche empfinden sogar den Drang, einem solchen Ort ihren persönlichen Stempel aufzudrücken – durch Dekorationen oder Errichten von Schutzwällen, aber auch durch Verunstaltung und mutwillige Zerstörung. Dies kann für Nephilim und Schattenweltler, die von diesen Orten der Kraft Gebrauch machen müssen, sehr ärgerlich sein. Dennoch bitten wir dich erneut eindringlich um Geduld und Mitleid mit diesen Irdischen: Irgendeine Form der Magie muss sich tief ins kollektive Gedächtnis der Menschheit eingegraben haben, denn wie könnten wir (und die Schattenwesen) selbst mithilfe von Engels- bzw. Dämonenblut sonst überhaupt Magie anwenden? Aus diesem Grund müssen wir alle zumindest über das *Potenzial* verfügen, ein Nephilim werden zu können. Es ist diese Magie, die unsere gesamte Welt durchdringt, und es ist Teil unserer Aufgabe als Schattenjäger, sie zu pflegen und zu verteidigen.

(Siehe auch: »Irdische Dämonenkulte«, Seite 83.)

Der ganz alltägliche Feld-Wald-und-Wiesen-Dämonenkult.

EIN HINWEIS ZU IRDISCHEN RELIGIONEN

Viele neue Schattenjäger mit unterschiedlichem religiösem Hintergrund kommen zu uns und fragen, welche Religion denn nun die »richtige« sei. Aber diese Frage können wir Nephilim genauso wenig beantworten wie gewöhnliche Irdische. Schattenjäger stammen aus allen Teilen der Welt und natürlich sehen und betrachten wir die Verborgene Welt im Kontext unserer eigenen persönlichen Glaubensüberzeugungen.

Diese Vielfalt mag auf den ersten Blick als Schwäche erscheinen, da sie die Schattenjäger voneinander trennt, ebenso wie Irdische durch ihre religiösen Überzeugungen voneinander getrennt sind. Aber wir können von diesen Irdischen sehr viel lernen. Eingebettet in ihre Heldensagen und Legenden finden sich praktische Wahrheiten über Engel, Dämonen und vielleicht sogar über Schattenweltler. All das beziehen wir in unsere Forschungen mit ein.

Darüber hinaus repräsentieren irdische Religionen die moralischen und ethischen Überzeugungen und spirituellen Einsichten unserer Spezies – auch davon können wir viel lernen. Die Lehren der weisesten Irdischen zu ignorieren, wäre dumm und gefährlich. Nicht umsonst heißt es: *Alle Mythen sind wahr* – und wir sollten niemals vergessen, dass diese Mythen zum Großteil von Irdischen niedergeschrieben wurden.

Die großen Weltreligionen haben uns Nephilim seit jeher bei der Erfüllung unserer Aufgabe geholfen und werden uns auch weiterhin unterstützen. So stehen uns in der ganzen Welt religiöse Gemeinschaften und Sakralbauten als Zufluchtsstätten offen, die häufig Geheimverstecke mit Waffen und Gerätschaften beherbergen, von denen wir Schattenjäger Gebrauch machen können. Die Vereinbarungen bezüglich dieser Waffenlager reichen oft Jahrhunderte zurück. So findet sich das älteste, durchgehend genutzte Nephilimwaffenlager in der Basilica di Sant'Ambrogio in Mailand – einer der größten irdischen Handelsstädte in der Nähe von Idris. Die mailändischen Schattenjäger behaupten, Jonathan Shadowhunter habe dieses Versteck höchstpersönlich eingerichtet, im damals neu errichteten Glockenturm der Kirche.

Traditionsgemäß wurde der Zugang zu derartigen Waffenlagern durch das Rezitieren des sogenannten Märtyrer-Glaubensbekenntnisses gewährt:

> »Im Namen des Rats erbitte ich Zugang zu diesem Geweihten Boden. Im Namen des niemals endenden Kriegs erbitte ich Zugang zu Euren Waffen. Und im Namen des Erzengels Raziel erbitte ich Euren Segen bei meiner Mission im Kampf gegen die Dunkelheit.«

Heutzutage reagieren die meisten Lager auf eine praktischere Öffnungsmethode: die Anwesenheit einer Voyance-Rune. Doch an vielen Orten wirkt die klassische Formel auch weiterhin – für diejenigen Schattenjäger, die es gern etwas traditioneller mögen.

Ich glaube, ich muss diesen Spruch auswendig lernen. Ich hab gehört, wie Jace ihn zitiert hat.

Ja, und außerdem noch etwa eine Million Runen.

Die Runen sind kein Problem aber das hier ist echt hart!

Die Forsaken

Für Heulsusen ist bei den Schattenjägern kein Platz!

Ach, komm schon, du weißt, dass das nicht stimmt.

Kurz nach der Erschaffung der ersten Nephilim erfuhr die Menschheit, was passiert, wenn man eine Person mit Runenmalen versieht, die kein Schattenjägerblut besitzt bzw. nicht durch den Engelskelch in einen Nephilim verwandelt worden ist. Ein einzelnes Runenmal verursacht wahrscheinlich »nur« einen brennenden Schmerz auf der Haut, aber mehrere Runen (und es bedarf wirklich nicht vieler) bewirken, dass der betreffende Mensch unerträgliche Schmerzen leidet, welche zu einem Zustand blinder Raserei führen. Das Trinken aus dem Engelskelch bzw. das ererbte Schattenjägerblut stählen

Okay, ich hätte da mal ne Frage, Codex: Warum hat Valentin keine Forsaken mehr eingesetzt? Warum erschafft nicht jeder Schurke einfach eine riesige Armee von Forsaken?

den Körper für die überwältigende Kraft der himmlischen Macht, die durch die Runen strömt. Dagegen wird ein unvorbereiteter Irdischer einen qualvollen Tod erleiden.

Die Forsaken essen nicht mehr, schlafen nicht mehr und ignorieren sämtliche Wunden und Verletzungen – mit dem Ergebnis, dass sie in der Regel nicht lange leben. Oft hängt es nur vom Zufall ab, ob sie zuerst an Unterernährung oder Erschöpfung oder aber infolge einer Infektion sterben.

BEGEGNUNG MIT EINEM FORSAKEN

Das Töten eines Forsaken ist zwar ein Akt der Barmherzigkeit, aber du solltest auf keinen Fall versuchen, eine derartige Kreatur allein zu überwältigen. Ihre Kraft und Schläue werden gern unterschätzt. Im Zweifelsfall flieh und kehr mit Verstärkung zurück.

Die einzige andere Methode zum Beenden der Leiden eines Forsaken besteht darin, ihn aus dem Engelskelch trinken zu lassen. Die Kraft dieses Kelchs beseitigt die unerträglichen Schmerzen der aufgetragenen Runenmale. Im Prinzip würde dies den Forsaken in einen hundertprozentigen Schattenjäger verwandeln, aber es gibt keinen einzigen Fall, bei dem das Opfer den doppelten Schock – Verwandlung in einen Forsaken und dann in einen Nephilim – verkraftet und überlebt hätte. Daher muss man wohl diese Kreaturen als unrettbar verloren betrachten: Ihnen ist nicht mehr zu helfen.

WOHER STAMMT DER BEGRIFF »FORSAKEN«?

Wir wissen zwar nichts über die schrecklichen Leiden des ersten Forsaken, weil dessen Spuren sich im Dunkel der Geschichte verlieren, doch das Ganze muss sich zu einer Zeit zugetragen haben, als die Nephilim sich gerade in der gesamten Welt verbreiteten. Erste Aufzeichnungen finden sich aus der Mitte des 13. Jahrhunderts, kurz nach Jonathan Shadowhunters angenommenem Todeszeitpunkt, als die Brüder der Stille nach einem Heilmittel für Irdische mit Runenmalen suchten. Der Begriff taucht jedoch erstmalig in der ersten schriftlichen Fassung des Bündnisvertrags auf, niedergeschrieben vom ersten Konsul – Edward der Gute und Wohlberatene. Darin werden die Forsaken als illegal und sogar blasphemisch verurteilt.

Das eigentliche Problem mit den Forsaken besteht jedoch darin, dass sie in ihrem rasenden Wahnsinn leicht zu beeinflussen sind und eine gewisse Affinität zu demjenigen entwickeln, der sie mit den Runenmalen versehen hat. Dies wiederum befähigt diese Person dazu, die Forsaken zu befehligen. Das Leben der Forsaken kann etwas verlängert werden, indem ihr Gebieter ihnen befiehlt, zu essen, zu trinken und zu schlafen. Außerdem verstehen die Forsaken einige einfache Kommandos. Demzufolge werden sie gelegentlich für Sklavenarbeiten eingesetzt, aber aufgrund ihrer unaufhörlichen Raserei und unerträglichen Schmerzen eignen sie sich im Grunde nur für Gewalttaten. Forsaken können weder etwas errichten oder bauen noch sprechen.

Im Laufe unserer Geschichte wurden überraschend wenige Überfälle von Forsaken verzeichnet. Zweifellos stellen sie eine Gefahr für Irdische dar, aber im Grunde sind sie nicht sehr stark. Tyrannen erschaffen in der Regel keine Forsakenarmeen, weil Forsaken jämmerliche Soldaten abgeben: Sie können keine Waffen führen, keine Taktiken umsetzen und sich nicht verteidigen. Und obwohl sie deutlich weniger intelligent sind als menschliche Soldaten, benötigen sie die gleiche Menge an Proviant und anderen Ressourcen. Die von ihnen ausgehende Gefahr lässt sich von vorbereiteten Nephilim (oder einem mächtigen Hexenwesen oder einer Gruppe Werwölfe bzw. Vampire) mühelos neutralisieren. Aufgrund dieser Faktoren handelt es sich bei den meisten uns bekannten Forsaken um das Resultat eines Irrtums oder Fehlers – wenn ein Irdischer z. B. törichterweise versucht hat, sich selbst in einen Schattenjäger zu verwandeln. Es hat allerdings auch Einzelfälle gegeben, bei denen jemand als Bestrafungsmaßnahme in einen Forsaken verwandelt wurde – was allerdings streng gegen das Gesetz verstößt. An derartigen Handlungen beteiligte Nephilim werden festgenommen und in der Stadt der Stille inhaftiert, in der sie die Strafe für ihre Verbrechen absitzen.

Anmerkung: Das Auftreten von »dämonischen Forsaken« wurde bisher nicht beobachtet. Die Dämonenmagie kennt natürlich eigene Runen, die theoretisch in die Haut eines Erdenbewohners geritzt werden könnten. Aber in der Praxis entfalten diese Runen eine ähnliche Wirkung wie ein starkes Dämonengift, sodass du beispielsweise keine Hexenwesen findest, die sie zur Verstärkung ihrer Kräfte verwenden würden. Dämonenrunen verursachen statt blinder Raserei und schrecklichem Schmerz ein Dahinsiechen des Vergifteten und bieten keinerlei praktischen Nutzen.

Okay, okay, zehn Punkte für dich, Codex. Du hast meine Frage beantwortet: Keine Armee aus Forsaken, weil sie sich in ihre Einzelteile auflösen und außerdem ziemlich dämlich sind. Na gut.

GEISTER UND DIE TOTEN

Geister und Gespenster tauchen im Schattenjägeralltag selten auf. Trotzdem befähigt die Gabe des Zweiten Gesichts viele Nephilim auch dazu, mit den Geistern der Toten zu kommunizieren. Dich vielleicht auch! Dieser Aspekt des Zweiten Gesichts wird durch Vererbung weitergegeben und kann nicht durch Runenmale verstärkt werden.

Auch die Schattenjäger, die Geister nicht sehen oder hören können, sind dazu fähig, ihre Anwesenheit wahrzunehmen, welche sich durch ein unnatürliches Gefühl der Kälte äußert. Sobald sich ein Geist in unserer Welt manifestiert, muss er seiner Umgebung Energie und Wärme entziehen, um seine ektoplasmatische Gestalt aufrechtzuerhalten, wodurch die Temperatur in seinem Umfeld rapide fällt.

Die mächtigsten Geister sind in der Lage, sich zu fast lebensechter Form zu manifestieren. Dennoch können wir sie als solche immer an ihren Augen erkennen: Diese sind hohl und leer. Bei besonders starken Geistern kommt es vor, dass kleine Flammen in ihren Augenhöhlen flackern; aber das ist selten.

Die gängigste Theorie geht davon aus, dass sie durch ein Unrecht in unserer Welt gefangen sind, das sie zu beseitigen versuchen. Sie sind buchstäblich »ruhelos« und suchen nach dem Talisman, der es ihnen erlaubt, aus dieser Welt zu scheiden und vollständig in ihre eigene überzugehen. Es kostet Geister beträchtliche Kraft, sich ihrer selbst und ihres früheren Lebens so bewusst zu sein, dass sie diesen Talisman identifizieren; sie verfügen über kein magisches Wissen, das beim Erkennen des Talismans helfen oder ihnen verraten würde, welche Handlung ihnen ewige Ruhe verschaffen könnte. Meist raten sie hilflos herum und sind oft zu irregeleitet, um ihre Situation richtig zu verstehen.

Warte mal – wir hätten uns die ganze Zeit auch mit Geistern befassen können? Wo sind die Geister? Bringt die Geister herbei!

Das willst du echt nicht. New York hat ein paar verdammt bösartige Geister. Glaub mir.

Dinge, zu deren Existenz ich Jace unbedingt fragen muss: …

Du hast nichts eingetragen. Worüber möchtest du etwas wissen?

Dieses Buch lässt viele Dinge aus! Mumien zum Beispiel. Erzähl mir was über Mumien.

Mumien gibt es. Die Ägypter balsamierten früher ihre Leichen. Aber Mumien, die sich aus ihren verfluchten Grabmalen erheben und herumspazieren, die gibt es nicht.

Gibt es Grabmale, die verflucht sind?

Nein. Gelegentlich trifft man auf ein Grabmal, das von einem Dämon bewacht w

Was ist mit Zombies? Gibt's die?

Die des Voodoo-Kultes: Ja. Die hirnlosen Gestalten aus Horrorfilmen: Nein.

Warte, ich hab noch was anderes: Was ist mit einem besessenen Auto? Gibt es besessene Autos?

Zählst du mit Dämonenenergie betriebene Motorräder dazu?

Nein, eher so was in der Art, dass der Wagen mit dir redet und dich auffordert, jemanden zu töten.

In diesem Fall: Nei

WAS IST MIT LEPRECHAUNS?

DISKUSSIONSFRAGEN UND ANREGUNGEN FÜR EXPERIMENTE

Warum antworte ich dir überhaupt? Du bist schließlich kein Schattenjäger. Nein, keine Leprechauns.

Jace ignoriert Simon. Altgötter ... Jace, gleiche Frage noch mal!

UND ALTGÖTTER?

1. Bist du mit einer bereits existierenden Glaubensüberzeugung zu den Schattenjägern gekommen? Am besten liest du ein paar Werke früherer Schattenjägergelehrter deiner Religionsrichtung, die dir dabei helfen, dein neu erworbenes Wissen über die Verborgene Welt mit deiner bisherigen Weltanschauung zu vereinbaren.

Ich denke, wir betrachten sie einfach nur als Dämonenfürsten.

TRANSFORMERS!

Ich weiß nicht, was das ist.

AUSSERIRDISCHE ROBOTER, DIE SICH IN ANDERE DINGE VERWANDELN KÖNNEN, DIE DANN NICHT MEHR WIE ROBOTER AUSSEHEN.

Werde mich sofort damit befassen ...

2. Kannst du Geister sehen? Falls ja, versuch einmal, ein Schreckgespenst in deiner Nähe ausfindig zu machen. In deinem Institut müsste man das eine oder andere kennen. Beschreibe deine Geisterbegegnung.

Ich kann keine Geister sehen. Und eigentlich bin ich auch ziemlich froh darüber.

3. IM ERNST, WIE MIES SIND IRDISCHE DENN DRAN? ZIEMLICH MIES.

UND WAS IST MIT SCHLÜMPFEN? UND – UND DAS MEIN ICH JETZT TOTAL ERNST – WIE STEHT'S MIT DEM WEIHNACHTSMANN?

Mehr Rechte für Irdische!

Ich kann kaum glauben, dass ich den Rat mal verteidigen würde, aber dieser Abschnitt des Codex ist nach seinen Maßstäben sogar ziemlich gut.

KAPITEL SECHS

GRIMOIRE

Der ganze Abschnitt ist total überflüssig. Hier die Kurzversion: Wir betreiben keine eigene Magie – wir nutzen die des Erzengels Raziel. Das ist alles.

Was in deinem Fall aber nicht mal stimmt.

— EINE KURZE EINFÜHRUNG — IN DIE MAGIE

Nephilim betreiben keine Magie.

Diese Tatsache ist der mit Abstand wichtigste Faktor, der uns sowohl von Dämonen als auch von Schattenweltlern unterscheidet. Dämonen praktizieren Magie – genau genommen ist der Großteil aller Magie, dem du in der Welt begegnest, dämonischer Herkunft. Auch die Kräfte der Werwölfe und Vampire basieren auf Dämonenmagie. Dagegen stellt die Magie der Feenwesen eine große Unbekannte dar: Sie unterscheidet sich deutlich von der Magie der Dämonen, auch wenn einige die Ansicht vertreten, dass beide denselben Ursprung haben.

Laut Jace geht es hier um irgendeine merkwürdige Sache bezüglich der Nephilim und ihrer Ehre. Die meisten Schattenjäger interessiert das gar nicht so sehr.

Wie auch immer: Wir Nephilim verfügen über keine eigene Form der Magie. Stattdessen nutzen wir magische Werkzeuge, die uns von höheren Mächten zur Verfügung gestellt wurden. Wir können auch keine neuen Runenmale erschaffen. Uns steht nur der Zugang zu den Runenmalen offen, die uns im Grauen Buch überliefert wurden. Natürlich können wir mit ihrer Verwendung experimentieren, aber diese Runen sind die einzige Kraft, die uns gewährt wurde. Alles andere, das uns Nephilim ausmacht, haben wir mit eigenen Händen erschaffen. Das heißt, die meisten von uns können keine neuen Runen erschaffen.

Im Laufe der Jahrhunderte haben viele Nephilim, insbesondere die Brüder der Stille, zahllose Stunden mit dem Versuch verbracht, die den Engelsrunen zugrundeliegende »Sprache« und »Grammatik« zu entschlüsseln. Wenn man die einzelnen Bestandteile verstehen könnte, so nahm man an, würde das vielleicht zur Erschaffung neuer Runen befähigen. Doch alle bisherigen Versuche sind gescheitert.

Falls es wirklich eine grundlegende Grammatik der Runen gibt, dann sollten wir Menschen sie entweder nicht erfahren oder aber wir können sie einfach nicht enträtseln.

Im Vergleich dazu ist Dämonenmagie in all ihren Formen vielfältiger und mächtiger – sei es in den Händen von Dämonen und Hexenwesen oder tief in der Seele von Vampiren und Lykanthropen. Von der Magie der Feenwesen ganz zu schweigen.

Die folgende Tatsache sollte kein Schattenjäger jemals vergessen: Wir sind in der Unterzahl und wir sind unterlegen, in jeder Hinsicht. Uns bleiben nur unsere Entschlossenheit, unser Eid, unsere Gesetzestreue, unsere Disziplin und unser Training.

WARUM?

Das große Mysterium der Nephilim, die entscheidende Frage, die weder von Jonathan Shadowhunter gestellt noch von Raziel beantwortet wurde, lautet: Warum hat man uns mit solch beschränkten Kräften hier zurückgelassen? Warum wurden Schattenweltlern eine Fülle von übermenschlichen Fähigkeiten verliehen – Unsterblichkeit, übernatürliche Stärke und Schnelligkeit, die Fähigkeit zur Erfindung und Erschaffung neuer Magie –, während uns in unserem Kampf nur solch begrenzte und unveränderliche Mittel zur Verfügung stehen?

Auf diese Frage gibt es keine Antwort und schon der Versuch einer definitiven Antwort käme der Behauptung gleich, wir würden die Denkweise und den Willen der Engel kennen. Dennoch zeichnen uns Nephilim zwei wichtige Eigenschaften großer Krieger aus: Würde und Demut.

Würde: Unsere Kraft beruht darauf, dass wir *auserwählt* sind. Im Gegensatz zu Dämonen (geboren im Endlosen Nichts und ohne die Möglichkeit, aus freien Stücken etwas anderes zu wählen als das

Böse) oder Schattenweltlern (deren Kräfte so oft das Ergebnis unvorhergesehener Ereignisse, schrecklicher Verbrechen und einer ungewollten Empfängnis sind) wurden wir Nephilim dazu auserkoren, das Blut des Engels in uns zu tragen und den Kampf gegen die Hölle anzuführen.

Demut: *Pulvis et umbra sumus* – Staub und Schatten sind wir. Wir sind sterblich. Wir sind verwundbar. Wir bluten und wir sterben.

Und in diesen beiden Extremen liegen unsere größte Stärke und unsere größte Schwäche.

Das gilt eigentlich für alle Menschen.

Klingt kitschig, ist aber wahr!

Wir zählen doch auch zu den Menschen!

GRUNDLAGEN DER INTERDIMENSIONALEN RAUM-ZEIT-THEORIE

Ich muss wohl nicht erwähnen, dass du diese Infobox überspringen kannst!

Hast du was gesagt? Ich war gerade dabei, diese Infobox zu überspringen ...

Bisher weißt du von zwei Welten: der Welt der Irdischen und der Verborgenen Welt. Aber es gibt unendlich viele Welten. Die Grenzen unserer Welt überschneiden sich mit den Grenzen anderer Welten, die zwar von unserer getrennt sind, aber den gleichen Raum einnehmen – und zwar in einem Paralleluniversum. Diese Paralleluniversen sind durch nichts dazu verpflichtet, sich an dieselben Gesetzmäßigkeiten zu halten wie unser eigenes Universum. Deshalb nimmt man an, dass wir in den meisten Paralleluniversen nicht überleben könnten. Dabei geht es nicht nur um einen möglichen Mangel an Wasser und Sauerstoff oder eine für uns erträgliche Temperatur – diese Universen müssen nicht einmal dieselben physikalischen Gesetze oder Lebensformen kennen wie wir. Dort würden wir uns vielleicht auflösen, unfähig, unsere Existenz in einem gänzlich lebensfeindlichen Universum aufrechtzuerhalten.

Manche vertreten die Ansicht, dass auch das Feenreich in einer anderen Dimension liegt (siehe Kapitel 4, Bestiarium Teil II, für weitere Informationen zu den Feenwesen). Mit Sicherheit wissen wir nur, dass das Endlose

Nichts, die Heimat der Dämonen, eine andere Dimension darstellt. Versuche, den Dämonen durch ihre Portale ins Endlose Nichts zu folgen, haben in allen Fällen zum sofortigen Tod des betreffenden Menschen geführt. Man nimmt an, dass auch Engel in einer anderen, ihnen eigenen Dimension existieren, doch hierbei handelt es sich um reine Spekulation.

Tatsache ist: Wir wissen nicht, ob es sich beim Endlosen Nichts um mehrere, möglicherweise sogar unendlich viele Dimensionen handelt, deren Schnittpunkt das Pandemonium bildet. Letztendlich spielt das auch keine Rolle. Unser Mandat als Nephilim sieht den Schutz unserer eigenen Dimension vor; die anderen Dimensionen dürfen sich getrost um sich selbst kümmern.

Du hättest das nicht überspringen sollen. Das hier ist ziemlich interessant. Raum-Zeit! Dimensionen! Bitte mehr davon. Danke, dein Simon.

Zauberglanz und das Zweite Gesicht

Zauberglanz, die simpelste Form der Magie, verändert das äußere Erscheinungsbild von Objekten. Sorgfältig durchgeführt, erzeugt Zauberglanz beim Betrachter ein unauffälliges Bild, während die wahre Natur des Gegenstands oder Gebäudes verborgen bleibt. Dabei handelt es sich nicht nur um eine der wenigen Magieformen, die allen bekannten Magieanwendern zur Verfügung steht (Anleitungen für Zauberglanz finden sich sowohl im Grauen Buch als auch in Dämonenzauberbüchern, in der Dokumentensammlung der Hexenwesen und bei den Feenwesen), sondern auch um die am häufigsten verwendete Form der Magie. Schließlich dient sie dazu, die Schattenwelt vor den Irdischen zu verbergen – ein Ziel, auf das sich alle Mitglieder dieser Welt verständigt haben.

Die meisten Zauberglanzformen lassen sich von magischen Wesen leicht durchschauen und sollen nur bestimmte Objekte vor den Augen der Irdischen schützen. Vampire sowie Feen- und Hexenwesen setzen zusätzlich mächtigere Zauberglanzformen ein, um ihre Aktivitäten nicht nur vor Irdischen, sondern auch vor Schattenjägern und anderen Angehörigen der Verborgenen Welt geheim zu halten. Vor allem die Feenwesen gelten als die Meister der Zauberglanzmagie; manche Nephilim stellen sogar die These auf, dass jedes Detail der Feenwesen und ihres Feenreichs, das wir hier in dieser Welt zu sehen bekommen, auf irgendeine Weise mit einem Zauberglanz versehen ist.

Zauberglanz soll einem Objekt eine Art Tarnmantel umhängen, wie etwa im Falle unserer Institute. Wir Nephilim nutzen diese Technik auch, um uns selbst unsichtbar zu machen, damit wir uns unbemerkt in der Welt der Irdischen bewegen können. Das ist übrigens deutlich leichter, als unsere Kampfmontur wie normale Straßenbekleidung erscheinen zu lassen oder Waffen mithilfe von Zauberglanz in harmlose Werkzeuge zu »verwandeln«. Ähnlich tarnen auch Dämonen ihr Äußeres, sodass ein angegriffener Irdischer den Dämon als ein Wesen aus seiner Welt, z. B. einen Hund oder einen anderen Menschen, wahrnimmt.

Die Fähigkeit zum Durchschauen eines Zauberglanzes wird häufig als die Gabe des Zweiten Gesichts bezeichnet – ein Begriff aus dem Volkstum der Irdischen. Die meisten Schattenjäger kommen mit dieser Fähigkeit bereits zur Welt, ererbt von ihren Schattenjägereltern. Durch das Auftragen einer permanenten Voyance-Rune wird diese Eigenschaft verstärkt, denn das Zweite Gesicht bietet uns die *einzige* Möglichkeit, einen Zauberglanz zu durchschauen und zum wahren Kern einer Sache vorzudringen. Es reicht nicht, bloß zu wissen, dass etwas mit Zauberglanz kaschiert wurde – nicht einmal, wenn man die tatsächliche Natur des Objekts kennt; das allein genügt nicht, um den Zauberglanzeffekt zu entfernen.

Behalte das im Hinterkopf, denn in volkstümlichen Überlieferungen der Irdischen ranken sich viele Geschichten um Rituale und Werkzeuge, mit deren Hilfe sich Zauberglanz durchschauen lässt. Einige davon können zum Teil tatsächlich helfen, durch Feenzauber hindurchzusehen, und zwar auf eine Weise, die wir noch nicht verstehen. Diese Hilfsmittel – Scharlachsalbei, Sehende Steine, das Tragen von auf links gedrehter Kleidung, das Waschen des Gesichts in einem bestimmten Brunnen bei Sonnenaufgang u. Ä. – befähigen jedoch nicht dazu, die weiter verbreiteten Zauberglanzformen von Hexenwesen, Dämonen und Schattenjägern zu durchschauen.

Einige Irdische besitzen von Natur aus das Zweite Gesicht; dies wird häufig auf Feenblut im Familienstammbaum zurückgeführt, obwohl bisher kein direkter Zusammenhang nachgewiesen werden konnte.

WAS IST ZAUBERGLANZ?

Der Ursprung der Zauberglanzmagie ist ein Thema, das schon Generationen von Magieforschern vor ein Rätsel gestellt hat: Wieso haben alle Wesen der Verborgenen Welt Zugang dazu? Und sind die verschiedenen Formen vielleicht miteinander verwandt? Zur Beantwortung dieser Fragen wurden die unterschiedlichsten Theorien entwickelt, doch historisch setzte sich vor allem eine Lehrmeinung durch: Ursprünglich gehörte die Zauberglanzmagie den Feenwesen, wurde ihnen aber von anderen Kreaturen »gestohlen«. Allerdings ist nicht klar, wie das geschehen sein soll. Deshalb lautet die heute gängige Theorie, dass es im Grunde zwei verschiedene Formen von Zauberglanz gibt: himmlischer Zauberglanz, den wir Nephilim durch das Auftragen von Runenmalen nutzen, und Dämonenglanz, den alle anderen verwenden. Man nimmt an, dass Raziel uns die Fähigkeit zur Erzeugung von Zauberglanz gewährt hat – genau wie die Gabe des Zweiten Gesichts –, um uns mit unseren Feinden gleichzustellen und es uns zu ermöglichen, den neugierigen Blicken der Irdischen zu entgehen. *Das hab ich gar nicht gewusst. Liegt aber wohl daran, dass es mich auch nicht die Bohne interessiert …*

ENGELSMAGIE

DIE ENGELSINSIGNIEN

Die Engelsinsignien sind das größte Geschenk, das den Nephilim je anvertraut wurde. Ohne sie gäbe es keine Schattenjäger, keine Runenmale und keine Zuflucht vor der Bedrohung durch Dämonen. Die Insignien werden als unsere heiligsten Reliquien verehrt und befinden sich in der Obhut der Stillen Brüder.

Es heißt, dass die Engelsinsignien jenseits der Aufgaben, die wir kennen, noch weitere Eigenschaften besitzen. So finden sich in alten Handschriften, insbesondere in der Stadt der Stille, obskure Hinweise darauf, dass die Insignien himmlische Mächte besitzen, die ebenfalls genutzt werden könnten, wenn wir nur wüssten, worum es sich dabei handelt. Diese Kräfte bleiben für uns unerreichbar. Bedauerlicherweise konnten bisher weder für den Kelch noch für das

Schwert Verwendungszwecke festgestellt werden, die über die unten aufgeführten Nutzen hinausgehen. Und natürlich wissen wir auch nicht, welche Kräfte (wenn überhaupt) der Spiegel möglicherweise besitzt. *Die Kraft, einen in einen See zu tauchen und dann in den Wahnsinn zu treiben. Gut, dass das endlich geklärt ist …*

DER KELCH

Der Engelskelch ist das Mittel, mit dem Nephilim erschaffen werden. Häufig wird er auch als Raziels Kelch oder Kelch der Engel bezeichnet. Unsere Legenden und Sagen berichten, dass der Erzengel Raziel Jonathan Shadowhunter erschienen ist und den Kelch mit einer Mischung aus seinem eigenen Engelssekret und Jonathans Blut gefüllt hat. Jonathan trank aus dem Kelch und wurde zum ersten Nephilim. Seitdem ist der Kelch von himmlischer Kraft durchdrungen und verwandelt jeden Irdischen, der daraus trinkt, in einen Schattenjäger.

Dabei ist der Kelch keineswegs prunkvoll und reich mit Edelsteinen verziert, wie die meisten neuen Schattenjäger annehmen. In Wahrheit handelt es sich um einen schlichten Pokal von der Größe eines Weinglases, aus reinem *Adamant* gegossen und mit einem Goldüberzug versehen – was recht ungewöhnlich erscheint, wenn man bedenkt, dass *Adamant* eigentlich das »heiligere« Metall ist und uns Nephilim wesentlich mehr bedeutet als Gold.

Aber weder *Adamant* noch die Vergoldung gelten als die Kraftquelle des Kelchs. Man nimmt an, dass der Kelch aus *Adamant* gefertigt wurde, weil es sich dabei um das Metall der Engel handelt, das durch keine einzige Substanz auf Erden zu zerstören ist (außer in den Heiligen Feuerstätten der *Adamant*-Zitadelle). Im Grunde hätte Raziel auch jeden anderen Pokal in den Engelskelch verwandeln können. Das Gefäß wurde erst in dem Moment geweiht, als der Engel es nutzte, um darin sein Blut aufzufangen.

In der Geschichte der Nephilim hat es mehrere Phasen gegeben, in denen der Kelch regelmäßig vom Rat verwendet wurde; doch in den vergangenen fünfzig Jahren kam er immer seltener zum Einsatz.

Denn seit den 1950er-Jahren konnte weltweit ein rapider Geburtenanstieg verzeichnet werden, was die Reihen der Schattenjäger wieder auffüllte, die während der großen globalen Konflikte merklich dünner geworden waren. Der Rat sah eine Phase relativer Stabilität voraus und hielt die Anzahl der existierenden Schattenjägerfamilien für ausreichend, um die Verluste wieder wettzumachen.

Die schlimmste Nutzung des Kelchs ereignete sich während der Zeit der Verfolgungen, als er für eine Form inquisitorischer Folter mit Todesfolge eingesetzt wurde: Schattenweltler können weder Runen ertragen noch aus dem Kelch trinken. Jeder Schluck daraus führt bei ihnen unweigerlich zu Erbrechen. Zwingt man sie jedoch, weiterhin aus dem Kelch zu trinken, wird die Flüssigkeit jeden Funken Leben aus ihrem Leib brennen und sie werden unter Krämpfen und schrecklichen Schmerzen sterben, während sich in ihrem Körper die dämonischen und die himmlischen Kräfte einen erbitterten, ergebnislosen Kampf liefern. (Ein ähnliches Schicksal würde der Nachwuchs aus einer Verbindung zwischen einem Dämon und einem Nephilim erleiden: Die Kinder kommen nur als Totgeburten zur Welt.) Diese Form der Todesstrafe hielten damals einige Schattenjäger – und beschämenderweise zeitweilig auch der Rat – nicht nur für gerecht, sondern auch für besonders gnädig, weil dadurch das Schattenwesen vor seinem Tod noch mit Engelsmacht erfüllt wurde. Die heute von uns als barbarisch eingestufte Methode fand in weiten Teilen der Welt bereits zu Beginn des achtzehnten Jahrhunderts keine Anwendung mehr; sie wurde 1762 von Konsul Suleiman Kanuni als offizielles Strafmittel ersatzlos gestrichen, aber erst 1887 im Rahmen des Zweiten Abkommens für illegal erklärt. *Wie schrecklich! Warum musst du mir all diese grauenhaften Dinge erzählen, Codex? Ich wollte doch eigentlich nur was über den Kelch erfahren*

DAS SCHWERT

Wenigstens gibt der Rat diese Dinge endlich zu und verurteilt sie als falsch und schlecht – ein gewaltiger Fortschritt

Das Engelsschwert, häufig auch Mellartach oder Schwert der Seelen genannt, ist das zweite der Engelsinsignien. Es befindet sich in der Stadt der Stille und hängt über den Sprechenden Sternen an der Wand hinter dem schwarzen Basalttisch der Stillen Brüder, welche es bei Bedarf auch führen. Sein Hauptzweck besteht darin, einen Nephilim dazu zu zwingen, die Wahrheit und nichts als die Wahrheit zu sagen. Oder wie Raziel es formulierte: Das Schwert durchtrennt den Knoten aus Lügen und Täuschungen und deckt die darunterliegende goldene Wahrheit auf. Heute kommt es vorrangig bei Gerichtsverfahren zum Einsatz, um eine ehrliche Aussage von Zeugen zu erzwingen, die ein persönliches Interesse an einer Lüge hätten. Auch diejenigen Nephilim, die bestimmte Aussagen oder Ansprüche untermauern wollen, können darauf bestehen, dass sie mithilfe des Schwerts vernommen werden. Dabei »führt« dann ein geeigneter Richter – meist ein Bruder der Stille – das Schwert, indem er es auf die Hände des vereidigten Zeugen legt, wo sich das Schwert festheftet und erst dann wieder entfernt werden kann, wenn der Richter es wünscht.

Dagegen können weder Schattenweltler noch Irdische mithilfe des Schwerts der Seelen vernommen werden. Diese Einschränkung sollte vermutlich verhindern, dass wir Nephilim das Schwert generell als Verhörmittel nutzen. Schließlich besteht sein einziger Zweck darin, die Integrität und Ehre der Schattenjäger zu wahren – und nicht, es als Waffe gegen andere einzusetzen.

Des Weiteren nimmt man an, dass das Schwert auch bei Dämonen oder Engeln nicht funktioniert, doch diese Theorie wurde bisher nie auf die Probe gestellt. Und da Feenwesen ohnehin nicht in der Lage sind, die Unwahrheit zu sagen, wäre ein Einsatz des Schwertes in ihrem Falle überflüssig.

Das Erscheinungsbild des Schwerts entspricht dem eines Kampf- oder Ritterschwerts aus der Zeit Jonathan Shadowhunters. (Es heißt, Raziel habe mit den Engelsinsignien Waffen und Gegenstände erschaffen, die Jonathan vertraut gewesen waren, sodass kein Zweifel daran bestand, dass sie von Menschen genutzt werden sollten.) Das Engelsschwert besitzt eine gerade, beidseitig geschliffene Klinge, aber im Gegensatz zum damals üblichen kreuzförmigen Griff ein kunstvoll verziertes Heft in Gestalt ausgebreiteter Schwingen. Hierdurch wird die himmlische Herkunft des Schwerts besonders deutlich: Die Details sind viel komplexer und makelloser geschmiedet, als irgendein menschlicher Handwerker es jemals vermocht hätte. Na, also! Schon viel besser. Niemand, der unerwarteterweise gefoltert und ermordet wird.

Außer im richtigen Leben: Erinnerst du dich noch daran, wie Valentin das Schwert genutzt hat?

DER SPIEGEL

Ja, natürlich. Wollte damit nur sagen, dass ich von diesen Foltern und Morden nicht noch mehr ertragen konnte.

Der Engelsspiegel, manchmal auch Spiegel der Engel genannt, bildet das große Rätsel in den Legenden, die sich um Jonathan Shadowhunter ranken. Er ist eindeutig das dritte der Engelsinsignien, die uns von Raziel überreicht wurden, und er wird in allen Schattenjägerüberlieferungen erwähnt; deshalb glauben wir nicht, dass es sich um eine spätere Ergänzung handelt. Dennoch finden sich nirgends genauere Angaben zum Spiegel, weder zu seinem Standort noch zu seinem äußeren Erscheinungsbild, nicht einmal zu seinem möglichen Verwendungszweck. Die Geschichte der Nephilim verzeichnet viele Suchaktionen nach dem Spiegel, sowohl an Ausgrabungsstätten als auch in alten Bibliotheken, Krypten und verfallenen Schattenjägerruinen, jedes Mal ohne Erfolg. Natürlich hat es auch eine Reihe falscher Spiegel gegeben – entweder vonseiten irgendwelcher Scharlatane ins Spiel gebracht, die sich Macht über die Nephilim versprachen, oder aber vonseiten naiver und hoffnungsvoller Schattenjäger, die regelrecht verzweifelt nach einer Lösung für das Rätsel suchten.

Laut Überlieferung ist es möglich, Raziel durch die Verwendung der Engelsinsignien herbeizurufen: Dazu muss man den Kelch und das Schwert in den Händen halten und vor den Spiegel treten. Doch diese Behauptung wird wohl auf ewig ins Reich der Fabeln gehören, denn der Engelsspiegel ist unseres Wissens nach verloren, möglicherweise unwiederbringlich.

Weißt du, was merkwürdig ist? Als dieser Codex herausgegeben wurde, war der Kelch verschollen. Niemand wusste, wo er sich befand. Man hat gedacht, er wäre für immer verloren. Aber all das wird hier mit keinem Wort erwähnt!

Die offizielle Version lautete »vorübergehend verlegt«. Und der Codex ist so offiziell wie nur was.

Das ist einfach lächerlich.

Hey, wir haben den Kelch schließlich wieder zurück, oder etwa nicht? Also hatte der Codex irgendwie doch recht!

RAZIELS RUNENMALE

Die am weitesten verbreiteten »Werkzeuge« der Schattenjäger – die Quelle unserer Fähigkeit, den Kampf gegen die Dämonen überhaupt antreten zu können – sind natürlich Raziels Runenmale, jene komplexe Runensprache, die der Erzengel uns gewährt hat, um uns Kräfte jenseits derer der Irdischen zu verleihen. Du wirst die Runen der Reihe nach auswendig lernen müssen als eine der wichtigsten Aufgaben deiner Schattenjägerausbildung. Natürlich kann niemand *alle* Runen kennen, aber du wirst mit den einfachsten und häufigsten beginnen und dann schrittweise weitere Runen dazulernen, je nachdem, welche du gerade benötigst.

Das Erlernen der Runenmale bereitet vielen neuen Schattenjägern Schwierigkeiten, insbesondere den Nephilim, die im Westen aufgewachsen sind. Denn sie betrachten die Runen häufig als eine Reihe verborgener »Machtsymbole« – vergleichbar den Beschwörungsformeln aus einem Zauberbuch, die man sich einfach einprägen muss. Dagegen fällt es den Schattenjägern aus Kulturen mit logografischen Schriftsprachen – wie etwa aus China, Vietnam oder dem ehemaligen Reich der Maya – deutlich leichter, die Wahrheit zu erkennen: Die Engelsrunen bilden eine Sprache, deren Aufbau und Grammatik wir Menschen nicht begreifen können. Allerdings sind wir in der Lage, intuitiv Zusammenhänge zwischen den Runenmalen herzustellen, und das macht das Erlernen der Runen dem langsamen, aber stetigen Erwerb einer Sprache vergleichbar – statt dem sturen Auswendiglernen einer Liste von Symbolen. Wie bei allen menschlichen Fähigkeiten gilt auch hier, dass manche Nephilim von Natur aus besonders begabt sind, während andere härter arbeiten müssen, um wirklich firm zu werden.

Unsere Kräfte werden dadurch limitiert, dass wir nur Runen aus dem Grauen Buch verwenden dürfen. Auch der Gebrauch von Dämonenrunen – und damit diverser dämonischer Runensprachen – ist

Jaja, du bist so was wie ein Runenexperte. Du brauchst dir deswegen also keine Gedanken zu machen. Sei einfach nur sicher, dass du wirklich alle kennst.

Alle?

Alle!

uns streng untersagt, sowohl durch das Gesetz als auch aufgrund der Tatsache, dass Dämonenrunen nicht mit dem Engelsblut der Nephilim vereinbar sind. Und da wir die Sprache nicht verstehen, die den Runen zugrunde liegt, können wir auch keine neuen Engelsrunen erschaffen. Es gibt darüber hinaus noch eine unbekannte Zahl weiterer Engelsrunen, die seit Menschengedenken existieren, uns aber – warum auch immer – nicht zur Verfügung stehen. Zu den bekanntesten zählt das sogenannte Kainsmal, das den Beschluss des Himmels markiert, erstmals einen Menschen mit einem Zeichen zu versehen und ihm dadurch Schutz zu gewähren. Manche behaupten, es sei ein böses Omen, dass der Ursprung unserer Magie mit dem allerersten Mord in der Geschichte zusammenhängt, und würden auf diese Verbindung gern verzichten. Doch wir sagen: Das Kainsmal ist ein Schutzmal. Es heißt, dass die Gerechtigkeit des Himmels nicht absolut ist, sondern in sich die Möglichkeit zu Mitleid und Erbarmen trägt.

Genau! Mitleid und Erbarmen! Voll krass!

Bitte sag nie wieder »Voll krass« – zu irgendwas!

DAS GRAUE BUCH

Das Graue Buch, manchmal auch *Grimorium* genannt, ist der Name des Verzeichnisses sämtlicher Runenmale, das allen Nephilim als Lehrbuch dient. Bei jedem Exemplar des Grauen Buchs handelt es sich um eine exakte Abschrift des ursprünglichen Buchs des Bündnisses, in dem der Erzengel Raziel die Jonathan Shadowhunter überreichten Runen festgehalten hat. Im Gegensatz zu vielen anderen heiligen Büchern, von denen behauptet wird, es seien exakte Kopien, wird die Qualität des Grauen Buchs durch eine »automatische Selbstprüfung« garantiert: Alle darin aufgeführten Runenmale müssen funktionieren, sobald man sie zeichnet! Diese Tatsache in Kombination mit dem ununterbrochenen Fortbestand der Nephilimverwaltung im Laufe der Jahrhunderte erlaubt es uns, heute voller Überzeugung sagen zu können, dass das Graue Buch in der Tat die Sprache des Erzengels Raziel repräsentiert.

Die Vorbereitung der Buchseiten erfordert komplexe magische Kunstgriffe, da das Papier das Auftragen der Runen sonst nicht überstehen würde – ein langwieriges Verfahren, das ausschließlich von den Brüdern der Stille beherrscht wird. Aufgrund des hohen Arbeitsaufwandes und der Mühen, die in jedem Grauen Buch stecken, ist der Einband sorgfältig gestaltet und kunstvoll dekoriert. Deshalb hüten die Institute und einige alte Schattenjägerfamilien ihre persönliche Ausgabe gewissenhaft und überreichen sie in der Regel mit einer feierlichen Zeremonie von einer Generation an die nächste.

DAS SCHREIBEN UND ZEICHNEN VON RUNEN

Für viele junge Nephilim ist das Erlernen der Runen eine einschüchternde Aufgabe; verständlicherweise führen das Anrufen der himmlischen Kraft und das damit einhergehende anfängliche Scheitern oft zu entmutigenden Erfahrungen. Doch die damit verbundenen Risiken sind recht gering. In den meisten Fällen entfalten schlecht gezeichnete Runen keinerlei Wirkung und können mühelos entfernt werden. Viele neue Schattenjäger experimentieren mit ihrer Stele und kritzeln wahllos auf Gegenständen oder sogar auf sich selbst herum. Das löst dann das gleiche »heiß-kalte« Gefühl auf der Haut aus wie das Auftragen echter Runen, allerdings ohne damit verbundene Konsequenzen. Dementsprechend muss auch ein Irdischer mit richtigen

Runenmalen versehen sein, ehe er sich in einen Forsaken verwandelt. Und so erlernen viele junge Nephilim schon früh einen Trick, um sich die neutralen Eigenschaften von Nicht-Runen zunutze zu machen: Sie tragen ein unvollständiges Runenmal auf ihre Haut auf, das im Bedarfsfall schnell vollendet und somit aktiviert werden kann.

Nur Nephilim vermögen Runenmale zu zeichnen. Irdische und Schattenweltler sind zwar in der Lage, eine Stele gefahrlos in der Hand zu halten, doch aus der Spitze der Stele werden keine schwarzen Linien fließen – ganz gleich, über welche Oberfläche sie geführt wird.

Die Kraft einer Rune ist eng mit dem Talent für Runenmagie verknüpft. So bietet beispielsweise eine Rune zum Schutz gegen Verfolger nur in dem Maße Widerstand gegen potenzielle Feinde, wie es die natürliche Begabung des schreibenden Schattenjägers zulässt – je stärker und genauer das Runenmal, desto anhaltender die Wirkung.

Manche Runen werden auf den Körper aufgetragen, andere wiederum direkt auf Gegenstände. In der Regel ist es ungefährlich, eine Körper-Rune auf ein unbelebtes Objekt zu zeichnen: Ein Stein, der mit einer Voyance-Rune versehen wurde, bleibt weiterhin ein unbelebter Gegenstand. Dagegen kann das Auftragen von Objekt-Runen auf den Körper unter Umständen mit Gefahren verbunden sein, da die Runen auf der Haut dieselbe Wirkung auslösen wie auf einem Gegenstand – was manchmal aber auch durchaus nützlich ist. Anmerkung: Auch Runen für unbelebte Objekte dürfen nicht bei Irdischen oder Schattenweltlern angewendet werden, da die üblichen Risiken wie Wahnsinn, Tod und Verwandlung in einen Forsaken auch hier gegeben sind.

Die Kraft einer Rune kann durch Entstellen oder Verunstalten verringert oder gar ganz aufgehoben werden. Besonders im Kampf sollten Schattenjäger auf diese potenzielle Gefahrenquelle an ihrem Körper achten. Denn intelligente und gut unterrichtete Feinde werden versuchen, die Runenmale zu zerschlitzen oder zu verbrennen, um dem betreffenden Nephilim die damit verbundenen Vorteile zu rauben.

Was passiert, wenn man einen Leichnam mit Runenmalen versieht?

Nichts.

Echt? Nichts in Richtung Untote oder sonst was Unheimliches?

Nein.

Jetzt bin ich aber enttäuscht…

BESONDERE RUNENMALE

Ein weit verbreiteter Irrglaube besagt, dass wir Nephilim Runen nur im Kampf einsetzen. Natürlich sind wir Krieger, aber wir kennen auch Runen, die sanfter vorgehen – wie etwa Runen für Bestattungen, die von Heilung, Trauer und Trost sprechen, oder Runen für festliche Anlässe, die Freude und Dankbarkeit zum Ausdruck bringen. Daneben gibt es Runen, denen die meisten Nephilim nie begegnen werden: jene geheimnisvollen Runen, zu denen nur Brüder der Stille und die Eisernen Schwestern Zugang haben.

Alle Runen im Grauen Buch tragen einen Namen, aber nur die am weitesten verbreiteten werden im Alltag mit ihrem richtigen Namen benannt – *Iratze* beispielsweise. In der Regel verwenden wir informelle anschauliche Bezeichnungen (z. B. »Kraft-Rune«). Dennoch haben die Namen der Runen für uns eine wichtige Bedeutung: Sie sind in der Sprache des Himmels verfasst und die einzigen Worte der himmlischen Sprache, die wir je erfahren durften. Die Runen sind unser unmittelbarstes Kommunikationsmittel mit den Engeln, die uns das Nephilimleben und unser Mandat gaben.

Von den Abertausenden uns bekannten Runenmalen listen wir hier einige beispielhaft mit typischem Design und grundlegenden Funktionen auf. Doch der Codex sollte dir nicht als einzige Quelle für Runenmale dienen: Bitte wirf auch einen Blick in das Graue Buch und wende dich an deine Tutoren.

Den folgenden Runenmalen wirst du wahrscheinlich bereits zu Beginn deiner Schattenjägerausbildung begegnen:

- *Voyance-Rune* – das wichtigste permanente Runenmal, mit dem nahezu jeder Nephilim versehen ist (in der Regel auf dem rechten Handrücken). Es schärft den Blick für die Gabe des Zweiten Gesichts und ermöglicht es, durch Zauberglanz hindurchzusehen sowie (mit etwas Training) Schattenweltler auf größere Entfernung zu identifizieren.

- *Entriegelungs-Runen* – wir kennen diverse Varianten dieser Runenmale und es ist lohnenswert, sich mehrere einzuprägen, bevor du den aktiven Dienst antrittst. Diese Runen garantieren, dass uns theoretisch kein einziges Schloss der Irdischen versperrt bleibt. Bedauerlicherweise bedeutet das auch, dass viele Dämonen und Schattenweltler Informationen, Besitztümer oder sonstige Dinge, die sie vor uns verbergen wollen, hinter mächtigeren magischen Schlössern verriegeln.
- *Ortungs-Runen* – eine weitere Gruppe unverzichtbarer Runen für die Verfolgung von Dämonen. Obwohl sie leicht zu erlernen sind, gestaltet sich die korrekte Anwendung in der Praxis oft schwierig. Hier folgt die richtige Vorgehensweise: Nimm einen Gegenstand aus dem Besitz der zu verfolgenden Person in die linke bzw. rechte Hand (je nachdem, ob du Rechts- oder Linkshänder bist). Dann trage die Ortungs-Rune mit der Stele auf den Rücken der Hand auf, in der du den Gegenstand hältst. Wenn du die Rune korrekt gezeichnet hast, solltest du nun Bilder vom Aufenthaltsort der gesuchten Person sehen. In der Regel werden diese Bilder von einem ausgeprägten Orientierungssinn begleitet: Selbst wenn dir der Aufenthaltsort unbekannt vorkommt, wirst du ein Gespür dafür haben, wo er sich befindet und in welcher Richtung er liegt. (Eine in diesem Zusammenhang häufig gestellte Frage lautet: Was definiert im »Besitz«? Der Begriff ist hier wörtlich zu verstehen. Eine Person besitzt einen Gegenstand, wenn man sagen kann, dass er ihr gehört oder sich an dem Ort befindet, an dem die Person lebt. Das heißt also, dass eine Person, die ihr Haus samt Mobiliar an einen neuen Bewohner verkauft hat, nicht mithilfe dieser Möbelstücke geortet werden

TABELLE AUSGEWÄHLTER RUNENMALE

ABWENDUNG/ BLOCKADE

AKTION

AUFKLÄRUNG

AUSDAUER

BEHARRLICHKEIT

BESÄNFTIGUNG

BESCHLEUNIGUNG

BEWEGLICHKEIT

BEWUSSTSEIN

TABELLE AUSGEWÄHLTER RUNENMALE

BRÜCKE

DURCHHALTE-VERMÖGEN

EHEGLÜCK

EINSICHT/VORAUSSICHT

ENGELSMACHT

ERFOLG

ERINNERUNG

ERWARTUNG

FEUERFESTIGKEIT

TABELLE AUSGEWÄHLTER RUNENMALE

FLEXIBILITÄT

FLÜGEL

FÖRDERUNG

FORTUNE

FREUNDSCHAFT

FÜHRUNG

FÜLLE

GABE

GEDENKEN/TRAUER

TABELLE AUSGEWÄHLTER RUNENMALE

GELEGENHEIT

GENAUIGKEIT

GLEICHGEWICHT

GLÜCK

HÖLLENQUAL

IRATZE/HEILUNG

KLARHEIT

KOMMUNIKATION

KRAFT

TABELLE AUSGEWÄHLTER RUNENMALE

KUNSTFERTIGKEIT

MACHT

MANIFESTATION

MENTALE ÜBERRAGENHEIT

MNEMOSYNE/ GEDÄCHTNISKUNST

PRÄDESTINATION

PRÄZISION

SCHNELLFÜSSIGKEIT

SCHNELLIGKEIT

TABELLE AUSGEWÄHLTER RUNENMALE

SCHÖPFUNG

SCHUTZ

SCHWEIGEN

SEELENSTÄRKE

SEHLEISTUNG

SICHTBARKEIT

SPRACHBEGABUNG

TALENT

TAPFERKEIT IM KAMPF

TABELLE AUSGEWÄHLTER RUNENMALE

TARNUNG

TECHNIK

(MIT-)TEILUNG

TRANSMISSION

TREFFSICHERHEIT

TREUE

TRITTSICHERHEIT

ÜBERREDUNGSKUNST

UNHÖRBARKEIT

TABELLE AUSGEWÄHLTER RUNENMALE

UNSICHTBARKEIT

VEREINIGUNG

VERSPRECHEN

VERSTÄNDNIS

VERTRAUEN

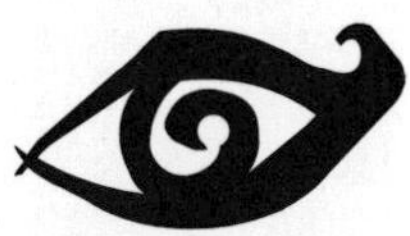

VOYANCE

TABELLE AUSGEWÄHLTER RUNENMALE

WAHRE NORDRICHTUNG

WÄRME

WASSER-
UNDURCHLÄSSIGKEIT

WISSEN

WOHLSTAND

kann, da diese sich jetzt im Besitz des neuen Eigentümers befinden.)

- *Heil-Runen* – auch aus dieser Kategorie von Runenmalen solltest du dir mehrere einprägen. Die erste ist die *Iratze*, die wichtigste Heilrune, welche bei Schattenjägern Schnittwunden und andere Verletzungen sofort verschließt. Sei dir im Klaren darüber, dass eine *Iratze* nicht immer die beste Behandlungsmethode darstellt – beispielsweise in Fällen, in denen die Rune die umliegende Haut dazu veranlassen würde, sich über einem in das Gewebe eingedrungenen Objekt (Klaue, Dorn o. Ä.) zu schließen, bevor dieses Objekt entfernt werden kann. Darüber hinaus erhöht die *Iratze* kurzfristig die Körpertemperatur, sodass der Körper eine Infektion (wie bei einem Fieberschub) leichter bewältigen kann. Diese Rune nutzt dagegen nichts bei Dämonengiften und Wunden, die von Dämonenrunen verursacht wurden; in diesem Fall sollte der Verletzte schnellstmöglich zu den Stillen Brüdern gebracht werden. In der Zwischenzeit hilft jedoch das Auftragen einer *Mendelin*-Rune (gegen Schmerz und zur Stärkung) und/oder einer *Amissio*-Rune, die den Blutfluss verringert und die Selbstheilungskräfte des Körpers anregt.

SCHUTZSCHILDE UND SCHUTZWÄLLE

Wahrscheinlich hast du andere Schattenjäger in deiner Umgebung schon einmal von den »Schutzschilden« rund um euer Institut reden hören. Diese Schilde sind vereinfacht gesagt ein Wall aus Schutzzaubern – die einfachste Form der Magie, die wir kennen (abgesehen von Zauberglanz). Alle Schattenjäger-Schutzschilde sind jedoch nur ein schwacher Abglanz der großen Schutzschilde unserer Welt – die nämlich die Dämonen daran hindern, nach Lust und Laune unsere Welt zu betreten, und die der Legende nach lange vor unserer Zeitrechnung vom Himmel persönlich eingerichtet wurden. Doch genau diese Schutzschilde wurden durch die vereinten Kräfte von Samael und Lilith auf noch unbekanntem Wege durchlässig gemacht, sodass der feindliche Einfall der Dämonen in die irdische Dimension stattfinden konnte – was wiederum zur Erschaffung der Nephilim führte. Obwohl diese Schilde weiterhin existieren und uns vor einer vollständigen Dämoneninvasion bewahren, dringt dennoch ein beständiger Strom von Dämonen durch sie hindurch, der in absehbarer Zukunft vermutlich nicht versiegen wird, im Gegenteil: Er scheint weiter anzuschwellen.

Während der ersten Jahre der Nephilim reisten die Stillen Brüder in alle Teile der Welt und führten Rituale durch, um die Schutzschilde durch unsere eigenen, geringeren Schutzzauber zu stärken. Aber Schutzschilde existieren auf allen erdenklichen Ebenen – von den eher alltäglichen Schutzwällen, die wir um unsere Institute herum errichten, bis hin zu Schutzzaubern, die einen einzelnen Raum oder sogar ein einzelnes Objekt wie eine Schatzkiste versiegeln. Heutige Schutzzauber können sehr komplex sein und genau vorgeben, wer abgewehrt wird und wer passieren darf.

Die Dämonenmagie kennt natürlich ihre eigenen Schutzzauber, die auf ähnliche Weise funktionieren.

Dämonenmagie

Wir verwenden die Begriffe »dämonische Magie« bzw. »Dämonenmagie« als Sammelbezeichnung für alle Formen der Magie, die dem Endlosen Nichts entspringen. Das umfasst sowohl die Magie, die von Dämonen ausgeübt wird (und größtenteils jenseits unseres Verständnisses liegt), als auch die übernatürlichen Kräfte von Vampiren und Werwölfen sowie die komplexe, aber strukturierte Magie der Hexenwesen.

Dämonenmagie ist von Natur aus chaotisch. Während uns die Magie des Himmels als vollständige Einheit überreicht wurde, ist die Magie der Hölle schwer zu erfassen, gefährlich und stetig anwachsend. Wir wissen nicht, ob und welche Grenzen für die Dämonenmagie bestehen, sowohl hinsichtlich ihrer Vielfältigkeit als auch ihrer potenziellen Stärke. Zwar wurden im Laufe der Jahrhunderte zahlreiche Aspekte erforscht und wir verfügen über ein recht fundiertes Wissen, auf das wir im Umgang mit Dämonen (oder Hexenwesen) vertrauen können. Doch eines solltest du nie vergessen: Im Gegensatz zu unseren Runenmalen, die mit dem vorderen Buchdeckel des Grauen Buchs beginnen und mit dem hinteren enden, ist die Welt der Dämonen bis zum Rand von uns unbekannter Magie beherrscht.

Schattenjäger sind aus Prinzip nicht in der Lage, dämonische Magie zu erlernen; wir können Dämonenrunen nicht einmal lesen, geschweige denn schreiben. Allem Anschein nach hindert unser Wissen um die Runenmale des Grauen Buchs unser Gehirn daran, die dämonischen Runen zu verstehen. Nephilim, die auf dem Gebiet der Runentheorie und -praxis besonders bewandert sind, vergleichen unsere Versuche zum Verständnis der Dämonenrunen häufig mit dem Bemühen, einen Fremden begreifen zu wollen, dessen Sprache der unsrigen verlockend ähnlich klingt, aber doch zu verschieden ist, um die Bedeutung der Worte erfassen zu können.

Die unterschiedlichen Arten der Dämonenmagie besitzen

unterschiedliche Schwachstellen – und damit Ansatzpunkte zu ihrer Neutralisierung –, aber nahezu jede Form der Dämonenmagie lässt sich mit fließendem Wasser unterbrechen. Natürlich kann besonders mächtige Magie sich dem manchmal widersetzen und ebenso entfalten große Mengen fließenden Wassers auch zerstörerische Kräfte, die nur mit extrem mächtiger Magie überwunden werden können. Demzufolge vermögen viele mächtige Hexenwesen in Gegenwart eines plätschernden Bachs Magie zu betreiben, aber nur die mächtigsten Hexenwesen dieser Welt oder Dämonenfürsten sind in der Lage, auf dem offenen Meer ihre Magie anzuwenden.

HAT DER RAT SCHON MAL AN FEUERWEHRAUTOS GEDACHT? MAN KÖNNTE DOCH EINFACH DAMIT RUMFAHREN UND DIE DÄMONEN NASS MACHEN.

So funktioniert das nicht. Du kannst einen Dämon nicht einfach wie eine ungezogene Katze mit Wasser bespritzen.

SCHWARZE MAGIE VERSUS DÄMONISCHE MAGIE

Bedenke, dass nicht alle Formen dämonischer Magie »böse« sind – zumindest nicht, solange sie von anderen Wesen als Dämonen betrieben werden. Hexenwesen sind ihrem Wesen nach Menschen und verfügen daher über die gleiche Willensfreiheit wie andere Menschen auch. Vampire und Werwölfe besitzen zwar eine dämonische Quelle ihrer besonderen Kräfte, doch auch sie sind Menschen mit freiem Willen. Jeder von ihnen kann sich frei entscheiden, ob er die Dämonenmagie zum Guten oder Bösen einsetzt.

Den Begriff »schwarze Magie« verwenden wir für Dämonenmagie, deren Zweck im Wesentlichen auf die Verfolgung böser Absichten ausgerichtet ist. Darunter fallen solche Bereiche wie Nekromantie, Dämonenbeschwörung, Herrschaft über ein vernunftbegabtes Wesen gegen dessen Willen usw. Grundsätzlich verstößt alle schwarze Magie gegen das Gesetz. Allerdings können Ausnahmen gemacht werden, wenn zum Beispiel das Betreiben der schwarzen Magie dazu dient, uns Nephilim bei der Ausführung unserer Aufgaben zu helfen – wie etwa beim Heraufbeschwören eines bestimmten Dämons, um diesen dann zu verhören.

Dagegen gehen wir davon aus, dass Dämonen, die durch und durch dämonisch sind und nichts Menschliches an sich haben, immer schwarze Magie betreiben, ganz gleich was sie tun. Genau genommen, handelt es sich bereits um eine Form strafbarer schwarzer Magie, wenn sie sich ungerufen in unserer Welt manifestieren.

Schwarze Magie ist oft an einigen typischen Merkmalen zu identifizieren. Das Betreiben dieser Magieform hinterlässt eine lang anhaltende Aura, die normalerweise von jedem Hexenwesen festgestellt werden kann. Außerdem ist das gesamte Areal von starkem Schwefelgestank und Verwesungsgeruch durchdrungen, den selbst unerfahrene Schattenjäger wahrnehmen (wohingegen er vor Irdischen meist durch einen Zauberglanz kaschiert ist).

DER UMGANG MIT DÄMONISCHER MAGIE

Die größte Gefahr der Dämonenmagie besteht darin, dass es aufgrund ihrer verschwommenen und undeutlichen Grenzen häufig schwerfällt, die Parameter der Magie zu verstehen, mit der man es zu tun hat, oder die potenziellen Fähigkeiten eines Magieanwenders zu bestimmen. Natürlich gibt es keinen Ersatz für praktische Erfahrungen, aber du findest im Anschluss ein paar Thesen zur Dämonenmagie sowie nutzbringende Informationen.

DIMENSIONSMAGIE

Im Rahmen deiner Schattenjägertätigkeit wirst du der Dimensionsmagie kaum je begegnen, denn die Fähigkeit zum Betreiben dieser Magieform ist sehr selten. Dämonen verbreiten gern die Vorstellung, dass sie ständig zwischen den einzelnen Dimensionen wechseln; dabei sind ausschließlich die mächtigsten Dämonenfürsten dazu in der Lage. Die uns bekannten Dämonen reisen nicht mithilfe ihrer eigenen Magie in unsere Dimension. Stattdessen nutzen sie die

Löcher und Risse in den Schutzschilden, die Samael vor Jahrtausenden hineingebohrt und vergrößert hat. Soweit wir wissen, besitzt kein herkömmlicher Dämon die Kraft oder das Wissen, die Verdünnungsmagie Samaels fortzusetzen. Einige Dämonenfürsten haben vermutlich die Macht, sich innerhalb unserer Dimension von einem Ort zum anderen zu teleportieren, und manche sind möglicherweise sogar fähig, kurzfristig schwache Dimensionsportale zu öffnen. Jeder Dämon, der etwas anderes behauptet, sagt mit an Sicherheit grenzender Wahrscheinlichkeit nicht die Wahrheit.

Hexenwesen, die Dimensionsmagie betreiben, sind sogar noch seltener – obwohl sie durchaus existieren und häufig exorbitante Preise für ihre Dienste verlangen. Die gefährlichste Form von Dimensionsmagie der Hexenwesen betrifft die Fähigkeit zur Erschaffung von Dimensionsfalten: kleine Räume zwischen den Dimensionen, in denen Objekte oder Personen verborgen und dort nicht mithilfe von Ortungsmagie entdeckt werden können.

NEKROMANTIE

Seit es Hexenwesen gibt, kursieren Gerüchte über angebliche Nekromantiker, die mittels Magie Verstorbene von den Toten zurückholen können. Aber lass dir nichts erzählen: Die Magie der Hölle verfügt über keinerlei Mittel oder Wege, die Toten wieder lebendig zu machen. Diese Form der Magie ist ausschließlich dem Himmel und seinen Dienern vorbehalten – auch nicht uns Nephilim, denn wir sind nur die Diener dieser Diener.

In manchen obskuren und verbotenen Zauberbüchern stößt man gelegentlich auf Rituale zur Totenbeschwörung. Diese Varianten der klassischen mittelalterlichen Methoden irdischer Folklore (welche mithilfe von »Glocke, Buch und Kerze« die Toten zu erwecken versuchten) erzeugen einen lebensähnlichen Zustand, aber kein lebendiges Wesen. Theoretisch reicht die Bandbreite der »wiederbelebten« Personen von hirnlosen, schlurfenden Wiedergängern bis hin zu Leichnamen, die die letzten Worte der ihnen einst innewohnenden Seele wiederholen können. Doch in der Praxis kommt so etwas äußerst selten vor – wenn überhaupt. Die Nekromantie zählt zu den schwärzesten Praktiken der schwarzen Magie und wird mit der Todesstrafe geahndet. Allerdings können nur die wenigsten Hexen oder Hexenmeister vom Rat gerichtlich verfolgt werden, da kaum ein Hexenwesen die Versuche zur Totenbeschwörung überlebt.

HÖLLENDUNST

Höllendunst – oder auch Höllenqualm – wird gelegentlich von Dämonen und manchmal auch von mächtigen, bösen Hexenwesen zur Unterstützung ihrer Angriffe eingesetzt. Für den unvorbereiteten Schattenjäger stellt er eine große Gefahr dar. Dabei handelt es sich um eine Art dämonischen Nebel, der die Wirkung von Magie abschwächt. Höllenqualm dämpft sowohl alle Formen der Dämonenmagie als auch die Engelsmagie, die wir Nephilim mit unseren Runenmalen nutzen. Glücklicherweise können nur wenige Dämonenarten diesen Nebel erzeugen. Und diejenigen, die tatsächlich dazu fähig sind, greifen nur selten darauf zurück, weil sie selbst von Dämonenmagie abhängig sind, um sich in unserer Welt bewegen zu können. So würde sich beispielsweise ein blinder Dämon – der Magie benötigt, um seine Feinde sehen zu können – durch das Hervorrufen von Höllendunst keinen Gefallen erweisen.

Höllenqualm ist immer dann besonders gefährlich, wenn er zum Verschleiern eines direkten Angriffs genutzt wird. Aber nur die wenigsten Dämonen bedienen sich solch einfacher taktischer Planung. Ein derartig koordinierter Überfall spricht in der Regel für die Beteiligung eines Dämonenfürsten oder mächtigen Schwarzmagiers.

Und was soll man dann machen?

Wenn der Codex dir keine klaren Anweisungen gibt, verfahr nach der Devise: »Lauf! Lauf schnell! Lauf weit!«

HERBEIZAUBERN VON GEGENSTÄNDEN AUS DEM NICHTS

Ein solcher Zauber existiert nicht: Niemand kann etwas aus dem Nichts heraus erschaffen. Hexenwesen, die von sich behaupten, neue Gegenstände einfach so herbeizaubern zu können, oder die nach außen hin diesen Anschein erwecken, teleportieren in Wahrheit lediglich besagte Objekte von einem nur ihnen bekannten Ort zu ihrem eigenen Standort. Dennoch handelt es sich dabei um eine mächtige, potenziell gefährliche Form der Magie, die vermutlich gegen das Gesetz verstößt. Vielen Hexenwesen macht es Spaß, Irdische und leichtgläubige junge Nephilim zum Narren zu halten, indem sie ihnen gegenüber mit ihren angeblichen Fähigkeiten prahlen, aber du solltest nicht auf ihre Märchen hereinfallen.

DÄMONENBESCHWÖRUNG

Obwohl das Praktizieren von schwarzer Magie vonseiten irregeleiteter Hexenwesen uns immer daran erinnert, welch ständige Gefahr die Dämonen für unsere Dimension darstellen, und obwohl schwarze Magie generell streng verboten ist, kann unter bestimmten Umständen dennoch eine Ausnahme gemacht werden, sofern diese Form der Magie uns Schattenjägern bei den Ermittlungen hilft – wenn z. B. ein bestimmter Dämon geortet oder verhört werden muss. In solchen Fällen beschäftigen wir dann ein uns wohlgesinntes Hexenwesen, eine Praxis, die in jüngster Zeit wieder häufiger Verwendung findet, da das Abkommen die einst angespannten Beziehungen zwischen Nephilim und Hexenwesen wieder besänftigt hat.

Habe Magnus den Abschnitt vorgelesen. Sein Kommentar: »Ha!«

Die Rituale zum Heraufbeschwören eines Dämons können je nach Dämon und Hexenwesen variieren, aber im Allgemeinen erfordern sie die folgenden Maßnahmen:

- Ein Pentagramm oder ein ähnlich wirkender Beschwörungskreis wird auf die Oberfläche gezeichnet, auf der der Dämon erscheinen soll.
- In den Beschwörungskreis werden Dämonenrunen der unterschiedlichsten Sorten gezeichnet, häufig in die Spitzen des Pentagramms oder gemäß einem anderen, von der Hexenmagie genau vorgegebenen Design.
- Eine Beschwörungsformel wird gesprochen, in der Regel vom praktizierenden Hexenwesen.
- Häufig ist ein Blutopfer erforderlich, in der Regel vom praktizierenden Hexenwesen. (Hüte dich vor Hexen oder Hexenmeistern, die behaupten, sie benötigen *dein* Blut, um das Ritual vollenden zu können!)
- Falls möglich, wird ein Teil des Dämons, wie etwa ein Büschel Haare, ein paar Hautschuppen oder ein Stoßzahn, in die Mitte des Pentagramms platziert.

HM – EIN TEIL DES DÄMONS.

Sofern diese Bedingungen erfüllt sind und das Hexenwesen sein Fach beherrscht, sollte der Dämon nun erscheinen und im Pentagramm oder Beschwörungskreis gebunden sein. Denk daran, dass du das Hexenwesen vor dem Ritual nach möglichen zeitlichen Beschränkungen, verbotenen Worten oder unerwünschten Gesten befragst, die bei der Beschwörung des betreffenden Dämons eine Rolle spielen könnten. Moment mal: Woher bekommt man ein Teil von einem Dämon, um einen Dämon heraufzubeschwören, wenn man diesen Dämon nicht bereits heraufbeschworen hat, von dem man dann ein Teil bekommen kann?

DAS PORTAL

... Äh, was?

Das ist eine ernst gemeinte Frage!

Neuen Schattenjägern fällt es in der Regel nicht schwer, die Funktionsweise eines Portals zu verstehen: Ein Portal transportiert Personen beim Durchschreiten von einem Ort zum anderen. Gewöhnlich werden Portale von Hexenwesen eingerichtet (für die Gründe siehe weiter unten) und ihre Nutzung erfordert keine besonderen Fähigkeiten. Trotzdem haben wir diesen Abschnitt hier aufgenommen, weil die

Erfindung des Portals einen Markstein in der jüngeren Geschichte der Zusammenarbeit zwischen Schattenweltlern und Schattenjägern darstellt – eine eindrucksvolle Demonstration der Kreativität und Erfindungsgabe, die das Abkommen ermöglicht. Diese Entdeckung repräsentiert außerdem eine der seltenen Gelegenheiten, bei denen die Nephilim in der Lage waren, das magische Wissen in unserer Welt voranzutreiben, trotz der strikten Wahrung der Grenzen, die uns das Graue Buch vorgibt.

Oh Mann, nicht noch ne versteckte Geschichtslektion …

Heutzutage vertraut das Gros der Schattenjäger auf Portale als schnelles Transportmittel für Reisen durch die ganze Welt. Daraus ließe sich nun schlussfolgern, dass Portale ein altes und seit Jahrhunderten eingeführtes Werkzeug der Nephilim darstellen, doch tatsächlich handelt es sich um eine recht moderne Erfindung aus der Zeit zwischen dem Ersten und dem Zweiten Abkommen.

Das erste erfolgreich erschaffene Portal entstand im Jahr 1878, dank der Zusammenarbeit von Henry Branwell, dem damaligen Leiter des Londoner Instituts, und einem unbekannten Hexenmeister, dessen Name leider nicht überliefert wurde. Zu jener Zeit war Branwell einer von vielen Schattenjägern (hauptsächlich Brüdern der Stille) und Hexenwesen, die nach einem zuverlässigen, sicheren und schnellen Transportmittel suchten. (Natürlich gab es schon lange vor unserer Zeit Dimensionsmagie, die es Dämonen ermöglicht, von ihrer Welt in unsere zu gelangen, und die in die gleiche Kategorie fällt wie die Magie der heutigen Portale.) Bei der Entwicklung nutzbarer Portale galt es jedoch, zwei entscheidende Anforderungen zu berücksichtigen. Erstens: Das Portal muss für den gewünschten Zeitraum zuverlässig geöffnet bzw. nach Gebrauch zuverlässig geschlossen bleiben. Und zweitens: Der Zielort, an den das Portal seine Benutzer teleportiert, muss exakt vorherbestimmbar sein.

Nachdem Henry Branwell jahrelang allein in seinem Labor getüftelt hatte, gelang es ihm, ein Portal zu erschaffen, bei dem das erste Problem gelöst war: Es ließ sich öffnen und schließen. Aber Branwells Portal bot keine Möglichkeit, den Zielort einzustellen, weshalb es nicht getestet werden konnte. Schließlich hätte es den Benutzer wahllos an jeden Ort unserer Welt transportieren können oder in eine vollkommen andere Welt oder einfach mitten ins Endlose Nichts.

Das Problem liegt hierbei in den Beschränkungen, die die Runen aus dem Grauen Buch uns auferlegen. Mithilfe der uns erlaubten Runensprache können wir keine Zielorte vorgeben. Die Lösung dieser schwierigen Frage gelang Branwell in enger Zusammenarbeit mit seinem anonymen Hexenpartner – eine geniale Kombination zweier Runensysteme plus die magische Vorstellungskraft des Portalreisenden. Zunächst wird ein »Rahmen« aus Runen erstellt (mit Entsprechungen im seraphischen und dämonischen Runensystem), der mit einer Reihe von Dämonenrunen ausgefüllt und umgeben wird, welche sich in einem unstabilen, unvollendeten Zustand befinden.

Die Runen geben die Bestimmung des Zielorts nur vage vor. Um das Portal zu steuern und es auf die exakte Position »einzustellen«, muss sich der Nutzer den Ort, an den er reisen will, genau vorstellen. Das Portal erfasst diese Details und modifiziert die Dämonenrunen dementsprechend, sodass ein Abbild des Zielorts im Rahmen des Portals erscheint.

Dieser besondere Umgang mit Runen steht Schattenjägern nicht offen, weshalb die Portale bis zum heutigen Tag nur von Hexenwesen erschaffen werden können. Um nun nicht für jede Reise eine Hexe bzw. einen Hexenmeister bemühen zu müssen, wurde eine Reihe von permanenten Portalen eingerichtet, die uns Nephilim beispielsweise von und nach Idris transportieren. Dennoch macht die Erzeugung von Portalen einen Großteil der Dienste aus, für die wir Nephilim Hexenwesen engagieren.

Ursprünglich musste ein Portal nach dessen Benutzung von seinem Erschaffer von Hand geschlossen werden, doch in den letzten Jahren ist den Hexenwesen die Entwicklung von Portalen gelungen, die sich nach einer gewissen Zeit automatisch schließen. Das sind die Portale, die wir heutzutage aus Sicherheitsgründen bevorzugt benutzen.

Nichts von all dem hier betrifft dich. Denn du kannst neue Runen erschaffen und damit auch dein eigenes Portal. Und musst dafür keinem Hexenwesen lästig fallen.

Und man weiß ja, wie sehr gewisse Hexenmeister es hassen, wenn man ihnen lästig fällt.

Wusstest du eigentlich, dass du mit Henry Branwell verwandt bist? Zumindest um drei Ecken. Er war mit einer Fairchild verheiratet.

Ne, hab ich nicht gewusst. Aber irgendwie ist es merkwürdig, dass du so was weißt …

Ich musste vor Jahren mal eine Menge Schattenjäger-Ahnentafeln auswendig lernen.

Kaum zu glauben, dass Simon bisher noch keinen seiner schrecklichen Kommentare abgegeben hat.

Seine Abwesenheit ist fast schon unheimlich …

DISKUSSIONSFRAGEN UND ANREGUNGEN FÜR EXPERIMENTE

1. Lerne eine neue Rune. Übe erst einmal hier auf dieser Seite und versuche dann, sie in der Praxis anzuwenden.

Nein, danke, ich zeichne schon genug Runen. Hier kommt stattdessen eine Zeichnung vom Großen Vorsitzenden Miau Tse-tung.

WER IST HIER EIN WONNEPROPPEN? VIELLEICHT MIAU TSE-TUNG? NA? NA? Ja, das ist er! RICHTIG!

2. Falls möglich, nimm an einer (legalen und ungefährlichen) Demonstration von Dämonenmagie in der Nähe deines Instituts teil. Tausche dich mit anderen Schattenjägern darüber aus. Welche Art von Magie wird in deinem Teil der Welt betrieben?

Wir sind hier in New York … also alle möglichen Sorten von Magie? Gibt es irgendwas, das wir nicht haben? Ich bin mir ziemlich sicher, dass es hier alles gibt.

3. Es kann sehr nützlich sein, wenn man weiß, wie man selbst Schutzzauber und Schutzschilde erzeugt. Suche in der Institutsbibliothek nach einer Anleitung und umgebe einen kleinen Gegenstand, z. B. ein Schmuckkästchen, mit einem Schutzschild. Übe das Entfernen und Anwenden des Schutzzaubers mehrfach, bis du es sicher beherrschst, dann wende dich größeren Objekten zu. Und so weiter.

Mach das auf keinen Fall! Ehrlich: Schutzzauber können einem echt den letzten Nerv rauben. Außerdem muss man so gut wie nie selbst einen Schutzschild erzeugen – außer du ersetzt einen zerstörten Schild. Niemand, der den Codex als neuer Nephilim liest, sollte sich an Schutzzaubern versuchen. Das führt nur dazu, dass man seinen eigenen Fuß oder so mit einem Schutzschild umgibt.

Memo an mich: Eigenen Fuß nicht mit Schutzzauber umgeben. Geht klar.

KAPITEL SIEBEN

»DURA LEX, SED LEX«

»DAS GESETZ IST HART, ABER ES IST DAS GESETZ.«

Du bist innerhalb kürzester Zeit in eine neue Welt eingeführt worden, von der dir sicherlich viele Aspekte noch recht unverständlich sind. Dabei hast du nicht nur erfahren, dass auf Erden intelligente magische Wesen existieren (die nicht rein menschlich sind), sondern auch, dass es sie in zahlreichen Variationen gibt und dass viele von ihnen ein menschliches Gesicht besitzen. Diese Personen verfügen über mächtige Magie und tragen untereinander weitreichende, manchmal gewalttätige Fehden aus. Du weißt also von der Existenz der Verborgenen Welt und was dich dort erwartet. Nun wollen wir uns mit der Frage beschäftigen, wie du dich in dieser Welt verhalten solltest. *Und zwar auf möglichst geschwollene Art und Weise …*

Wir Nephilim sind in der Verborgenen Welt vorrangig die Hüter des Friedens und damit die Hüter des Gesetzes. Das Gesetz – unser Bündnis mit Raziel – legt genau fest, was in unseren Zuständigkeitsbereich fällt, wie etwaige Gesetzesübertretungen zu ahnden sind und welche Vorschriften wir im Umgang mit Irdischen, Schattenweltlern und anderen Schattenjägern beachten müssen.

Das Gesetz der Nephilim ist jedoch kein allumfassender Verhaltenskodex für alle Lebensbereiche eines Schattenjägers. An erster und oberster Stelle steht die Maxime, die Jonathan Shadowhunter persönlich zugeschrieben wird: »Du bist ein Mensch, dienst Menschen, lebst unter Menschen.« Obwohl Idris einen eigenen Bestand an Rechtsvorschriften kennt, wird von den weltweit eingesetzten Schattenjägern erwartet, dass sie sich an die wichtigsten Moralbegriffe ihres jeweiligen Kulturkreises halten. Natürlich hat unser eigenes

Gesetz absolute Priorität, aber die Rechtsvorschriften der Irdischen müssen ebenfalls beachtet werden. *Wirklich? Das alles besagt das Bündnis? Memo: Unbedingt Jace dazu befragen.*

Ja, wir sollen uns an die Gesetze der Irdischen halten. *... Echt?*

Manche von uns sind nun mal sorgfältiger als andere.

AUSWIRKUNGEN DES GESETZES AUF SCHATTENJÄGER

- Du bist verpflichtet, **jeden bekannten Fall einer Gesetzesübertretung** zu untersuchen. Dazu gehört, dass du auch **Gerüchten, modernen Mythen und Volkserzählungen** nachgehst, um sie auf ihren Wahrheitsgehalt zu überprüfen.
- Du darfst Irdischen **keine Informationen über die Verborgene Welt** geben. Tatsächlich lautet Raziels Anweisung: Obwohl wir die Irdischen schützen und vor Dämonenübergriffen retten, dürfen sie nichts davon erfahren. *Was ist mit irdischen Regierungen und Behörden?* *Irdische, die bereits informiert sind, stellen kein Problem dar.* *Aber ...?*
- *»Nach Möglichkeit« – zwinker, zwinker* Du musst dich, nach Möglichkeit, **an die irdischen Rechtsvorschriften** deiner Region **halten.**
- Du darfst **keine Straftaten gegenüber anderen Schattenjägern begehen.** Derartige Gesetzesübertretungen werden härter geahndet als Verbrechen gegenüber Irdischen oder Schattenweltlern. *ICH BIN SCHOCKIERT!* *ZUTIEFST SCHOCKIERT!*

  Das soll keineswegs heißen, dass wir uns für moralisch überlegen oder wertvoller halten als Nicht-Schattenjäger. Diese Vorschrift hängt eher damit zusammen, dass es vergleichsweise wenige Nephilim gibt und uns oft nur ein kurzes Leben beschieden ist. Wer also dafür sorgt, dass ein anderer Schattenjäger zu Schaden kommt, spielt den Dämonen in die Hände, die uns vernichten wollen. *Ach, hör schon auf.* *Na, siehst du?!* *OKAY, OKAY, IST JA GUT.*
- **Kollaboration oder Konspiration** mit Dämonen **gilt als Hochverrat** und wird in der Regel wie ein

Kapitalverbrechen behandelt. Heimliche Absprachen mit Dämonen, die Schattenjägern direkten Schaden zufügen, ziehen die härteste Strafe nach sich, die der Rat verhängen kann: das Ende der betreffenden Familie in den Reihen der Nephilim. Nach dem Entzug der Runenmale wird der Täter in einen Forsaken verwandelt und seinem Schicksal überlassen, sodass er den Verstand verliert und stirbt. Den restlichen Familienmitgliedern nimmt man lediglich die Runen, macht sie zu Irdischen und verstößt sie aus den Reihen der Nephilim.

Müssen eigentlich viele neue Schattenjäger davor gewarnt werden, nicht mit Dämonen zu kollaborieren und sich nicht gegenseitig umzubringen?

Vermutlich will der Rat nur, dass du weißt, dass er es ernst meint.

AUSWIRKUNGEN DES GESETZES AUF SCHATTENWELTLER

Seit der Unterzeichnung des Abkommens unterliegen Schattenweltler einvernehmlich den Gesetzen des Bündnisvertrags. Dabei sorgen sie selbst für die Kontrolle und Überwachung in ihren eigenen Reihen; wir Nephilim schreiten nur dann ein, wenn die Probleme zu groß werden oder Streitfälle andere Teile der Verborgenen Welt bzw. die Irdische Welt beeinflussen. Die Schattenweltler haben außerdem das Recht, ihre persönlichen Angelegenheiten intern zu regeln, ohne eine Einmischung oder Beaufsichtigung durch die Nephilim. So dulden wir beispielsweise, dass Werwölfe sich einen Kampf auf Leben und Tod liefern, um die Macht über ein Rudel zu übernehmen. Zwar können wir die betreffenden Lykanthropen nicht vor einem möglichen Eingreifen der irdischen Polizeibehörden bewahren, aber wir stufen derartige Todesfälle auch nicht als Mord ein.

Einen Sonderfall bildet der Bereich der schwarzen Magie (siehe Kapitel 6, Grimoire). Das Praktizieren schwarzer Magie – Nekromantie, Dämonenbeschwörung, Magiefolter o. Ä. – ist streng verboten und weder Hexen- noch Feenwesen ist es erlaubt, diese Form der

Magie zu betreiben. Allerdings können für bestimmte Rituale Ausnahmen gemacht werden, sofern diese bei Schattenjägerermittlungen helfen; das ist jedoch sehr selten.

REPARATIONSLEISTUNGEN

Jeder Schattenweltler hat das gesetzlich verbriefte Recht, eine Beschwerde beim Rat einzureichen, wenn er der Ansicht ist, dass ein Schattenjäger ihn misshandelt oder im Umgang mit ihm gegen das Gesetz verstoßen hat. Unter bestimmten Umständen kann er oder sie Reparation fordern – eine finanzielle Entschädigung für den erlittenen Schaden. Darüber hinaus steht es ihm oder ihr auch frei, vor Gericht zu gehen. Das Verfahren wird von Vertretern des Rats durchgeführt, welche dann gegebenenfalls Reparationszahlungen bewilligen, sofern der Schattenweltler seine Ansprüche untermauern kann.

Auch Irdische dürfen einen Antrag auf Reparationsleistungen stellen, was aber in der Praxis selten geschieht: Wir wissen lediglich von einer Handvoll solcher Fälle in der gesamten Geschichte der Nephilim.

Das Abkommen hat die Rechte der Schattenweltler erheblich gestärkt, was zu einer gravierenden Änderung bei der Art von Wiedergutmachung geführt hat. Früher besaßen Schattenwesen im Grunde keinen rechtlichen Schutz: Jeder Schattenjäger konnte einen Schattenweltler schon beim geringsten Verdacht einer Straftat töten und die Angehörigen verfügten über keinerlei Handhabe dagegen; oft blieb ihnen nichts anderes übrig, als einen Antrag auf Wiedergutmachung zu stellen. Doch in den vergangenen einhundert Jahren ist die Zahl derartiger Anträge stark zurückgegangen, da wir Nephilim nun für eine mögliche Misshandlung von Schattenwesen gesetzlich zur Verantwortung gezogen werden können – unabhängig davon, ob jemand Reparationsleistungen fordert oder nicht.

TROPHÄEN

Der Begriff »Trophäen« bezieht sich auf die Beschlagnahmung der Besitztümer und Vermögenswerte eines Schattenweltlers als Strafe für ein begangenes Verbrechen. In der Regel fallen solche Trophäen demjenigen Schattenjäger zu, dem der betreffende Schattenweltler Schaden zugefügt hat. Oder sie werden dem Ratskämmerer übergeben, wenn kein individueller Schattenjäger als geeigneter Empfänger infrage kommt. In der Vergangenheit landeten solche Trophäen fast immer in den Händen bestimmter Schattenjägerfamilien und viele der alteingesessenen Nephilimclans verdanken ihren Wohlstand nicht zuletzt den Trophäen, die ihnen vom Rat zugesprochen wurden.

Der Brauch der Beschlagnahmung lässt sich vermutlich bis in die Frühzeit der Nephilim zurückverfolgen, damals allerdings nur in Einzelfällen. Die erstmalige Erwähnung von Trophäen in der offiziellen Gesetzgebung findet man in Dokumenten um das Jahr 1400, doch andere Aufzeichnungen deuten darauf hin, dass der Rat schon Jahre zuvor Trophäen und sogenannte »Kriegsbeute« verteilt hat. Die Vergabe von Trophäen war in jenen Tagen keine Sonderform der Bestrafung und wurde genauso oft verhängt wie andere Strafen. Das änderte sich erst im 16. und 17. Jahrhundert mit Beginn der Verfolgungen und des Schismas, als das Verteilen von Trophäen zu einer der häufigsten Strafmaßnahmen des Rats avancierte. Dafür gab es zwei Gründe: Erstens ging es darum, dem willkürlichen Plündern von Schattenweltler-Eigentum, das damals an der Tagesordnung war, Einhalt zu gebieten und einen rechtlichen Rahmen zu verleihen. Und der zweite Grund – der nun recht überraschend erscheinen mag – bestand darin, auf diese Weise Schattenwesen das Leben zu retten. Denn man hoffte in jener dunklen Epoche der Schattenwesenverfolgungen, welche jederzeit in Massenmorde ausarten konnten, dass die Nephilim ihre Waffen nicht benutzten, wenn man ihnen im Gegenzug die Aussicht auf mehr Trophäen – und damit eine potenziell größere Kriegsbeute – zusicherte. Wir mussten ihnen den Besitz klauen, um ihnen das Leben zu retten!

Mit dem Ende der Verfolgungen verlor die Vergabe von Trophäen zwar an Popularität, blieb aber bis zum Ersten Abkommen die am häufigsten verhängte Strafmaßnahme gegen Schattenweltler. Denn trotz aller philosophischen und rechtlichen Einwände, die angeführt wurden, basierte der Widerstand vieler Nephilim gegenüber dem Ersten Abkommen hauptsächlich auf wirtschaftlichen Gründen. Schließlich stand für jene Familien, deren Reichtum maßgeblich vom Erhalt der Trophäen abhing, viel auf dem Spiel. Sie vertraten die Ansicht, dass die Vorschriften bezüglich der Einschränkung von Trophäen und Kriegsbeute dem Rat direkt schaden würden. Denn obwohl Trophäen nicht besteuert wurden, galt es als löblich – insbesondere für die wohlhabenden Familien –, einen bestimmten Prozentsatz dieser »Einnahmen« an den Rat zu bezahlen. Dagegen schuf das Erste Abkommen einen komplexen rechtlichen Rahmen, der die Vergabe von Trophäen zwar nicht vollständig beseitigte, aber eine deutliche Einschränkung dieser Strafmaßnahme bewirkte und außerdem festlegte, dass die Beschlagnahmung von Schattenwesenbesitz nur noch im Rahmen eines offiziellen Gerichtsverfahrens verhängt werden konnte. In den vergangenen einhundert Jahren wurden viele Trophäen und Kriegsbeutestücke ihren rechtmäßigen Besitzern zurückgegeben. Und nur in solchen Fällen, in denen die Familie des ursprünglichen Besitzers nicht mehr ausfindig gemacht werden konnte, übergab man die Trophäen an die jeweiligen regionalen Institute, wo sie als historische Schätze zu besichtigen sind. Apropos: Nette Maschine, Jace

Dieses Motorrad war keine Trophäe, sondern illegaler Besitz. Ich habe es lediglich <u>konfisziert</u>.

Mom meinte, ich sollte mal mit Luke über Trophäen reden. Hab ich getan. Was zu einem weiteren Vortrag geführt hat. Hier meine Notizen.

Auswirkungen des Gesetzes auf Irdische

Irdische unterliegen nicht den Gesetzen des Bündnisvertrags. Sie gehören nicht zu den Unterzeichnern des Abkommens und nur wenige wissen überhaupt von der Existenz der Schattenjäger und der Verborgenen Welt. Nicht einmal irdische Mitglieder eines Dämonen-

Luke sagt:

- Keinerlei Einschränkungen bei Trophäen und Kriegsbeute während der Werwolfverfolgungen. Einfach lachhaft, was im Codex steht. Hat das Plündern nur geregelt und legalisiert.
- Nach dem Abkommen wurden einige Trophäen zurückgegeben, aber nicht viele – man konnte die Familien nicht finden.
- Der Rat hat erst gar nicht versucht, eingezogenes Kapital zurückzuerstatten. Das wäre »nicht möglich gewesen«
- In Deutschland scheint es ein Institut zu geben, das einem Vampirclan als Kriegsbeute abgenommen wurde. Der Clan kämpft noch heute um die Rückgabe seines Besitzes.

kults können belangt werden, da sie sich mit Kräften einlassen, die jenseits ihrer Kenntnis liegen. **(Tipp!** Dämonenkulte lassen sich am leichtesten dadurch beenden, dass man dem Dämon auflauert, der von den Irdischen angebetet wird. Denn im Gegensatz zu ihnen kann dieser Dämon durchaus strafrechtlich verfolgt und getötet werden.)

Na, Gott sei Dank!

Die Frage der Straffähigkeit von Irdischen zählt zu den umstrittensten Abschnitten des Gesetzes. Jedes Abkommen war begleitet von lautstarken Forderungen (von Schattenjägern wie Schattenweltlern), die Irdischen für ihr Verhalten zur Verantwortung zu ziehen. Diese Anträge wurden allesamt schlichtweg deshalb abgelehnt, weil unser Mandat – der Schutz unserer Welt vor den Augen der Irdischen – oberste Priorität genießt.

DER INQUISITOR

Der Inquisitor ist derjenige unter den Schattenjägern, der bei Gesetzesverstößen eine interne Untersuchung einleitet. Nicht einmal der Konsul kann die Zusammenarbeit bei diesbezüglichen Ermittlungen verweigern. Bei Gerichtsverfahren gegen Nephilim übernimmt der Inquisitor die Aufgabe des Staatsanwaltes und spricht Empfehlungen hinsichtlich des Strafmaßes aus. (Diese Empfehlungen müssen dann von der Kongregation genehmigt werden.)

Der Posten des Inquisitors bringt eine Rolle fern der Regierungskreise von Rat und Kongregation mit sich. Aufgrund der damit verbundenen Macht und Autorität erfreut er oder sie sich bei den anderen Nephilim nicht gerade großer Beliebtheit. Obwohl es sich um eine sehr undankbare Aufgabe handelt, kennen wir in der Geschichte der Nephilim zahlreiche Fälle heldenhafter Inquisitoren, die durch das Ausmerzen von Gesetzesbrechern und deren Zuführung einer gerechten Strafe verhindert haben, dass unsere Gesellschaft an Korruption zugrunde geht.

NACHTRAG 2002

Die letzte bedeutende Aufgabe des Inquisitors, die in den Reihen der Nephilim große Beachtung fand, betraf die Ermittlungen bezüglich des sogenannten »Kreises« – Valentin Morgensterns Gruppe von Dissidenten. Nach dem Scheitern des Aufstands fiel dem Inquisitor die komplizierte Aufgabe zu, genau herauszufinden, welche Schattenjäger Morgenstern nur gezwungenermaßen gefolgt waren, welche sich ihm aus freien Stücken angeschlossen hatten, welche seinen Überzeugungen widersprochen hatten, aber aus Furcht um ihr Leben den Kreis nicht verlassen konnten, und welche weiterhin an seine apokalyptische Vision glaubten. Die meisten ehemaligen Mitglieder des Kreises kamen mit dem Leben davon, aber die verhängten Strafen reichten von der Zahlung von Zwangsabgaben über den Verlust von Posten in der Verwaltung bis hin zu Kerkerhaft und der Verbannung aus Idris. Wie du siehst, ist das Amt das Inquisitors oft schwierig, ziemlich komplex und nicht immer frei von Fehlern.

DAS LEBEN EINES SCHATTENJÄGERS

Obwohl wir Nephilim aus allen Teilen der Welt stammen, sind wir in erster Linie Schattenjäger und erst an zweiter Stelle Bürger unseres jeweiligen Heimatlandes. Während unserer tausendjährigen Existenz haben wir stets ein Dasein fern der Irdischen geführt und unser Leben zeichnet sich durch viele Besonderheiten aus. Im Anschluss findest du eine Liste dieser einzigartigen Momente, damit du dich in Zeiten der Freude, des Kampfes und der Trauer passend verhalten kannst. ALS ICH KLEIN WAR, HATTE ICH SO EIN ÄHNLICHES BUCH ZUM THEMA JÜDISCHE RELIGION.

GEBURT

Die Geburt eines neuen Schattenjägers ist immer Anlass zum Feiern. Da wir Nephilim nicht sehr zahlreich sind und oft früh sterben, wird die Ankunft jedes neuen, jungen Schatterjägers auf Erden gebührend begangen. In der Regel wird die Geburt durch einen Bruder der Stille begleitet, der aufgrund seiner speziellen Runenmale und seiner Kenntnisse der Medizin dafür sorgen kann, dass Mutter und Kind während des Geburtsvorgangs wohlauf bleiben – mit dem Ergebnis, dass wir Nephilim schon immer eine deutlich geringere Säuglingssterblichkeit hatten als die irdische Bevölkerung.

Traditionell wird ein neugeborener Nephilim mit einer Reihe von Schutzzaubern versehen – eine Aufgabe, die ein Stiller Bruder und eine Eiserne Schwester als Vertreter der Nephilim-Ordensgemeinschaften übernehmen. (Meistens handelt es sich bei dem Stillen Bruder um denselben, der auch die Geburt betreut hat.) Diese Schutzzauber sollen das Neugeborene geistig und körperlich stärken (als Vorbereitung für den Ritus der Ersten Rune einige Jahre später) und es vor dem Einfluss von Dämonen beschützen.

Memo an mich: Mom fragen, wie das bei mir gewesen ist!

AUSBILDUNG UND ERZIEHUNG

Die meisten neuen Schattenjäger möchten wissen, welche Schule sie (oder ihre Kinder) besuchen werden. Wir Nephilim kennen jedoch kein den irdischen Lehranstalten vergleichbares Schulsystem. Stattdessen werden junge Schattenjäger von Privatlehrern, sogenannten »Tutoren«, unterrichtet, entweder in ihrem Elternhaus oder aber in kleinen Gruppen an ihrem Institut vor Ort. Die Ausbildung und Erziehung neuer Schattenjäger obliegt allen erwachsenen Nephilim, die je nach eigener Expertise bestimmte Lehrbereiche abdecken. In der Regel überwachen Eltern die Fortschritte ihrer eigenen Kinder, während verwaiste minderjährige Nephilim in den Zuständigkeitsbereich des Rats fallen und der Obhut des örtlichen Instituts übergeben werden.

In der Regel betreiben junge Schattenjäger keine intensiven wissenschaftlichen Studien (eine Ausnahme bilden die Stillen Brüder). Mit der Art von Lernen, die Irdische als »Hochschulausbildung« bezeichnen würden, beschäftigen wir uns erst in späteren Lebensjahren, wenn wir nicht länger effektiv kämpfen können. Dann widmen wir all unsere Zeit der Wissenschaft und Forschung.

MÄNNER UND FRAUEN IN AUSBILDUNG UND ERZIEHUNG

Heutzutage erhalten männliche und weibliche Nephilim genau die gleiche Erziehung und Ausbildung und man erwartet von ihnen einen vergleichbaren Grad an Leistung. Doch obwohl wir Nephilim schon immer Männer und Frauen in unseren Reihen hatten, erhielten Frauen erst in jüngerer Zeit die Möglichkeit, ein reguläres, umfassendes Kampftraining zu absolvieren. Natürlich gab es auch früher schon Nephilimkriegerinnen, aber sie bildeten eher eine Ausnahme. Das hat sich erst vor etwa hundertfünfzig Jahren geändert: Vor dieser Zeit waren Frauen vorrangig als Institutsverwalterinnen, Lehrerinnen oder Heilerinnen tätig. Obwohl das Gesetz, das die meisten Frauen daran hinderte, zu vollwertigen Nephilimkriegerinnen zu avancieren, offiziell in der Mitte des 19. Jahrhunderts abgeschafft wurde, dauerte es noch rund ein Jahrhundert, bis auch Frauen von klein auf im Rahmen ihrer Erziehung eine umfassende Kampfausbildung erhielten.

In der Vergangenheit haben sich viele Nephilimkriegerinnen Boadicea, die mächtige Königin und Heerführerin, die ihr Volk gegen die Römer in den Kampf führte, zum Vorbild und als Schutzpatronin genommen – eine Tradition, die bis heute fortbesteht. *Frauenpower!*

DER RITUS DER ERSTEN RUNE

Die meisten Schattenjäger erhalten ihre Erste Rune im Alter von zwölf Jahren. Da du aber, lieber Leser, wahrscheinlich aus der Welt der Irdischen zu den Nephilim gekommen bist (und nicht in eine Nephilimfamilie hineingeboren wurdest), bist du möglicherweise deutlich älter. Und mit diesem höheren Alter sind gewisse Risiken verbunden. Denn der Zeitraum zwischen zwölf und zwanzig Jahren gilt als idealer Zeitpunkt für den Ritus der Ersten Rune (von wenigen Ausnahmen abgesehen). Je älter der Empfänger dieser Rune, desto größer ist die Gefahr einer allergischen Reaktion.

Hier folgen ein paar Hinweise zum Erhalt der Ersten Rune:

- Sollte es zu irgendwelchen Problemen kommen, müssen diese nicht sofort auftreten. Falls du allergisch auf die Zuführung himmlischer Kraft reagieren solltest, stehen Schattenjäger bereit, die dann rasch deine Haut aufritzen, um das Runenmal aufzuheben, bevor es seine volle Wirkung entfalten kann. Anschließend erhältst du von den Brüdern der Stille eine umfassende medizinische und magische Versorgung.
- Das Auftragen der Rune auf die Haut erzeugt ein Gefühl, das die meisten Schattenjäger als »heiß-kaltes Brennen« beschreiben, welches im Laufe der Zeit jedoch nachlässt, da sich dein Körper an die Runenmale gewöhnt. Darüber hinaus wird das Auftragen von Runenmalen von einem leichten Brandgeruch begleitet, der jedoch *nicht* nachlässt. Dieses Phänomen ist normal und du brauchst dir deswegen keine Sorgen zu machen.
- Manchmal erleidet ein Empfänger der Ersten Rune einen Schock. Die gute Nachricht ist: Falls dir so etwas zustößt,

wirst du nichts davon mitbekommen, weil du dich ja in einem Schockzustand befindest. Alle Schattenjäger sind ausgebildet, einen Schock und andere allergische Reaktionen auf Runenmale zu erkennen und diese entsprechend zu behandeln.

- In den Tagen nach dem Erhalt der Ersten Rune wirst du möglicherweise gewisse Symptome an dir beobachten (insbesondere, wenn du anfällig bist für Nebenwirkungen): Albträume, nächtliche Angstattacken (mit oder ohne Bettnässen), plötzliche Wahrnehmungen des bodenlosen Abgrunds menschlicher Existenz, Ruhelose-Arme-Syndrom, apokalyptische Visionen, akute imaginäre Stigmatisation und/oder die Fähigkeit, kurzfristig mit Tieren sprechen zu können. Diese Reaktionen sind normal und meistens vorübergehender Natur. »Akute imaginäre Stigmatisation«? Tritt nur äußerst selten auf. Glaub ich zumindest.
- Falls du nicht hundertprozentig ausschließen kannst, dass du kein Hexenwesen bist, raten wir dir dringend, dich vor dem Ritus der Ersten Rune testen zu lassen. Dagegen haben Familien mit Feen- oder gar Werwolfblut im Stammbaum in der Regel nichts zu befürchten, weil Nephilimblut dominant ist.

Dann handelt es sich hierbei also eher um eine »Tu-was-der-Codex-sagt-und-nicht-was-Jace-tut«-Situation. Denn offensichtlich versieht Jace einfach jedes Mädchen, das er mag, mit Runenmalen.

DIE ZEIT NACH DER ERSTEN RUNE Wenn sie im Sterben liegt, ja, auf jeden Fall!

Herzlichen Glückwunsch! Du hast deine erste Rune überlebt. Wir können dir versichern, dass der Erhalt von Runenmalen mit jedem weiteren Auftrag leichter wird. Das Bestreben, dein Wissen durch die Lektüre des Codex schnell weiter zu vergrößern, ist zwar lobenswert, doch bevor du dich wieder deinen Studien widmest, sollte der Schattenjäger, der dich mit der Ersten Rune versehen hat, bestätigen, dass du voll arbeitsfähig bist. Denn möglicherweise verspürst du ja ein erhöhtes Schlafbedürfnis – was übrigens auch völlig normal ist.

Der Codex gratuliert dir ja verdammt oft.

Glückwunsch! Hinterfrage diese Entscheidung lieber nicht!

DAS ZWEITE GESICHT

Falls du nicht zu den wenigen Irdischen gehörst, die mit der Gabe des Zweiten Gesichts auf die Welt kommen (siehe Grimoire für weitere Informationen), wirst du lernen müssen, wie man durch Zauberglanz hindurchsieht. Möglicherweise hast du mit diesem Lernprozess ja bereits begonnen. Normalerweise erhält ein erwachsener neuer Schattenjäger zuerst eine *Voyance*-Rune sowie verschiedene vorübergehende Runenmale, die das magische Sehvermögen verbessern. (Diese Runen verblassen nach einiger Zeit und werden von uns nicht permanent aufgetragen, weil sie auf Dauer unser normales Sehvermögen beeinträchtigen.) Dann bekommt der Schattenjägerneuling eine Einführung in die unterschiedlichen Formen von Zauberglanz und lernt mehrere Methoden zum Durchschauen dieser Magie.

»BLINDE« NEPHILIM

Die meisten Schattenjäger besitzen von Geburt an das Zweite Gesicht oder entwickeln diese Fähigkeit im Laufe ihrer ersten drei Lebensjahre. Es gibt aber auch Nephilim, die »blind« zur Welt kommen und darin trainiert werden müssen. In der Regel genügt es, diesen Kindern verschiedene Zauberglanzformen zu zeigen und das, was sich dahinter verbirgt. Dieser Vorgang weckt bei fast allen Nephilimkindern die Gabe des Zweiten Gesichts, sodass sie Zauberglanz bei Beginn ihrer Ausbildung im Alter von fünf oder sechs Jahren mühelos durchschauen können. Nur bei älteren Menschen benötigen wir die Hilfe von Runenmalen, um diese Fähigkeit erstmalig hervorzurufen.

Woher um alles in der Welt soll ich das denn gewusst haben, Codex?!

WUSSTEST DU SCHON ...?

Früher wurde die Entwicklung des Zweiten Gesichts in manchen Teilen der Welt künstlich »angeregt«, indem man das Nephilimkind bewusst mit einer abgeschwächten

Form der Voyance-Rune versah – und zwar in einem Alter, das wir heute als riskant einstufen würden. (In manchen Kulturkreisen wurde nach dem Auftragen des Mals die darunterliegende Haut gezielt verletzt, um die Wirkung der Rune zu unterbrechen.) Sofern der Prozess zufriedenstellend verlief, konnte das Kind relativ unkontrolliert magische Dinge sehen; manchmal bildete sich diese Fähigkeit auch vollständig aus und blieb dem Kind dauerhaft erhalten, selbst wenn man das Runenmal wieder entfernte. Bedauerlicherweise erzeugte diese Methode bei manchen Kindern aber auch einen tödlichen Schock, hervorgerufen durch die Kombination von zu frühem Runenauftrag und dem plötzlichen Auftauchen des Zweiten Gesichts. In manchen Regionen hält sich dieser Brauch weiterhin hartnäckig, aber glücklicherweise verzichten die meisten modernen Gesellschaften inzwischen darauf, zumal diese Praxis gesetzlich verboten ist.

EHE UND HOCHZEIT

Falls du bereits verheiratet bist, wird dein Ehepartner sehr wahrscheinlich gemeinsam mit dir zum Schattenjäger aszendieren. Solltest du noch ledig sein und eines Tages heiraten wollen, wird diese Eheschließung nach den Vorschriften der Nephilim erfolgen. Die Ehe gilt als eine der heiligsten Aufgaben der Nephilim, weil diese Verbindung die Gemeinschaft der Schattenjäger stärkt und daraus weitere Schattenjäger hervorgehen.

Vor Jahrhunderten suchten adlige Nephilimfamilien gewöhnlich den zukünftigen Ehepartner für ihre Kinder aus, um mithilfe dieser arrangierten Ehen die Blutlinien der Familien zu stärken. Heutzutage ist diese Praxis fast ausgestorben und die meisten Schattenjäger wählen ihren zukünftigen Ehepartner aufgrund von Liebe und Zuneigung, genau wie in den meisten irdischen Gesellschaften.

Wir Nephilim haben schon immer Schmuckstücke und andere Symbole zum Zeichen der Liebe und Verbundenheit zwischen Braut und Bräutigam getauscht – ein Brauch, der meistens aus dem ursprünglichen oder neuen Kulturkreis übernommen wurde. Nephilimehen werden offiziell mit dem Tausch von Runenmalen begangen: Dazu erhalten Braut und Bräutigam jeweils eine Rune auf den Arm und eine oberhalb des Herzens. Man nimmt an, dass diese Tradition aus dem Alten Testament stammt, wo im Hohelied Salomos steht:

Setze mich wie ein Siegel auf dein Herz und wie ein Siegel auf deinen Arm. Denn Liebe ist stark wie der Tod und ihr Eifer ist fest wie die Hölle.

MISCHEHEN

Schattenjägern ist die Ehe mit anderen Schattenjägern und den meisten Schattenweltlern gestattet. (Da die Geburt weiterer Nephilim zu den vorrangigsten Anliegen des Rats zählt, werden Eheschließungen mit Hexenwesen oder Vampiren nicht gern gesehen, weil daraus kein Nachwuchs hervorgeht; aber auch solche Verbindungen sind nicht verboten.) Dagegen dürfen Schattenjäger *keine* Irdischen heiraten. Allerdings können sie einen Antrag einreichen und den Rat bitten, ihren Wunschpartner ebenfalls zu einem Nephilim zu machen – ein Vorgang, der als »Aszension« bezeichnet wird. (Möglicherweise liest du den Codex ja gerade deshalb, weil du selbst ein Aszendierender bist!)

Schattenjäger, die einen oder eine Irdische heiraten wollen, stellen den Antrag auf Aszension im Namen ihres zukünftigen Partners. Der Rat hat dann drei Monate Zeit, um über den Antrag zu entscheiden; dabei zieht er sowohl Erkundigungen über die Vergangenheit des antragstellenden Nephilims und dessen Familie ein als auch über den familiären Hintergrund und Charakter des potenziellen Aszendierenden. All dies geschieht notgedrungen ohne das Wissen des Aszendierenden. Solange der Rat noch keinen Beschluss gefasst hat, ist es dem

Schattenjäger nicht gestattet, dem irdischen Antragsteller irgendwelche Informationen über die Vorgehensweisen der Nephilim zukommen zu lassen. Sobald der Rat den Antrag bewilligt hat, wird der oder die Aszendierende in Kenntnis gesetzt und hat dann drei Monate Zeit, die Gesetze und die Kultur der Schattenjäger zu studieren. Am Ende dieser Periode darf der oder die Aszendierende aus dem Engelskelch trinken und steigt zum Schattenjäger auf. Vorausgesetzt, er oder sie überlebt diesen Vorgang, gilt der oder die Aszendierende fortan als vollwertiger Nephilim, mit allen Rechten und Pflichten.

»Vorausgesetzt, er oder sie überlebt«?!

ASZENSION VON KINDERN

Auch für Schattenjäger, die ein irdisches Kind adoptieren, besteht die Möglichkeit, beim Rat einen Antrag auf Aszension des Kindes zu stellen (geschieht nur sehr selten). In den meisten Fällen wird dem Antrag stattgegeben, da das Kind ja in eine bestehende Nephilimfamilie integriert wird und einen bereits existierenden Schattenjägernamen annimmt. Nach der vorgeschriebenen Wartezeit von drei Monaten kann das Kind aszendieren und wird dann wie jeder andere Nephilimnachwuchs aufgezogen und ausgebildet.

Was ist mit gleichgeschlechtlichen Ehen?

EINE KURZE GESCHICHTE DER NEPHILIM-MISCHEHEN

In der Frühzeit der Nephilim besaß die Anwerbung neuer Schattenjäger oberste Priorität. Mischehen mit Irdischen waren nicht nur legal, sondern regelrecht erwünscht. Den damaligen Schattenjägern brachte man bei, ihre Suche nach einem Ehepartner wie eine Art Rekrutierung zu betreiben, und viele Nephilimfamilien rühmten sich der großen Zahl würdiger Irdischer, die sie durch die Vermählung ihrer Kinder in die Reihen der Schattenjäger geholt hatten.

Antwort: Gleichgeschlechtliche Eheschließungen sind in Idris anerkannt und in den Ländern legal, wo sie auch den Irdischen gestattet sind. Den Fall einer gleichgeschlechtlichen Aszension hat es bisher noch nicht gegeben, aber da Aszensionen heute sehr selten sind, könnte so ein Fall in der Zukunft durchaus eintreten.

Diese Infobox ist sehr lang und mit Daten nur so gespickt. Meines Erachtens kannst du das problemlos überspringen – dein Dienst als Nephilim wird nicht davon abhängen, ob du weißt, wie die Frage von Mischehen vor fünfhundert Jahren gehandhabt wurde. Garantiert!

Das wollte ich unbedingt wissen, also bin ich losgezogen und hab Jace dazu befragt. Darauf hat er die Frage als Studienaufgabe in der Institutsbibliothek an mich zurückgegeben, weil er grausam und herzlos ist. Ich denke ja, dass er die Antwort auch nicht wusste und das nur kaschieren wollte.

Als die Zahl der Schattenjäger beständig wuchs, geriet diese Praxis zunehmend in Vergessenheit. Im 15. Jahrhundert schuf die Kongregation das bis dahin geltende Recht ab, wonach Institutsleiter eigenmächtig und ohne Genehmigung des Rats neue Schattenjäger erschaffen konnten. Den Ratsbevollmächtigten in Idris fehlte jedoch die Möglichkeit, eine potenzielle Ehe einzuschätzen und zu bewerten, sodass sie fast alle Anträge auf Mischehen mit Irdischen ablehnten. Im Jahr 1599 erklärte die Kongregation dann jegliche Ehen zwischen Schattenjägern und Irdischen für ungesetzlich.

Die erwartete Empörung der Nephilimfamilien blieb jedoch aus, da das neue Gesetz in die Hochzeit der Verfolgungen und des Schismas fielen (siehe Appendix A). Diese Ereignisse führten dazu, dass die Schattenjäger sich für eine Weile zu einer abgeschiedenen, militaristischen und verschlossenen Organisation entwickelten. Die Nephilim lebten nicht länger (wie Jahrhunderte zuvor) inmitten der Irdischen und sie reorganisierten ihre Institute wie Kasernen. Selbst nach dem Ende des Schismas blieb die Politik des Isolationismus noch über Generationen erhalten. Und zum Teil bestimmen die Grundsätze der Abgeschiedenheit aus der Zeit des Schismas den Umgang von Nephilim mit Irdischen bis heute.

Die Gegebenheiten der modernen Welt haben jedoch dazu geführt, dass heutige Nephilim, insbesondere diejenigen in Großstädten, in ihrem Alltag zwangsläufig Irdischen begegnen. Niemand würde ein generelles Verbot für den Umgang mit Irdischen noch für vernünftig halten. Demgemäß wurde im Jahr 1804 das Gesetz zur Unterbindung von Mischehen aufgehoben und die Aszension eingeführt. Obwohl dieser Aufstieg zum

Schattenjäger auch heute noch sehr selten vorkommt, bildet die Aszension ein wichtiges Mittel, um die Schattenjägerpopulationen weiterhin zufriedenstellend und dynamisch weiterzuentwickeln.

KAMPF

Obgleich das Leben eines Schattenjägers plötzliche Wendungen kennt, besteht die Hauptbeschäftigung der Nephilim in der »Schattenjagd«. Wir sind Krieger, heilige Soldaten in einer ewigen Schlacht, und obwohl unser Leben die gleichen Freuden und Sorgen kennzeichnet wie das der Irdischen, wird es durch den Kampf, die Suche nach Dämonen und deren Rücksendung in die eigene Dimension definiert. Für jeden Nephilim ist es eine Ehre, im Kampf gegen die Dämonen zu fallen. Unser Rat: Scheue dich nicht vor dem Kampf. Hab Vertrauen, fasse Mut. Ein Schattenjäger, der nicht kämpft, ist kein echter Schattenjäger (außer Stille Brüder oder Eiserne Schwestern).

Zwar legen viele Schattenjäger im fortgeschrittenen Alter die Waffen nieder und streben eine ruhigere, der Forschung und Wissenschaft gewidmete Phase ihres Lebens an. Doch diesen Schritt vollziehen wir erst dann, wenn wir ein erfülltes Kriegerleben gehabt haben und diese aufregenden Zeiten mit einem Gefühl der Vervollkommnung hinter uns lassen können.

WUSSTEST DU SCHON …?
Es gilt als schlechtes Omen, sich von einem Schattenjäger, der in den Kampf zieht, zu verabschieden. Und wir wünschen uns auch nicht »viel Glück«. Stattdessen verhalten wir uns so, als sei die Rückkehr eine Gewissheit und keine Glückssache. *Das hab ich tatsächlich gewusst!*

SOGAR ICH HAB DAS GEWUSST. ALSO EHRLICH, CODEX, DAS WEISS DOCH JEDER!

Wieso erlaub ich dir eigentlich immer wieder, in dieses Buch zu schreiben?

AUSTRITT AUS DER NEPHILIMGEMEINSCHAFT

In seltenen Ausnahmefällen entscheiden sich Schattenjäger für den Austritt aus der Gemeinschaft der Nephilim und für ein Leben unter Irdischen. Für diesen Schritt mag es mannigfaltige Motive geben, aber wir Schattenjäger sind normalerweise über ein derartiges Verhalten nicht erfreut, ganz gleich aus welchem Grund. Schließlich sind wir ohnehin viel zu wenige und sollten unseren Status als ein Geschenk des Himmels und eine spirituelle Berufung betrachten – und nicht als eine Frage zufälliger Geburtsumstände oder als berufliche Laufbahn, die man einschlägt und nach Lust und Laune beendet.

Aus diesem Grund lässt das Gesetz keinen Zweifel an den Pflichten derjenigen, die aus der Nephilimgemeinschaft austreten:

- Sie müssen jeglichen Kontakt zu allen Schattenjägern abbrechen, auch zu Freunden und engsten Verwandten. Außerdem dürfen sie nie wieder ein Wort mit anderen Nephilim wechseln – und umgekehrt.
- Durch den Verzicht auf die Zugehörigkeit zum Rat verzichten sie auch auf dessen Verpflichtung, ihnen im Falle einer Gefahr beizustehen. Der Rat gewährt ihnen nicht einmal mehr die Hilfe, die er einem Irdischen in Not zukommen lassen würde.
- Aufgrund des dominanten Schattenjägerbluts gehören ihre (ungeborenen) Kinder dem Rat. Selbst wenn die Eltern die Gemeinschaft verlassen und ihre Runenmale aufgegeben haben, wird der Nachwuchs von Geburt an zu den Nephilim gehören und kann als solcher vom Rat eingefordert werden.
- Alle sechs Jahre sucht ein Abgesandter der Schattenjägergemeinschaft die Familien auf und fragt

die Kinder, ob sie ihre Familie verlassen und zu den Nephilim kommen möchten, um wie Waisenkinder in einem Institut aufzuwachsen. Diese Praxis endet erst mit der Vollendung des achtzehnten Lebensjahrs. (Diejenigen, die auch nach Erreichen der Volljährigkeit den Beitritt zur Nephilimgemeinschaft ablehnen, tragen nicht das Stigma eines Exschattenjägers. Stattdessen haben sie Anspruch auf den gleichen Schutz, der rechtlich auch den Irdischen zusteht. Dem Rat liegt nichts daran, die Sünden der Eltern den Kindern anzulasten.)

- Schattenjäger, die in Schattenweltler verwandelt wurden, gehören zwar nicht länger zu den Nephilim, doch sie sollten nicht auf dieselbe Weise behandelt werden wie diejenigen, die der Gemeinschaft freiwillig den Rücken kehren. In einem derartigen Fall verliert die betreffende Person zwar den Anspruch auf Schutz, den der Rat allen Schattenjägern gewährt, erhält aber umgekehrt alle Rechte und Pflichten eines Schattenweltlers.

TOD

Die meisten Schattenjäger sterben im aktiven Dienst und dabei am häufigsten im Kampf gegen Dämonen. EIN ECHTER ABTÖRNER, CODEX!

Wir Nephilim äschern unsere Toten ein und geben dadurch den fragilen physischen Leib auf, in dem wir während unseres kurzen Lebens auf Erden gefangen waren. Anschließend werden unsere sterblichen Überreste bestattet. Diejenigen Schattenjäger, die in Idris sterben, finden ihre letzte Ruhe traditionsgemäß in der Nekropolis jenseits von Alicantes Stadtmauern, während alle anderen verstorbenen Nephilim in der Stadt der Stille beigesetzt werden. Die Verantwortung für beide Ruhestätten obliegt den Stillen Brüdern. Da die meisten Nephilimfamilien auf einen langen Stammbaum zurückblicken können, besitzen viele nicht einfach nur ein Grab, sondern häufig große Familiengruften und Mausoleen in beiden Totenstädten.

Bevor der Körper des Verstorbenen den Flammen übergeben wird, trägt die Familie dafür Sorge, dass der Leichnam aufgebahrt wird, damit Freunde und Verwandte Worte der Trauer sprechen und dem Toten die letzte Ehre erweisen können. Die Hinterbliebenen tragen traditionsgemäß weiße Trauerkleidung und rote Runen. Die Augen des toten Schattenjägers werden mit einem weißen Seidenschal verbunden; dann kreuzt man seine Arme vor der Brust, mit einer Seraphklinge in der rechten Hand, die auf sein Herz gelegt wird. Die Totenfeiern variieren je nach regionaler Herkunft des Verstorbenen, enden aber traditionell mit einem Zitat aus einer Ode von Horaz: *Pulvis et umbra sumus* – »Staub und Schatten sind wir«.

Stopp, stopp, stopp. Das kann ich jetzt echt nicht lesen. Ist mir alles viel zu viel.

Ja, geht mir genau so. Wir hatten in letzter Zeit etwas zu viel Staub und Schatten.

Die Brüder der Stille und die Eisernen Schwestern

Die Brüder der Stille

Unsere beunruhigenden Verbündeten

Und Jonathan nahm seine Stele, die allererste Stele dieser Welt, und zeichnete langsam ein V, dann noch eines und schließlich weitere in einer durchgehenden Linie – VVVVV – von Davids Oberlippe hinab zur Unterlippe und wieder zurück. Die Stele ruhte warm in seiner Hand und hinterließ feine Spuren eines Zickzackmusters über dem Mund, das nicht verblasste.

Als Jonathan sein Werk vollendet hatte, nahm er die Spitze der Stele von Davids Lippen, legte den Kopf leicht zur Seite und betrachtete ihn fragend, da er nicht wusste, ob das Runenmal seine Wirkung entfaltete.

David versuchte zu sprechen, doch da leuchtete die Zickzacklinie golden auf und seine Lippen ließen sich nur einen Spalt öffnen, zusammengehalten von dünnen, aber kräftigen schwarzen Fäden. Verunsichert trat Jonathan einen Schritt zurück. Doch Davids Mundwinkel verzogen sich zum Anflug eines Lächelns, da er zu mehr nicht mehr in der Lage war.

»Und?«, fragte Jonathan mit zittriger Stimme.

Es ist gut, Schattenjäger, sagte David unvermittelt in Jonathans Gedanken. Seine Stimme klang kräftig und ruhig und hallte durch Jonathans Kopf – viel lauter, als Jonathan es erwartet hätte. *Und nun*, fuhr David fort und führte zwei

Finger wie zum Segensgruß erhoben an sein Gesicht, *und nun die Augen.*

AUS: Arnold Featherstone; *Jonathan und David in Idris*; Alicante: 1970

Die Stillen Brüder sind in der Tat unsere Brüder – Brüder aller Nephilim. Du brauchst dich vor ihnen nicht zu fürchten.

Hektische Bewegungen sollte man allerdings besser vermeiden.

Auf den ersten Blick mag dir ihr Erscheinungsbild einen Schreck oder gar Übelkeit bereiten, doch sie sind Nephilim wie du. Und wir kämpfen alle auf derselben Seite und mit denselben Zielen. (Die meisten Schattenjäger überwinden ihre Furcht vor den Stillen Brüdern, sobald sie im Kampf verwundet und von den Brüdern wieder gesund gepflegt wurden.) An dieser Stelle soll darauf hingewiesen werden, dass es vielen Stillen Brüdern großes Vergnügen bereitet, ihre Mitnephilim zu verunsichern und deshalb ihre unheimlichen Gesichtszüge besonders zu betonen. Dabei handelt es sich also um eine Art Initiationsritus, der als ein harmloser Scherz aufgefasst werden sollte (so ist er schließlich gemeint).

Häufig betrachten neue Nephilim die Stillen Brüder als eine Gruppe von Männern, die irgendwie »heiliger« oder »himmlischer« oder mächtiger sind als der Rest von uns, doch das trifft nicht zu. Die Brüder der Stille kämpfen nur selten und tragen keine einzige der zahlreichen Kampf-Runen, die du sehr wahrscheinlich erhalten hast, um deine körperlichen und geistigen Fähigkeiten zu stärken. Stattdessen sind sie mit Runen versehen, die ihnen Zugang zu den geheimen Abschnitten des Grauen Buchs gewähren. Die Brüder der Stille sind unsere Ärzte, unsere Gelehrten und unsere Archivare. Ihnen obliegt die Verantwortung für alle verstorbenen Nephilim – sowohl für die Toten in der Stadt der Stille als auch für diejenigen in der Nekropolis von Idris.

Die Verwendung der Runen, die die Stillen Brüder für ihre Arbeit benötigen, ist uns anderen Nephilim zwar nicht direkt untersagt, doch sie entziehen sich unseren Blicken: Bestimmte Teile des Grauen Buchs sind für unsere Augen unsichtbar, wohingegen die Runenmale der Stillen Brüder wie der Schlüssel zu ihrer Entzifferung dienen. Aus diesem Grund haben die Brüder Zugang zu besonderen Magieformen, die von keinem anderen Nephilim betrieben werden können. Im Austausch für diese speziellen Fähigkeiten geben sie einen Teil ihrer Menschlichkeit auf, wodurch sie der Erde entrückt werden und dem Himmlischen entgegenwachsen. Selbstverständlich sind sie immer noch Menschen, aber ihre außergewöhnliche Natur wirkt auf uns oft beunruhigend: So hinterlassen sie weder Fußabdrücke noch werfen sie einen Schatten (falls sie sich tatsächlich einmal in der Sonne aufhalten); sie schlafen nicht, und wenn sie reden, geschieht das ohne Bewegung der Lippen.

Ihre Körper werden gen Himmel gehoben, so wie die Körper der Vampire ihrerseits von der Hölle in die Tiefe gezogen werden.

Gemäß ihrer himmlischen Verbundenheit werden die Brüder der Stille manchmal als die »Grigori« bezeichnet. Der Begriff bezieht sich auf die Wächter, einen der höchsten Ränge der Engel (Wächter waren beispielsweise jene Engel, die bei Nebukadnezars Prüfung im Alten Testament anwesend waren). Auf die Stillen Brüder wird er angewendet, um auf ihre Rolle innerhalb der Nephilimgemeinschaft hinzudeuten: Sie sind eher Wächter als Krieger. Allerdings gilt die Bezeichnung »Gregori« heutzutage als altmodisch und ist in der Regel nur noch in antiken Schattenjägerhandschriften zu finden.

Die offizielle Amtskleidung der Stillen Brüder besteht aus einer schweren pergamentfarbenen Robe mit Kapuze, die in der Taille von einem Gürtel zusammengehalten wird. Während Novizen normalerweise schlichte unverzierte Roben tragen, weisen die der Bruderschaft am Saum und an den Ärmeln aufwendige Dekore aus blutroten Runenmalen auf. Hochrangige Brüder der Stille führen gelegentlich ein Zepter. Diese sind aus reinem Silber gefertigt, ebenfalls mit Runen geschmückt und mit kunstvoll dekorierten, symbolreichen

Bekrönungen versehen: beispielsweise ein Engel mit ausgebreiteten Schwingen, ein Kelch oder das Heft eines Schwertes.

Das Gesetz schreibt vor, dass den Stillen Brüdern sowohl die Augen als auch der Mund mit Runenmalen verschlossen werden. Dafür stehen verschiedene Runen und unterschiedliche Verfahren zur Verfügung: von magischen Nähten und Fesselungs-Runen (die die Verwendung von Mund und Augen blockieren) bis hin zur vollständigen Entfernung der Augäpfel und/oder der gesamten Mundpartie (sodass nur dunkle Höhlen und eine glatte Hautfläche zurückbleiben). Letztere Methode ist natürlich die radikalste und nicht mehr rückgängig zu machen; sie gilt als Ausdruck besonderer Inbrunst und Hingabe zur Bruderschaft.

DIE EISERNEN SCHWESTERN

Genau wie die Brüder der Stille sind auch die Eisernen Schwestern eine Ordensgemeinschaft, deren Mitglieder besondere Runenmale tragen, um ausschließlich einem bestimmten Zweck zu dienen. Diese Aufgabe erfordert, dass sie sich von uns einfachen Menschen entfernen und in himmlischere Nähe rücken. Im Fall der Eisernen Schwestern betrifft dies die Fähigkeit zur Verarbeitung von *Adamant*. In ihren Vulkanschmieden fertigen sie aus dem heiligen Material Waffen, Rüstungen und andere Werkzeuge, die uns Schattenjäger schützen und unser Überleben ermöglichen. Die Schwestern sind die einzigen Nephilim, denen der Umgang mit *Adamant pur* – reinem, unbehandeltem *Adamant* – gestattet ist.

Bei ihrem Ordensbeitritt werden die Eisernen Schwestern (genau wie die Stillen Brüder) mit Runenmalen versehen, die einerseits wie ein Schlüssel zu verborgenen Abschnitten des Grauen Buchs funktionieren und andererseits bewirken, dass sich die Schwestern von uns herkömmlichen Menschen entfernen. (Die Runenmale der beiden

Ordensgemeinschaften sind nicht identisch, sodass ein Bruder der Stille keinen Zugang zu den für die Eisernen Schwestern bestimmten Kapiteln hat und umgekehrt.) Doch es gibt noch weitere Parallelen zu den Stillen Brüdern: Die Schwestern sind keine Kämpferinnen, sie gehen keine Ehe ein und nehmen nur in Ausnahmefällen an Ratsversammlungen teil, da sie sich generell nur äußerst widerstrebend außerhalb ihrer Zitadelle aufhalten.

Deshalb bekommen die meisten Nephilim in ihrem Leben nur selten eine Eiserne Schwester zu Gesicht. Dafür ist eine solche Begegnung aber weniger Furcht einflößend als der Anblick eines Stillen Bruders: Augen und Mund sind nicht auf magische Weise verschlossen und die Schwestern können weder Gedanken lesen noch auf telepathischem Wege kommunizieren. Ihre schlichten weißen Gewänder sind an den Handgelenken und unter der Brust mit silberweißen Schnüren – Dämonendraht – zusammengebunden, um die Kleidung vor den heiligen Feuern zu schützen, in denen sie den *Adamant* verarbeiten. Abgesehen von ihrer scheinbaren Alterslosigkeit unterscheidet sich ihr Äußeres von anderen Nephilim nur durch ihre Pupillen, die in der Farbe orangegelber Flammen leuchten. Es heißt, das Feuer ihrer mächtigen Vulkanschmieden brenne hinter diesen Augen.

Trotz ihres ansonsten recht normalen Aussehens führen die Eisernen Schwestern ein noch weltabgewandteres Leben als die Brüder der Stille. Von anderen Schattenjägern isoliert, residieren sie in der beeindruckenden *Adamant*-Zitadelle – deren genauer Standort uns anderen Nephilim unbekannt ist – und kommen nur selten aus ihrer Festung. Sie mögen es meist nicht, wenn man sie bei ihrer anspruchsvollen Arbeit stört.

Die erste Eiserne Schwester, Abigail Shadowhunter, befürchtete, dass die Schwestern trotz der Geschlechtsneutralität der Schattenjäger möglicherweise Schutz vor der unerwünschten Einmischung männlicher Nephilim benötigen würden. Deshalb veranlasste sie, die *Adamant*-Zitadelle so zu errichten, dass nur Schattenjägerinnen Zutritt zu ihr erhielten. Dies hat sich bis heute nicht geändert: Ausschließlich Frauen ist es gestattet, mit den Eisernen Schwestern zu sprechen.

DISKUSSIONSFRAGEN UND ANREGUNGEN FÜR EXPERIMENTE

1. Was glaubst du, warum wir Nephilim nach solch strengen Gesetzen leben? Inwiefern ist dies für unser Mandat von Vorteil?

REINE, GRENZENLOSE STURHEIT. MACHT SIE ZU DEN HÄRTESTEN DER HARTEN IN DER STADT.

Ich hätte es zwar anders formuliert, aber im Grunde läuft es darauf hinaus – genau das will der Codex hören.

2. Trägst du Runenmale? Beschreibe hier mit eigenen Worten, wie sich das angefühlt hat. Hast du eine allergische Reaktion auf die Runen gezeigt? Oder vielleicht eine sofortige Wirkung gespürt? Inwiefern hat sich der Erhalt späterer Runenmale vom Auftrag der Ersten Rune unterschieden?

Irgendwie klingt der Codex hier echt unheimlich: »Ja, erzähl uns <u>alles</u>! Wir wollen es ganz genau wissen!« Meine erste Rune habe ich von einem total süßen Typen mit ziemlich schlechter Triebkontrolle erhalten. Ich kann mich zwar nicht daran erinnern, weil ich bewusstlos war, aber als ich wieder aufgewacht bin, waren alle furchtbar wütend auf ihn. Ende. Alles Liebe, eure Clary.

OH MANN, EURE LIEBE IST JA SO POETISCH!

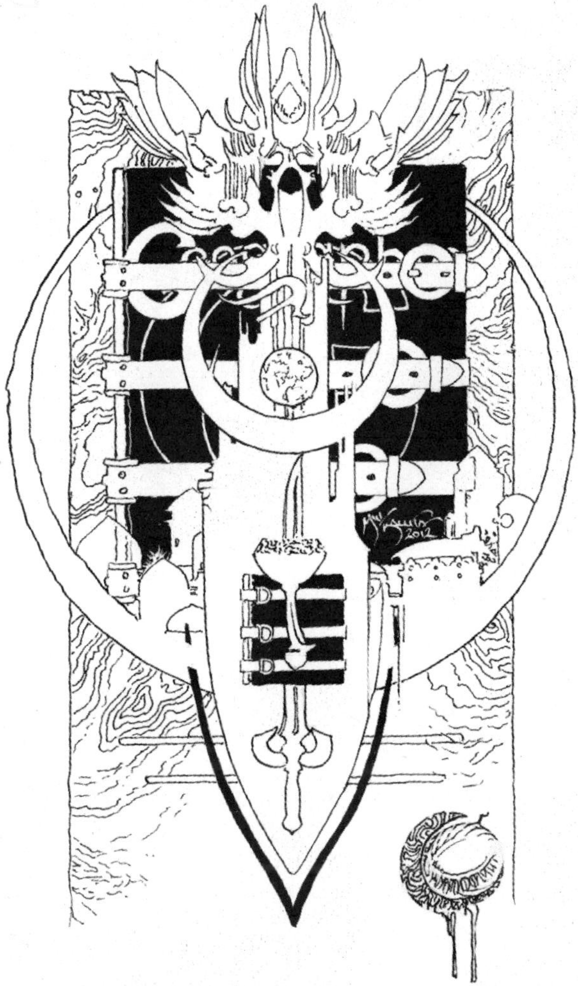

KAPITEL ACHT

GEOGRAFIE

IDRIS
nach Frankreich
DEUTSCHLAND
ALICANTE
BROCELIND-EBENE
BROCELIND-WALD
LYN-SEE
SCHWEIZ
N
W
O
S

IDRIS, DIE HEIMAT DER NEPHILIM

Idris ist unser Stammsitz, unser Vaterland, das uns Schutz und Sicherheit bietet. Falls du als angehender Schattenjäger diese Heimat der Nephilim noch nicht besuchen konntest, wirst du wahrscheinlich bald Gelegenheit dazu bekommen, wenn du aus dem Kelch der Engel trinkst und deine ersten Runen erhältst. Und dann wirst du seine Schönheit mit eigenen Augen sehen und die Ruhe und den Frieden spüren, die Idris zum Lieblingsort aller Nephilim machen. Sein himmlischer Zauber entfaltet sich in jedem Blatt, in jedem Flusskiesel und in jedem Gebäude, nur überstrahlt von alles überragenden *Adamant*-Bauwerken – den Schutztürmen von Idris' Hauptstadt Alicante. Diese sogenannten »Dämonentürme« umhüllen uns mit ihrem Himmlischen Licht und bewahren die Stadt und ihre Bewohner vor Dämonen. Normalerweise.

WO LIEGT IDRIS? UND WIE SIEHT ES DORT AUS?

Idris ist ein kleines Land, kaum sichtbar auf einer Europakarte. Im Grunde umfasst es nicht viel mehr als die Stadt Alicante, die Brocelind-Ebene, die sich sanft von den Stadtmauern aus nach Süden erstreckt, sowie die umliegenden Gebirgszüge, die das Land komplett umschließen. Alicante ist nicht nur die einzige Stadt, sondern genau genommen auch das einzige größere Siedlungsgebiet des gesamten Landes. Dadurch sind große Teile von Idris selbst für Schattenjäger nur schwer zugänglich. Aufgrund der heftigen Schneefälle lassen sich die Berge nur im Hochsommer passieren und die Wälder, insbesondere der Brocelind-Wald, sind dunkel und unwegsam. Nichtsdestoweniger ist Idris ein sehr schönes Land: subalpin, mit dichten Kiefernbeständen, durch die zahllose Quellen und Bäche fließen. Obwohl es sich von jedem seiner Nachbarländer – Deutschland, Frankreich und die Schweiz – deutlich unterscheidet, zeichnet es sich durch die gleiche atemberaubend schöne Landschaft aus.

Entgegen einer weitverbreiteten Annahme entstand Idris jedoch nicht aus Land, das man den umliegenden Ländern »gestohlen« hatte: In Wahrheit erschuf der Erzengel Raziel eine vollkommen neue Region inmitten Europas. Und dieses Land dient nur einem einzigen Zweck: Es ist die Heimat aller Schattenjäger.

DER WEG NACH IDRIS

Erfordert Übung, Übung, Übung.

Um Idris per Flugzeug zu erreichen, muss man einen der Flughäfen in den umliegenden Nachbarländern ansteuern und dann über Land weiter zur Grenze. Diejenigen, die den Komfort moderner irdischer Transportsysteme schätzen, werden das vielleicht als ein wenig rückschrittlich empfinden, doch für uns hat diese Art des Reisens ein reizendes, charmant-altmodisches Flair. Bis zum Beginn des zwanzigsten Jahrhunderts konnte man Idris ohnehin nur auf dem Landweg erreichen. Die Schwierigkeiten, die die isolierte Lage des Landes inmitten hoher Berge für alle Reisenden mit sich brachte, ließen sich erst mit der Erfindung des Portals überwinden, das heutzutage natürlich das gängigste Transportmittel für einen Besuch in Alicante darstellt.

DIE SCHUTZSCHILDE VON IDRIS

Besuchen Sie die Schutzschilde! Wie Sie sehen, sehen Sie nichts!

Die Schutzschilde um Idris herum sind einzigartig und lassen sich auch nach jahrhundertelangen Forschungen und Studien weder vollständig erfassen noch kopieren. Schattenjäger und Schattenweltler können Schutzzauber erschaffen, die bestimmte Personen entweder durch eine Illusion oder eine Art Ablenkung von einem Ort oder Objekt fernhalten. Dies gilt sowohl für die Magie des Grauen Buchs als auch für die der Hexenwesen. Wenn aber ein Irdischer Idris' Schutzschilde passiert, wird er automatisch an den entsprechenden Standort jenseits der gegenüberliegenden Grenze transportiert. Ein Vorgang, der sich ohne jede Nebenwirkungen oder Anzeichen vollzieht, sodass der Irdische nicht einmal bemerkt, dass er gerade ein ganzes Land durchquert hat. Aus der Sicht der Irdischen scheint Idris überhaupt nicht zu existieren und demzufolge zeigen auch sämtliche irdischen Landkarten Europa ohne unsere Heimat.

Die Schutzschilde von Idris wurden vom Erzengel Raziel erschaffen, als Teil einer Reihe von Gaben, die er Jonathan Shadowhunter überreichte. Allerdings zählte das Wissen um ihre besondere Form der Magie nicht zu den Dingen, an denen er seine Geschöpfe teilhaben lassen wollte. Aus diesem Grund sind wir nicht in der Lage, die Schutzschilde zu modifizieren oder zu duplizieren. Im Laufe der Jahrhunderte haben Nephilim darüber gestritten, warum die Schutzschilde Idris vor den Augen der Irdischen verbergen, gleichzeitig aber Schattenweltlern und selbst Dämonen freien Zugang gewähren. Viele vertraten die Ansicht, dass Raziel Idris mit Schutzschilden umgeben hat, um zu verhindern, dass wir Nephilim jemals in Grenzstreitigkeiten mit den umliegenden Ländern gezogen werden. Idris ist als eine vor den Irdischen verborgene Zuflucht gedacht und als unsere Heimat, aber nicht als politisches Gebilde unter den Nationen der Welt – darum kann der Verlauf der Grenzen auch in Zukunft nicht verändert werden.

IDRIS UND DIE MODERNE WELT

Idris' unberührte Natur verdankt ihren Zustand nicht nur den Schutzschilden, sondern auch einer strengen Gesetzgebung, die verhindert, dass das Land übermäßig modernisiert wird. Dies hängt zum Teil damit zusammen, dass derartige Verbesserungen gar nicht durchführbar wären: Jede Form von Magie wirkt sich störend auf moderne Technologie aus. Die Schutzschilde, die Irdische daran hindern, Idris zu betreten oder auch nur wahrzunehmen, sorgen auch dafür, dass das gesamte Land unter einer »magischen Glocke« liegt, die ein zuverlässiges Betreiben maschineller Anlagen innerhalb der Grenzen unterbindet. (Das Ganze lässt sich mit der Hemmwirkung von Runen auf Schusswaffen vergleichen; und tatsächlich kann in Idris kein einziger Schuss abgegeben werden.) Somit wird Alicante hauptsächlich von Elbenlicht erhellt und betrieben – was auch für die wenigen Straßen gilt, die überhaupt eine Straßenbeleuchtung besitzen.

IDRIS UND SCHATTENWELTLER

Idris ist auch die Heimat einiger Schattenwesengruppierungen – Feenhöfe und Werwolfrudel in den Wäldern und Vampirclans in Höhlen oder dunklen Felsschluchten. Für diese Schattenweltler bildet Idris einen Ort, an dem sie frei und ungezwungen leben können, ohne ihre wahre Identität ständig verstecken zu müssen. Hier verfügen sie über eigene, selbstständig verwaltete Ländereien. Die in Idris ansässigen Schattenweltler zählen in der Regel zu den wildesten Vertretern ihrer jeweiligen Gruppierung, die der menschlichen Welt bereitwillig den Rücken gekehrt haben und lieber fern von allen Irdischen leben wollen. (Dies gilt sogar für die Feenwesen, die sich – trotz ihrer Launenhaftigkeit – deutlich zu Menschen hingezogen fühlen und normalerweise gern mitten unter ihnen weilen.)

In den seltenen Fällen, in denen es notwendig wird, einen einzelnen Irdischen für eine gemeinsame Zusammenarbeit oder im Rahmen einer anstehenden Aszension nach Idris zu holen, bleibt als probates Mittel zur Umgehung der Schutzschilde nur ein Portal.

DER LYN-SEE

Abgesehen von Alicante gehört der Lyn-See, auch »See der Träume« genannt, zu den heiligsten Stätten in ganz Idris. Genau hier ist Jonathan Shadowhunter erstmals der Erzengel Raziel erschienen: In gewaltiger Pracht stieg er aus den Fluten des Sees empor, mit den Engelsinsignien Kelch, Schwert und Spiegel in der Hand, aus denen unser Kriegergeschlecht hervorgegangen ist. Obwohl der Lyn-See allen Nephilim heilig ist, scheint sein Wasser in mancher Hinsicht verwunschen zu sein: Während Schattenwesen gefahrlos davon trinken können, bekommen Schattenjäger davon Fieberanfälle und Halluzinationen und verfallen (in besonders schweren Fällen) einem unumkehrbaren Wahnsinn, sobald auch nur ein Tropfen Seewasser ihre Lippen berührt. Eine Heilung mithilfe von *Iratzes* und anderen Eingriffen kann nur dann erfolgen, wenn die Behandlung schnellstmöglich einsetzt, bevor das Wasser sich im gesamten Körper verteilt hat und sich nicht mehr entfernen lässt.

Vom Ufer des Lyn-Sees führt ein Weg durch eine grasbewachsene, von steilen Hügeln durchsetzte Ebene nach Alicante, vorbei an einem dunklen Dickicht hoher Bäume, dem Brocelind-Wald. Alten Dokumenten zufolge waren die Tiefebenen des Landes früher fast vollständig von Wäldern bedeckt, doch große Teile wurden gerodet, um Platz für Alicante zu schaffen, als sich die erste kleine Siedlung inmitten der Dämonentürme zu einer großen, geschäftigen Stadt entwickelte. Außerdem holzte man weitere Bereiche des Walds ab, um einen leicht zu kontrollierenden Grenzstreifen rund um Alicante anzulegen, da der Brocelind-Wald jahrhundertelang ein beliebtes Versteck für Vampirnester und Werwolfrudel war.

DER SEE IST DER SPIEGEL. KAPIERT DAS DOCH ENDLICH!
Jetzt mal im Ernst: Wieso hat es Jahrhunderte gedauert, um das herauszufinden?

Auf die Idee ist wohl keiner gekommen.

ALICANTE

Alicante, die Gläserne Stadt. Die heilige Metropole der Nephilim. Für uns Schattenjäger ist Alicante so etwas wie Jerusalem, Rom, Mekka, Shambhala und Bodhgaya in einem Ort zusammengefasst. Eines darfst du nie vergessen: Obwohl die Bewohner einem ganz normalen Alltag nachgehen, mit Wünschen, Träumen und menschlichen Kontakten wie in jeder anderen Großstadt auch, bleibt Alicante die Verbotene Stadt, der Ort, der uns Nephilim geschenkt wurde als unser Lebensmittelpunkt und unsere Zuflucht auf Erden.

Alicante wird daher von seinen Türmen vor Dämonen geschützt, welche die Schutzschilde nicht passieren können. Dagegen vermögen Schattenwesen die Schutzschilde zwar ohne Schwierigkeiten zu durchqueren (jahrelang ein Argument dafür, dass Schattenweltler menschliche Wesen mit einer Seele sind anstatt Dämonen). Allerdings ist es Schattenwesen nicht gestattet, die Stadt unerlaubt zu betreten – es sei denn, sie haben eine schriftliche Genehmigung oder werden von einem Schattenjäger begleitet, der als ihr Gastgeber fungiert. (Möglicherweise kennst du das Verfahren ja bereits, falls du Alicante noch vor deiner Aszension einen Besuch abstatten konntest.) Traditionsgemäß dürfen Schattenweltler die Stadt nur durch das Nordtor betreten, das Tag und Nacht bewacht wird.

Aus ähnlichen Sicherheitsgründen sind innerhalb der Stadtmauern keine neuen Portale erlaubt. Trotz der teils dämonischen Herkunft der Portale haben wir Schattenjäger uns an dieses bequeme Transportmittel jedoch so gewöhnt, dass wir nicht mehr darauf verzichten mögen. Deshalb transportieren alle Portale ihre »Passagiere« an den Stadtrand, jenseits der Mauern. Die einzige Ausnahme bildet das ständige Portal in der Garnison (siehe Seite 235). Obwohl viele Schattenjäger diese Regelung nur murrend hinnehmen, wird sich daran nichts ändern. Schließlich können Portale ausschließlich von Hexenwesen geöffnet werden, und wenngleich wir auch gute Beziehungen zu dieser verbündeten Schattenweltler-Gruppierung unterhalten, können wir nicht zulassen, dass Lücken in unseren Verteidigungslinien existieren, die es einem potenziell bösartigen Einzelgänger ermöglichen würden, ein Portal mitten in unserem Allerheiligsten zu öffnen.

ALICANTES WAHRZEICHEN

Die Stadt liegt in einer Talmulde, geteilt durch einen silbrig glänzenden Fluss, und besteht hauptsächlich aus goldenen und sandfarbenen Häusern mit roten Schieferdächern, die sich in einem Labyrinth schmaler, gewundener Gassen einen steilen Hügel hinaufschlängeln. Neue Schattenjäger sind herzlich dazu eingeladen, durch die Princewater-Street bis zur Oldcastle-Brücke zu schlendern, von der aus man einen hervorragenden Blick auf die Garnison und die Große Halle des Erzengels hat, während unter den alten Steinen das Wasser dahinrauscht.

Aber Alicante ist nicht nur die Stadt der Dämonentürme, sondern auch das »Venedig von Idris«: Zahlreiche Kanäle gehen vom Fluss ab, von denen der Princewater-Kanal der breiteste ist. Um die *Adamant*-Adern nicht zu beschädigen, die unter der Stadt verlaufen, konnte man für die Trinkwasserversorgung weder tiefe Brunnen ausheben noch Aquädukte bauen, sodass man jahrhundertelang auf ein

System von Kanälen vertraute, die von Alicantes charakteristischen Steinbrücken überspannt werden. Heute versorgt ein ausgedehntes System unterirdischer Leitungen die meisten der Häuser mit fließendem Wasser, aber die Kanäle blieben als Erinnerung an vergangene Zeiten erhalten und bilden inzwischen ein charmantes Wahrzeichen der Stadt.

DIE DÄMONENTÜRME

Alicantes Dämonentürme sind Idris' beeindruckendstes Kennzeichen, ein wahres Weltwunder. Die aus reinem *Adamant* gefertigten Türme erheben sich wie die Spitzenornamente einer himmlischen Krone hoch hinauf bis in die Wolken und wirken absolut überirdisch. In der Tat bestätigt uns ein Blick in historische Dokumente, dass sie nicht von Menschenhand geschaffen wurden: Die von Jonathan Shadowhunter überlieferten schriftlichen Aufzeichnungen legen den Schluss nahe, dass Raziel persönlich die Dämonentürme aus einer prächtigen *Adamant*-Ader erschuf, welche er unter Alicante platzierte, damit wir Nephilim daraus Waffen und Werkzeuge schmieden können.

Die Botschaft, die Raziel an Jonathan Shadowhunter richtete, enthielt nicht nur die Engelsinsignien, sondern auch eine »Gabe, die ich euch Erdenbürgern überbringe«. Man nimmt an, dass sich seine Worte auf die Schöpfung von Idris aus einem Stück Wildnis im südlichen Teil des Heiligen Römischen Reichs bezog. Andere Historiker sind dagegen der Ansicht, dass damit die Dämonentürme gemeint seien.

Alle Schattenjäger sollten zu den Dämonentürmen aufschauen, um unseres besonderen Mandats zu gedenken. Diese kristallklaren Turmspitzen sind eine immerwährende Erinnerung daran, dass wir vom Erzengel auserkoren wurden und unter seinem Schutz stehen – und dass wir bei der Erfüllung unserer Mission nicht allein sind.

Die Dämonentürme leuchten uns unverändert seit Anbeginn der Nephilim, denn im Gegensatz zu allen anderen Objekten aus *Adamant* nutzt sich ihr Schein im Laufe der Zeit nicht ab und ihre Kraft bedarf keiner Erneuerung. Nach den Gründen (und weiteren Fragen wie »Verhalten sich die Türme in anderer Hinsicht wie herkömmlicher *Adamant?* Können sie durch ein schwarzmagisches Ritual außer Kraft gesetzt werden? Lassen sie sich mit Runen versehen?«) wurde lange geforscht, doch die Türme wahren ihr Mysterium – Raziels letztes großes Geheimnis, damit alle, die in ihrem Schatten wandeln, unablässig daran erinnert werden. Änderung für die nächste überarbeitete Ausgabe des Codex: Die Dämonentürme sind lange nicht so großartig und geheimnisvoll wie gedacht. Sie erinnern eher an eine ziemlich miese Epoche in der Geschichte der Nephilim. Stimmt. Dieser Abschnitt des Codex erscheint heutzutage ein wenig naiv.

DIE GARNISON

Die Garnison ist der offizielle Versammlungsort des Rats; dort werden die Gesetze erlassen. Außerdem dient das Gebäude als Amtssitz des Konsuls und des Inquisitors. Wenn der Rat tagt, dürfen nur volljährige Schattenjäger das Gelände betreten.

Der dunkle, wuchtige Steinbau mit den breiten Zinnen ist wie eine Festung gebaut und wird an allen Seiten von schmucklosen Säulen gestützt (d. h. in architektonischer Hinsicht schmucklos; die Säulen sind selbstverständlich mit zahlreichen Schutz-Runen versehen). Vier glitzernde Türme – kleinere Versionen der Dämonentürme der Stadt – ragen in jede Himmelsrichtung auf. Laut Überlieferung hat der Erzengel Jonathan Shadowhunter genau ins Zentrum dieser vier Türme gebracht und ihm dann verkündet: »Hier sollst du dein Werk beginnen.« Demzufolge nimmt man an, dass sich die Garnison auf dem Gelände der ersten kleinen Siedlung befindet, aus der sich später Alicante entwickelte. Bedauerlicherweise ist von den ursprünglichen Gebäuden nichts mehr erhalten geblieben – frühere Generationen zollten der Vergangenheit noch nicht den Respekt, der unseren Umgang mit der Geschichte kennzeichnet.

Allein das Torhaus der Garnison lohnt bereits einen Besuch: Die mindestens doppelt mannshohen Tore sind aus einer Mischung aus Holz, Silber und Eisen gefertigt und mit verschlungenen kalligrafischen Interpretationen von Runenmustern bedeckt. Beide Flügel des Tors werden von steinernen Engelsstatuen flankiert, im Volksmund auch »die Wächter« genannt. Jeder der Engelskrieger hält ein Schwert in der Hand und zu seinen Füßen windet sich eine sterbende Kreatur, welche die dämonischen Feinde der Nephilim repräsentiert – eine Erinnerung daran, dass Engel nicht nur wunderschön, sondern auch gewaltig und Furcht einflößend sind und dass wir nicht nur himmlisches Engelsblut in unseren Adern haben, sondern auch Krieger sind.

In der Garnison befindet sich auch das einzige Portal von Alicante. Es steht rund um die Uhr bereit, damit der Rat in Notfällen jederzeit davon Gebrauch machen kann. Die potenzielle Gefahr, die von solch einem »Hintertürchen« ausgeht, wird dadurch kompensiert, dass dieses Portal wie das Sanktuarium eines Instituts »rück-geschützt« ist. Mit anderen Worten: Runen sperren es als einen Ort außerhalb des Wirkungsbereichs der Schutzschilde ab. Daher kann die bei der Erzeugung eines Portals benötigte Dämonenmagie in diesem einzigen Raum der gesamten Garnison ihre Wirkung entfalten, so wie sich beispielsweise ein Vampir gefahrlos in einem Institutssanktuarium aufhalten könnte. Natürlich stellt das Portal ein nicht zu unterschätzendes Sicherheitsrisiko dar, weshalb sein genauer Standort ein streng gehütetes Geheimnis bleibt.

Der Platz des Erzengels und die Grosse Halle

Einer von Alicantes malerischsten und historisch bedeutsamsten Orten ist der Platz im Zentrum der Stadt: der Platz des Erzengels, berühmt für die Bronzestatue des Erzengels Raziel, welche genau in der Platzmitte aufragt. Es handelt sich um die weltweit größte Statue des Erzengels; in zahlreichen Instituten rund um den Globus finden sich kleinere Nachbildungen. (Viele dieser Statuen nehmen für sich in Anspruch, nach dem Original gegossen zu sein, und bei manchen mag das auch tatsächlich zutreffen, aber aus anderen spricht eindeutig eine ganz andere Künstlerhand. Doch dieser Unterschied ist nur von kunsthistorischem Interesse und soll hier nicht weiter ausgeführt werden.)

Am nördlichen Ende des Platzes steht die Große Halle des Erzengels, im 18. Jahrhundert als Versammlungsort aller Schattenjäger errichtet. Dieses klassizistische weiße Steingebäude mit seiner breiten Marmortreppe und dem imposanten Arkadengang ist ein Symbol für die fortdauernde Stärke und Rechtschaffenheit der Nephilim.

Im Jahr 1872 diente die Große Halle als Versammlungsort für die historische Unterzeichnung des Ersten Abkommens, da Schattenweltlern das Betreten der Garnison nicht gestattet ist. Dieser Tag kennzeichnet auch den Moment, in dem Schattenwesen erstmals die Erlaubnis erhielten, in größeren Gruppen nach Alicante zu reisen, wobei sie traditionsgemäß durch das Nordtor in die Stadt gelangten. Seitdem wird das Versammlungsgebäude auch als »Halle des Abkommens« bezeichnet, in der das Abkommen alle fünfzehn Jahre verlesen und erneut von Schattenweltlern und Schattenjägern gegengezeichnet wird. Während der übrigen Zeit dient die Halle als wichtiger Tagungs- und Veranstaltungsort für große Feiern wie Hochzeiten und Bälle.

Das Innere der Abkommenshalle besteht hauptsächlich aus einem langen Saal mit blassweißen Wänden und einer hohen Decke, durch deren riesige Verglasung helles Tageslicht hereinfällt. Die Mitte des Saals ziert ein gewaltiger Springbrunnen in Gestalt einer Meerjungfrau, vom Rat 1902 anlässlich der Feierlichkeiten zur Unterzeichnung des Dritten Abkommens in Auftrag gegeben.

Das Zeughaus

Beim Zeughaus handelt es sich um ein imposantes Festungsgebäude am östlichen Rand von Alicante, das als Arsenal, Museum und Forschungszentrum dient. Außerdem ist es die einzige ständige Vertretung der Eisernen Schwestern in Idris – obwohl kaum ein Besucher sie je zu Gesicht bekommt, da die Schwestern einen Großteil ihrer Tage in den unterirdischen Laboratorien verbringen, wo sie unter anderem neue Waffen entwickeln und alte reparieren. Das Zeughaus besitzt die gleiche Funktion für Alicante wie die Waffenkammern in den jeweiligen Instituten und der Rat hat das Recht, jede gewünschte Waffe zu entnehmen, die für die Ausrüstung von Schattenjägern bei einem Konflikt in Idris vonnöten sein könnte. Besuchern, die der Gemeinschaft der Schattenjäger nicht angehören, ist der Zugang zum Arsenal verwehrt; allerdings können sie im Museum im Südflügel des Gebäudes die umfangreiche Sammlung alter, heute nicht mehr gebräuchlicher Waffen besichtigen sowie einige herausragende Exponate historisch bedeutsamer Waffen, die durch verschiedene Nephilimlegenden zu Berühmtheit gelangten.

Das Zeughaus zeichnet sich durch einen mittelalterlichen Baustil aus, der mit seinen wuchtigen Steinmauern und hohen Türmen Bilder damaliger Festungen aufruft. Tatsächlich stammt das Bauwerk jedoch aus der Zeit um 1800 und wurde bewusst in einem antiquierten Stil gehalten. Die Innenausstattung folgt keineswegs dem klassischen Aufbau einer Burganlage und auch der äußere, wehrhafte Eindruck täuscht: Die Steine könnten einem Artilleriebeschuss nicht lange standhalten. Stattdessen werden die Eisernen Schwestern in den ausgedehnten Untergeschossen der labyrinthartigen Anlage von massiven Mauern und Magie geschützt – und es heißt, einer der zahlreichen unterirdischen Gänge führe direkt zur *Adamant*-Zitadelle.

Die Stadt der Stille

Für viele Schattenjäger ist die Stadt der Stille etwas ganz Normales: eine komplexe Anlage mit zahlreichen unterirdischen Ebenen, die gleichzeitig den Brüdern der Stille seit Jahrhunderten einen Wohnort bietet. Tatsächlich stellt die Gebeinstadt jedoch eine architektonische Meisterleistung dar, vergleichbar den bedeutendsten Kathedralen und Tempeln der Irdischen.

Errichtung der Stadt der Stille

Für die Errichtung der Stadt der Gebeine zeichneten die Brüder der Stille verantwortlich und es dauerte etwa vier Jahrhunderte, bis sie auf ihre heutige Größe und Ausdehnung angewachsen war. Alles begann mit einer in den Fels gehauenen Höhle an jenem geheimnisvollen, nicht geografischen Ort irgendwo unter Idris, die kaum mehr Platz bot als für einen kleinen Sitzungssaal, beengte Wohnquartiere für die Stillen Brüder und den ersten Schattenjägerfriedhof. Zumindest hat

David der Schweiger uns die Anlage mit diesen Worten beschrieben, die zu diesem Zeitpunkt natürlich noch nicht als »Stadt« bezeichnet wurde: Stattdessen verwendeten die ersten Nephilim den Begriff »Kloster der Stille«. Obwohl das Kloster im Laufe des darauf folgenden Jahrhunderts beständig erweitert wurde, handelte es sich im Grunde noch immer nicht um eine Stadt, sondern eher um eine Anlage von der Größe und Dimension eines unterirdischen Herrensitzes. Der Wohnbereich für die Stillen Brüder nahm nun eine eigene Ebene ein, das Gelände des Friedhofs hatte man erweitern müssen und der sogenannte »Schwert-Saal« war jetzt deutlich größer und imposanter.

Die Stadt wächst

Um das Jahr 1300 herum entstanden die ersten beiden Eingänge zum Kloster der Stille, die jenseits von Idris' Grenzen lagen: ein Eingang im Süden Indiens, an einem Ort, der heute zu Bangalore gehört, und einer in Heidelberg im Südwesten Deutschlands. Beide Eingänge dienten dazu, den Stillen Brüdern einen besseren Zugang zu den umfassenden Forschungsmaterialien zu verschaffen, die sich in diesen Städten befanden. Darüber hinaus warben die Brüder aber auch Novizen aus den Reihen der irdischen Ordensgemeinschaften und Universitätsgelehrten an, die entweder dort lebten oder sich zu Studienzwecken vor Ort aufhielten.

Ab diesem Zeitpunkt ging die Entwicklung des Stillen Klosters deutlich schneller voran. Bereits im Jahr 1402 steht die Anlage in Ratsprotokollen mit den Worten verzeichnet: »Jene großartige Stadt, deren Ebenen wir nicht kennen und über deren Geheimnisse die Brüder Stillschweigen bewahren.« Auch die Mittel, mit deren Hilfe die Stillen Brüder die Stadt errichteten, und sogar deren genaue Lage bildeten ein streng gehütetes Geheimnis. Und daran hat sich bis heute nichts geändert: Nur den Brüdern der Stille ist der exakte Standort bekannt.

(Man nimmt an, dass die Eisernen Schwestern bei der Errichtung der Stadt der Stille geholfen haben, indem sie Gerätschaften und Werkzeuge für die Bauarbeiten entwickelten. Aber die Schwestern hüten ihre Geheimnisse genauso sorgfältig wie die Brüder.) Wir verfügen nur über wenige historische Dokumente mit Einzelheiten bezüglich der Gebeinstadt, wissen jedoch, dass der Gefängnistrakt von einem Nebengebäude der Garnison in Alicante (längst abgerissen) im Jahr 1471 in die unterste Ebene der Stillen Stadt verlegt und dass der Sitzungssaal 1536 fertiggestellt und der Nephilimgemeinschaft feierlich übergeben wurde. Auch danach gingen die Bauarbeiten weiter und selbst heute können wir nicht mit Sicherheit sagen, ob die Brüder die Gebeinstadt nicht vielleicht *noch immer* erweitern und vergrößern.

EIN BESUCH IN DER STADT DER STILLE

Die meisten Schattenjäger bekommen von der Stadt der Stille nur die beiden oberen Ebenen zu Gesicht – das Archiv und den Sitzungssaal auf dem Platz mit den Sprechenden Sternen, wo das Schwert der Seelen aufbewahrt wird. Darunter befinden sich jedoch weitere zahllose Ebenen, die sich bis tief in die Erde erstrecken und fast ausnahmslos nur von Brüdern der Stille betreten werden dürfen. Alle Information über ihre Wohnquartiere, Versorgungsräume, Laboratorien usw. werden wie ein Staatsgeheimnis gehütet. Lediglich die untersten Ebenen mit der Nekropolis (in der Abertausende Nephilim ruhen) sind für herkömmliche Schattenjäger zugänglich – und nicht zu vergessen das Gefängnis, das den am tiefsten gelegenen Bereich der Stadt der Stille einnimmt.

Der Zellentrakt der Gebeinstadt ist sowohl für die Unterbringung von Lebenden als auch von Untoten und Toten eingerichtet und so ausgestattet, dass alle Arten magischer Wesen inhaftiert werden können (mit Ausnahme von Dämonen, die möglicherweise mächtig genug sind, selbst die stärksten Zellenwände zu überwinden). Während diejenigen, die sich geringerer Vergehen schuldig gemacht haben, ihre Strafe in Alicante oder in den Arrestzellen der jeweiligen Institute absitzen, sind die Kerker der Stillen Stadt den schlimmsten Übertätern und gefährlichsten Verbrechern vorbehalten. Du kannst nur beten, dass du sie nie selbst zu Gesicht bekommen wirst.

DIE STADT DER STILLE: KEIN VERKEHRSKNOTENPUNKT

Da die Eingänge zur Stadt der Stille über den gesamten Globus verteilt sind, stellt sich die Frage, ob die Gebeinstadt den Nephilim nicht eine sehr bequeme Reiseroute bieten würde. So könnte man vermutlich recht schnell zwischen weit entfernten Orten hin und her reisen, indem man beispielsweise den New Yorker Eingang zur Stadt der Stille nimmt und diese dann durch den Ausgang in Tokio wieder verlässt. Die Brüder der Stille bedienen sich der Eingänge zur Gebeinstadt tatsächlich auf diese Art und Weise, damit sie rasch an den Ort gelangen, wo ihre Hilfe gerade benötigt wird. Auch die Eisernen Schwestern dürfen von der Stadt der Stille in ähnlicher Weise Gebrauch machen, obwohl man sie ohnehin nur äußerst selten außerhalb der *Adamant*-Zitadelle antrifft. Herkömmlichen Schattenjägern ist es dagegen gesetzlich untersagt, die Stille Stadt wie einen veredelten Bahnhof zu missbrauchen. Es besteht Einigkeit darüber, dass eine derartige Nutzung nur dazu führen würde, dass reisende Schattenjäger Teile der Gebeinstadt durchquerten, deren Anblick für alle Nicht-Brüder so entsetzlich wäre, dass sie den Verstand verlieren würden. Das mag man nun glauben oder nicht, aber die Brüder der Stille haben keinerlei Anstrengungen unternommen, diese Gerüchte zu zerstreuen.

Die Adamant-Zitadelle

Wenn schon die Brüder der Stille die Mysterien ihrer Stadt sorgfältig hüten, wissen die meisten Nephilim *noch* weniger über die Heimat der Eisernen Schwestern: Die *Adamant*-Zitadelle mag zwar in vielerlei Hinsicht einfacher strukturiert sein, da es sich nicht um eine ganze Stadt, sondern nur um eine einzige Festungsanlage handelt. Andererseits birgt die Zitadelle für uns so viele Geheimnisse, dass sie eine mindestens so ausgedehnte und tief unter die Erde reichende Fläche einnehmen könnte wie die Stadt der Stille. Wir wissen es nicht, denn die inneren Bereiche der Festung dürfen nur von Eisernen Schwestern betreten werden.

Die *Adamant*-Zitadelle ragt aus einer Vulkanebene auf, einer scheinbar endlosen Fläche getrockneter Lavafelder, düster und unheimlich. Ein schmaler Strom aus brodelnder rotgoldener Lava umschließt die Festung wie ein Burggraben. Genau wie die Stadt der Stille ist die Zitadelle über verschiedene Eingänge zu erreichen, die über die ganze Welt verteilt sind (der älteste Zugang befindet sich in Alicante, im untersten Geschoss des Zeughauses). Die vulkanische Aktivität der Region bietet natürlich praktische Vorteile für die Verteidigung der Anlage, doch vermutlich wurde ihr Standort deshalb gewählt, um den Eisernen Schwestern die extrem hohen Temperaturen zu garantieren, die sie für ihre Schmieden benötigen.

Die Portale, die zur Zitadelle führen, transportieren den Reisenden nicht direkt in die Festung, sondern auf die Vulkanebene vor der Burg. Die gesamte Anlage ist von einer massiven, scheinbar nahtlos aus *Adamant* gefertigten Mauer umgeben, welche keinerlei Anzeichen von Mörtelverbindungen oder anderen bautechnischen Details zeigt – ein imposanter Anblick, der uns immer daran erinnert, dass die Eisernen Schwestern nicht einfach nur herkömmliche Schmiedinnen sind, sondern mit himmlischen Kräften arbeiten, welche wir nur erahnen können. In dieser schimmernden Mauer befindet sich lediglich ein einziges Tor: zwei gewaltige, in die Erde gerammte Klingen, die einander kreuzen und so den Eindruck einer gigantischen Schere erwecken. Das Tor ist normalerweise weit geöffnet, kann aber in Notfällen rasch geschlossen werden.

Auch nach dem Passieren des Tors gelangt man nicht sofort in die gut geschützte Zitadelle: Der einzige Weg führt über eine Zugbrücke, die jedoch nur durch das Opfern von etwas Schattenjägerinnenblut herabgesenkt werden kann. Darüber hinaus ist die Brücke mit Klingen gespickt, die in unregelmäßigen Abständen mit der Spitze nach oben aus dem Boden ragen und sorgfältig umgangen werden wollen. Aus diesem Grund kann sich niemand der Zitadelle hastig nähern; ihre Tore lassen sich nicht stürmen und die Mauern sind nicht zu belagern.

Die sanft schimmernde Zitadelle erhebt sich spektakulär aus den dunklen Lavafeldern in den grauen Himmel. Hohe Türme aus silberweißem *Adamant* und mit Spitzen aus Elektrum ragen bis in die Wolken hinein und erinnern an die Dämonentürme von Alicante (allerdings sind sie von Menschenhand errichtet und daher weniger anmutig und elegant).

Nach dem Betreten der Festung gelangt der Besucher in einen Vorraum – und das ist auch schon alles, was die Schattenjägerinnen, die nicht der Schwesternschaft angehören, von der Zitadelle zu Gesicht bekommen: einen schlichten Raum mit Mauern aus silberweißem *Adamant*, die von innen heraus ein schwaches Licht ausstrahlen. Auch der Boden ist aus Dämonenstein gefertigt und präsentiert in der Mitte einen schwarzen Kreis, in dessen Zentrum das Symbol der Eisernen Schwestern leuchtet – ein Herz, durchbohrt von einer Klinge. Dagegen sucht man vergebens nach einer Sitzgelegenheit oder anderem Mobiliar, denn die Eisernen Schwester schätzen keinen Besuch und bemühen sich um eine möglichst rasche Abwicklung des jeweiligen Anliegens.

Die Mauern der *Adamant*-Zitadelle sind wie das Leben der Eisernen Schwestern – hart, kalt und stark. Ein Umstand, den auch ihr gemeinsames Motto unterstreicht: *Ignis aurum probat* – Gold prüft man im Feuer. Die Eisernen Schwestern sind ja echt hart drauf.

Wenn du mit »hart drauf« so was wie »unheimlich« meinst, dann geb ich dir recht.

INSTITUTE DER NEPHILIM

In der Anfangszeit der Nephilim bestand keinerlei Notwendigkeit zur Errichtung von Schattenjäger-Instituten, weil die wenigen Nephilim auf dieser Erde Alicantes Tore innerhalb von zwei bis drei Tagesritten erreichen konnten. Da wir aber als eine globale Organisation erschaffen wurden, mussten schon bald in allen Teilen der Welt Vorposten errichtet werden – Orte himmlischer Kraft, an denen sich die Nephilim organisieren konnten und eine sichere Zuflucht fanden. Und so entstanden die Institute, die regionalen Machtzentren der Schattenjäger.

Institute lassen sich mit Botschaften und Konsulaten irdischer Regierungen vergleichen und sind den Nephilim mindestens so sehr eine Heimat wie Idris selbst. Nach dem Überschreiten einer Institutsschwelle befindet man sich nicht länger in dem Land, Staat oder der Stadt, in der das Institut steht, sondern im Zuständigkeitsbereich der Nephilim, in dem unsere Rechtsprechung oberste Priorität genießt.

Nie zuvor wurde die Gründung lokaler Zweigstellen so melodramatisch dargestellt wie hier …

Daraus ergibt sich logischerweise, dass die Verantwortung für die Institute allen Nephilim obliegt – und nicht nur denjenigen, die im jeweiligen Institut wohnen oder Mitglied der örtlichen Division bzw. Brigade sind. Der Eid, mit dem wir uns zum Schutz unseres Landes verpflichten, erstreckt sich auf alle Institute in der ganzen Welt.

Die folgenden Eigenschaften gelten für alle Institute gleichermaßen: Sie sind auf geweihtem Boden errichtet und von starken Schutzschilden umgeben. Sie sind so konstruiert, dass Dämonen und Ungeweihte das Gelände nicht betreten können. Ihre Tore bleiben all jenen verschlossen, die kein Nephilimblut in sich tragen. (Umgekehrt gilt natürlich auch: Die Tore öffnen sich jedem Wesen mit Schattenjägerblut in den Adern.) Der Mörtel, der die Steine ihrer Mauern zusammenhält, ist mit Nephilimblut vermischt, jeder Balken aus Ebereschenholz geschlagen und jeder Nagel aus Silber, Eisen oder Elektrum geschmiedet. Hm, köstliches Blut. Ich ess euer Institut. Lecker, lecker, lecker! Wirklich sehr erwachsen, Lewis.

Abgesehen von diesen gemeinsamen Aspekten lassen sich Institute in vielen unterschiedlichen Baustilen und Größen finden – von der eingeschossigen, großflächigen Villa des *Instituto* in Mexiko City bis hin zur Institutsfestung von Cluj, hoch oben in den Bergen über der Stadt. Jeder Kontinent verfügt über mehrere Institute, von denen das jeweils größte die Hauptbibliothek mit allen wichtigen Werken für diesen Teil der Welt enthält: London in Europa, Shanghai in Asien, Manila in Ozeanien (wozu auch Australien und die pazifischen Randgebiete zählen), Kairo in Afrika, São Paulo in Südamerika und Los Angeles in Nordamerika. Jedes dieser großen Institute bietet genügend Platz zur Unterbringung Hunderter Schattenjäger, obwohl nur die wenigsten Nephilim auf Dauer in einem Institut wohnen. In der Regel lebt selbst in den größeren Instituten nur eine Handvoll permanenter Bewohner, die für den Unterhalt der Gebäude und sämtlicher Ausrüstung zuständig sind.

Alle Schattenjäger einer Region kommen regelmäßig zu Brigade- bzw. Divisionssitzungen in ihrem örtlichen Institut zusammen, um regionale Themen zu besprechen, für die Rat und Kongregation nicht unbedingt bemüht werden müssen. In vielen Teilen der Welt ist das Oberhaupt der örtlichen Brigade bzw. Division auch gleichzeitig Leiter des größten lokalen Instituts, doch in manchen Regionen übernimmt eine andere Person diese Aufgabe. Dabei spielen lokale Traditionen und historische Gegebenheiten eine entscheidende Rolle.

Wichtig ist nur, dass die jeweilige Region adäquat im Rat vertreten ist, unabhängig von den jeweiligen Organisationsstrukturen vor Ort.

BAULICHE BESONDERHEITEN DER INSTITUTE

Die Institute der Schattenjäger dienen als Symbol für die Macht und die heiligen Pflichten der Nephilim: Sie sind Monumente des Erzengels und der Glorifizierung unseres Mandats. Häufig umfassen sie architektonische Elemente, die an berühmte Bauwerke in Alicante erinnern, wie etwa die häufig kopierten Doppeltüren zum Sitzungssaal in der Garnison.

In der Regel sind die Institute (insbesondere jene in dicht bevölkerten Regionen) mit Zauberglanz versehen, damit sie sich unauffällig in ihre Umgebung einpassen. Dabei kommt häufig eine Form der Zauberglanzmagie zum Einsatz, die dafür sorgt, dass das Gebäude nicht nur unauffällig, sondern regelrecht unattraktiv erscheint. Beispielsweise verbirgt das New Yorker Institut, das in einer prachtvollen neogotischen Kathedrale untergebracht ist, sein wahres Äußeres hinter dem Erscheinungsbild einer heruntergekommenen, baufälligen Kirche – eine Ruine, die auf den Abriss wartet.

Während die Schutzschilde der Dämonentürme in Alicante den Gebrauch strombetriebener Geräte und ähnlicher Dinge verhindern, verursachen die schwächeren Schutzzauberwälle der Institute normalerweise keine derartigen Probleme. Heutzutage sind die meisten Institute ans öffentliche Strom- oder Gasnetz angeschlossen, obwohl viele noch immer auf den Einsatz von Elbensteinen zurückgreifen, sei es wegen der stimmungsvolleren Atmosphäre des Elbenlichts oder als Notfallreserve in Regionen, in denen die Stromversorgung nicht immer reibungslos funktioniert. Aber natürlich gibt es auch Ausnahmen: Einige Institute in historisch umkämpften oder weit abgelegenen Regionen der Welt sind entweder von zu starken

Schutzschilden umgeben oder zu fern jeder menschlichen Zivilisation, um den Gebrauch moderner Energiequellen zu erlauben.

Da die wenigsten Institute über eine Schlossanlage mit Schlüsseln verfügen (es sei denn aus Gründen des Denkmalschutzes), kann jeder Nephilim sich dadurch Einlass verschaffen, dass er oder sie die Hand auf die Eingangstür legt und im Namen des Rats und des Erzengels Raziel Zugang zu diesem geweihten Boden erbittet.

SANKTUARIEN

Die meisten vor 1960 errichteten Institute verfügen über ein Sanktuarium. Diese besonderen Räume dienen zur Lösung von Problemen, die sich aus der Tatsache ergeben, dass die Institute auf geweihtem Boden stehen. Denn während Dämonen auf diese Weise daran gehindert werden, in das Gebäude einzudringen, besteht auch für Schattenweltler keine Möglichkeit, in ein Institut hineinzugelangen. Früher mag es gute Gründe für eine solche Vorgehensweise gegeben haben, doch heutzutage überwiegen die Schwierigkeiten bei der vorübergehenden Unterbringung eines Schattenwesens – sei es zu einem kurzen Verhör oder einer längeren Inhaftierung, wenn der Transport in die Stadt der Stille zu kompliziert wäre. Und natürlich unterhalten wir Nephilim in der heutigen Zeit auch herzliche Beziehungen zu vielen Schattenweltlern, die uns Informationen zukommen lassen und uns bei unserer Arbeit unterstützen. All diese Probleme löst das Sanktuarium: ein nicht geweihter, aber (durch irdische Schlösser und himmlische Runen) gut geschützter Raum, der direkt mit dem geweihten Boden des Instituts verbunden und gleichzeitig von außen erreichbar ist und in dem Schattenwesen je nach Bedarf festgehalten oder bewirtet werden können.

Zwar machte die sogenannte Projektionsmagie – die Erfindung eines (oder mehrerer) unbekannter Hexenwesen im Jahr 1958, die sich rasch vom indischen Subkontinent aus über die ganze Welt verbreitete – die meisten Sanktuarien überflüssig. Da aber nahezu alle Institute schon vor dieser Zeit errichtet wurden, hat man ihre Sanktuarien für unvorhergesehene Notfälle und als historisches Kuriosum erhalten.

Das New Yorker Institut hat ein Sanktuarium.
Wenn du willst, kann ich es dir ja mal zeigen.

Ist gut, dann haben wir ein Date.

Das Sanktuarium ist der unromantischste Ort, den man sich vorstellen kann ...

Ich bin mir sicher, dass deine Anwesenheit das wieder wettmacht.

Mannomann, nehmt euch endlich ein abschliessbares Zimmer auf nicht geweihtem Boden!!!

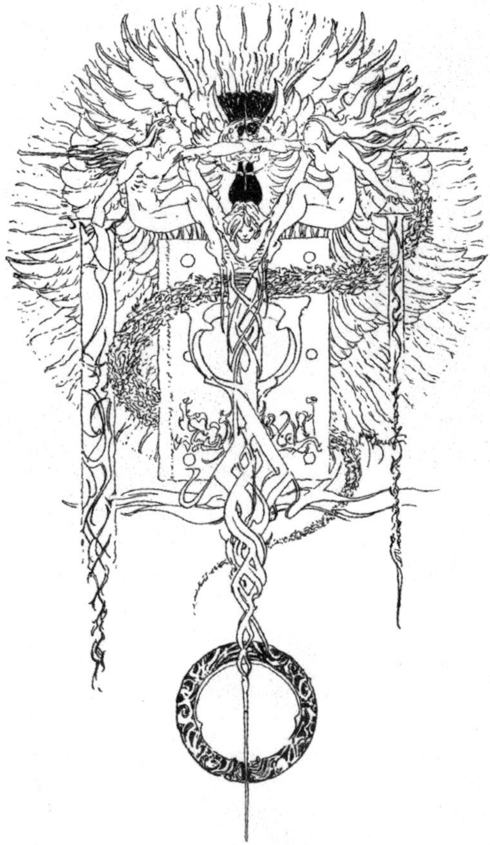

APPENDIX A

AUSZUG AUS *EINE GESCHICHTE DER NEPHILIM*

VOR DEN NEPHILIM

Über die Herkunft der Dämonen können wir keine zuverlässigen Aussagen machen. Wir wissen lediglich, dass sie schon lange vor der Ankunft der ersten Menschen in unserer Welt existierten.

Am Anfang waren die Welt und das Licht und die Menschlichkeit und die Güte, aber am Anfang waren auch die Dämonen, Samael und Lilith, die Eltern allen zukünftigen Übels, der Inbegriff von Verderbtheit und Frevelhaftigkeit. Sie wurden zusammen mit der Welt erschaffen und sie wanderten ungehindert umher und riefen weitere, rangniedrige Dämonen ins Leben und säten Chaos. Diese Dämonen paarten sich mit Menschen und zeugten Hexenwesen, die wiederum intime Beziehungen mit Engeln eingingen, welche damals noch auf Erden wandelten. Aus ebendiesen Verbindungen entstanden die Feenwesen. Samael nahm die Gestalt einer riesigen Schlange an und verführte die Menschheit zum Sündenfall. Lilith, Adams erste Frau, lehnte die Lebensweisen der Irdischen ab und brachte durch ihren Fluch Kummer und Leid über deren Kinder. So steht es zumindest in den ältesten Dokumenten der Nephilim geschrieben.

IN DEN NEUEREN DOKUMENTEN STEHT GESCHRIEBEN, DIE BEIDEN WAREN EIN COMEDY-DUO.

Die Herkunft der Dämonen verliert sich im Dunkel der Mythologie. In der jüdischen, christlichen und islamischen Religion finden sich Dutzende von Varianten zur Geschichte der beiden Ur-Dämonen und ihrer Nachkommen. Auch die Überlieferungen anderer großer Weltanschauungen berichten von Wesen, bei denen es sich möglicherweise um dieselben Personen handelt. Schließlich kennen alle Religionen die Tradition einer Dämonenlehre. Mit Sicherheit wissen wir nur, dass zu einem bestimmten Zeitpunkt, etwa um die Entstehungszeit der Menschheit herum, die Dämonen zu stark und zu

Alles klar, Lewis – du hast nicht den blassest Schimmer.

zahlreich wurden, woraufhin der Himmel ihnen den Krieg erklärte. Obwohl der Himmel diesen Krieg gewann, war es den Engeln nicht möglich, die Dämonen vollständig aus der Welt zu vertreiben: Sie mussten sich damit begnügen, das Dämonengeschlecht ins Endlose Nichts zu verbannen. Anschließend wandelten die Engel unsere Welt auf eine subtile, uns unbekannte Weise, die dafür sorgte, dass sie für Dämonen äußerst giftig wurde – und ihre Rückkehr erschwerte.

Laut Überlieferung hat dieser Krieg zwischen dem Himmel und den Dämonen die Bevölkerungszahlen auf der Erde stark dezimiert, und die mythologischen Symbole menschlicher Religionen – der Turm zu Babel, der Garten Eden, der Weltenbaum, die Pyramiden – wurden durch die Zerstörungen hinweggefegt. Das gleiche Schicksal erlitten Fabelwesen und Tiere, wie etwa Einhörner und Drachen. Natürlich wissen wir nicht, welchen Wahrheitsgehalt diese alten Erzählungen haben – eines allerdings steht fest: Die Feenwesen haben all das überlebt.

Im Laufe der Zeit kehrte auf der Erde wieder Beständigkeit und Ruhe ein und die Geschichte der Menschheit begann. Die Dämonen wurden von unserer Welt ferngehalten, da ihre Körper nicht lange gegen die giftigen Auswirkungen unserer Dimension gefeit waren. Zwar gelang es besonders mächtigen Dämonen, sich für ein paar Stunden oder gar Tage zu manifestieren, aber letztendlich fielen sie immer in sich zusammen, da ihre Energie ruckartig in das Endlose Nichts zurückgerissen wurde. Die Menschheit verfluchte alles Übel auf dieser Erde und ahnte doch nicht, in welch traumhaft friedlichen Zeiten sie lebte.

HEXENWESEN UND FEENWESEN: DIE ERSTEN SCHATTENWELTLER

Die Feenwesen sind die älteste existierende Schattenweltler-Gruppierung. Man weiß, dass sie der Menschheit eine ganze Ewigkeit vorausgehen; allerdings nimmt man an, dass sich die frühesten Feenwesen deutlich von den heutigen unterschieden. Auch Hexenwesen wandeln bereits ähnlich lange auf dieser Erde. Anfangs war ihre Zahl nur gering, aber einigen Dämonen gelang es, sich ausreichend lange in unserer Welt zu manifestieren, um zahlreiche Hexenwesen zu zeugen. Und ausschließlich diesen Hexenwesen verdankt die Menschheit das Wissen um Dämonenmagie.

HEXENWESEN VOR DEN NEPHILIM

Der erste Schattenweltler, mit dem Jonathan Shadowhunter direkten Kontakt hatte, war der Hexenmeister Elphas der Unstete. Elphas schrieb die erste, von den Nephilim »anerkannte« Dämonologie, welche Informationen und Wissen aus seinem eigenen Erfahrungsschatz mit den Kenntnissen der ersten Schattenjäger vereinte. Darüber hinaus bot dieses Werk auch ausführliche Erläuterungen zu anderen, noch älteren Dämonenlehren, da viele neue Nephilim bereits ein bestimmtes »Vorwissen« über die Verborgene Welt besaßen, welches sich jedoch oft als völlig falsch erwies und auf weitverbreiteten, aber fehlerhaften Schriften basierte.

Heutzutage leben acht Hexenwesen auf dieser Erde, die von sich behaupten, noch vor Jonathan Shadowhunter das Licht der Welt erblickt zu haben. Von diesen acht halten Gelehrte fünf für durchaus glaubwürdig, aber nur zwei haben auch genügend stichhaltige Beweise zur Untermauerung ihrer Aussage. Eine dieser beiden Personen ist Baba Agnieszka, die ältere Schwester von Elphas dem

Unsteten. Seit 1452 lebt sie zurückgezogen in Idris, in einer abgelegenen Hütte, welche die Nephilim in Anerkennung ihrer verwandtschaftlichen Beziehung zu Elphas für sie errichtet haben und bis heute unterhalten und pflegen. Besuchern gegenüber verhält Agnieszka sich ziemlich schroff; sie bevorzugt ihre Ruhe. Jüngsten Berichten zufolge muss sie einen wirren und senilen Eindruck machen, was bei Hexenwesen an sich recht ungewöhnlich ist. Agnieszkas geistiger Verfall scheint aber nicht auf einen natürlichen Alterungsprozess zurückzugehen, sondern das Ergebnis ihrer exzentrischen und isolierten Lebensweise zu sein. Man könnte sie als eine Art Fossil bezeichnen, aber den Nephilim gilt sie als ein heiliges Fossil.

Das andere, nachweislich steinalte Hexenwesen ist noch bedeutend älter als Agnieszka. Isaac Laquedem erblickte vermutlich zu Beginn des siebten Jahrhunderts in einer Region das Licht der Welt, die heute zum Südwesten Frankreichs gehört. Er wurde berühmt für sein Lilithmal: ein großes, beeindruckendes Hirschgeweih. Die Sagen und Legenden eines gehörnten Mannes, der jagend durch Frankreich zieht, unstet von einem Ort zum nächsten reisend, scheinen auf ihn zurückzugehen. Erste französische Nephilim, die den »Wandernden Jäger« (auch »Der ewige Wanderer« genannt) für einen Mythos oder

eine Kombination verschiedener Gestalten gehalten hatten, waren ziemlich überrascht, als sie Laquedem begegneten und feststellen mussten, dass er erstens eine reale Person ist und zweitens auch die Geschichten über ihn fast ausnahmslos der Wahrheit entsprechen.

Die Zeiten, in denen Laquedem der Jagd nachging, sind längst vorüber. Inzwischen verbringt er den Alltag im Wesentlichen auf einem Hof in der Nähe der französischen Stadt Bergerac. Trotz seines hohen Alters ist Laquedem jedoch keine zuverlässige Quelle für historische Fakten (die Wälder Frankreichs ausgenommen, über die er erstaunlich viel zu berichten weiß). Alle anderen bedeutenden Ereignisse der Geschichte sind größtenteils unbemerkt an ihm vorübergegangen.

Eigentlich ist er ziemlich langweilig. Und ich kann nur hoffen, ihr mögt Wildbret.

Diesen Typen müssen wir unbedingt kennenlernen!

Nein!

Du musst doch jedes Mal einen draufsetzen, stimmt's? Du alter Angeber!

DER FEINDLICHE EINFALL

Der feindliche Einfall der Dämonen – ihre groß angelegte Invasion unserer Welt – begann kurz nach der ersten christlichen Jahrtausendwende (ca. 1000 n. Chr.) und dauert bis heute an.

Laut Überlieferung erwachten Lilith und Samael nach einer scheinbar tausendjährigen Ruheperiode aus ihrem inaktiven Zustand und vollzogen ein dämonisches Ritual von solch gewaltiger Kraft, dass es nur ein einziges Mal durchgeführt werden konnte und sich nicht mehr wiederholen lässt. Dieses Ritual wirkte sich auf die gesamte Dämonenstadt Pandemonium aus und stärkte massiv die Widerstandskraft der Dämonen gegenüber der Toxizität unserer Welt. Das veranlasste sie dazu, in Scharen hier einzudringen, sich über deutlich längere Zeiträume zu manifestieren und Verderb und Zerstörung zu bringen. Der Einfall der Dämonen brachte großes Leid über die Menschheit.

KREUZZÜGE UND KULTE

Die Dämoneninvasion erwies sich für die Menschheit in mehrerer Hinsicht als katastrophal. Die sichtbarste Folge waren die offenkundigen Schäden – die Dämonen machten ganze Dörfer dem Erdboden gleich, vernichteten Ernten und hetzten Brüder gegeneinander auf.

Noch größeren Schaden verursachte jedoch die Reaktion der Menschheit auf diese Bedrohung: Die Anwesenheit von Dämonen ließ apokalyptische Kulte entstehen, welche die normalen Strukturen von Alltag und Religion sprengten. Bei einigen Kultgruppen handelte es sich um Dämonenanbeter, die hofften, auf diese Weise vor den Eindringlingen beschützt zu werden. Andere Gruppierungen taten sich zusammen, um gemeinsam gegen die Dämonen zu kämpfen – was aber meist dazu führte, dass sie sich und andere aus ihrer Umgebung ins Verderben rissen. Diese Kulte verbreiteten Angst und Panik, wo immer sie auftraten.

Am schlimmsten war jedoch die Reaktion der Großpolitik: Das christliche Abendland kam zu dem Schluss, die Dämoneninvasion beruhe auf der Tatsache, dass sich das Heilige Land nicht mehr in der Hand von Christen befände. Kurz entschlossen rief man zum Ersten Kreuzzug auf, um Jerusalem zurückzuerobern. Das führte dazu, dass sich der islamisch geprägte Nahe Osten und der christliche Westen nicht länger der akuten dämonischen Bedrohung widmeten, sondern einander in blutigen Kriegen bekämpften – was den Dämonen letztendlich nur dabei half, noch mehr Chaos und Verwüstung zu verbreiten.

JONATHAN SHADOWHUNTER

Die Kreuzzüge entwickelten sich schon bald zu einer beliebten »Laufbahn« für junge europäische Männer auf der Suche nach Ruhm und Ehre im Kampf, denn der Zug gen Osten versprach Reichtum und Ansehen. Bei manchen dieser Europäer handelte es sich – wie im Falle des Jonathan Shadowhunter – um jüngere Söhne von Adelsfamilien, die nicht mit einem Erbteil rechnen konnten. Sicherlich fühlte Jonathan sich aus Ehre und Pflichtgefühl zum Kampf hingezogen, doch die Kreuzzüge zählten zu den wenigen Lebenswegen, die ihm überhaupt offenstanden.

Bedauerlicherweise stellt der Mensch Jonathan Shadowhunter uns bis heute vor Rätsel. Wir wissen nur wenig über sein Leben vor der Wandlung zum Nephilim und noch weniger über seine Kindheit und Herkunft. (Laut mittelalterlicher Überlieferung war er der siebte Sohn eines siebten Sohns, doch das ist unbelegt.) Uns ist lediglich bekannt, dass er einer wohlhabenden Familie von Landbesitzern entstammte, von der er jedoch keinerlei Titel oder Güter erwarten durfte.

Die wenigen verfügbaren Quellen berichten, dass Jonathan sich zum Zeitpunkt jener schicksalhaften Reise, die sein Leben und das der gesamten Welt für immer verändern sollte, auf dem Weg nach Konstantinopel befand, um sich den dortigen europäischen Heeren anzuschließen. Dabei reiste Jonathan nicht allein, sondern in Begleitung zweier Gefährten: David, sein bester Freund, der sich den

Kreuzzügen nicht als Soldat, sondern als Heilkundiger anschließen wollte, und Abigail, Jonathans ältere Schwester, die in Konstantinopel ihren zukünftigen Gemahl treffen sollte. (Über diesen bedauerlichen Verlobten wissen wir nur, dass Jonathan über diese Verbindung nicht sehr glücklich war und häufig davon sprach, wie froh er sei, dass Abigail an seiner Seite geblieben war, statt ihre Zeit »in irgendeinem winzigen Dorf am Schwarzen Meer« zu vertrödeln.)

EINE ANMERKUNG ZU JONATHAN SHADOWHUNTERS HERKUNFT

Während die Entstehungsgeschichte der Nephilim seit Jahrhunderten erzählt wurde, sind einige wichtige Informationen über Jonathan Shadowhunter leider im Dunkel der Geschichte verloren gegangen. Seine Heimat muss irgendwo im nördlichen, westlichen oder mittleren Europa gelegen haben, da seine Reise nach der Begegnung mit Raziel endete. David berichtet, dass die drei auf dem Weg nach Osten waren. Im Laufe der Jahre hat fast jede Nation Anspruch darauf erhoben, Jonathans Heimatland zu sein; und im 18. Jahrhundert vertraten viele Gelehrte die Ansicht, es hätte sich bei ihm um einen hünenhaften Krieger aus Island gehandelt. Aber diese These erscheint uns heute als ziemlich abwegig.

EIN SCHATTENTRAUM

Unsere einzige direkte Information über die kleine Gruppe, die Raziel erblickte, stammt aus Übersetzungen von Berichten, die David zugeschrieben werden. Aber wir wissen nicht, ob er diese Ereignisse festhielt, als sie sich gerade zutrugen, oder ob er sie möglicherweise erst später niederschrieb, im Rahmen seiner Lebenserinnerungen. Doch seine Worte sind die einzige vertrauenswürdige Quelle – näher werden wir der Wahrheit nie kommen.

In seinen Aufzeichnungen berichtet David von einem Gespräch, das in der Nacht vor der Erschaffung der Nephilim stattfand. Die drei Reisenden machten gerade Rast in einem Wald. Ein paar Tage zuvor waren sie auf einen vereinzelten kleinen Dämon am Wegesrand gestoßen und hatten gegen ihn gekämpft. Es war ihnen gelungen, ihn in die Flucht zu schlagen, doch dabei hatte Jonathan eine klaffende Wunde am rechten Oberarm davongetragen. Die Stelle war dick bandagiert und Jonathan trug seinen Arm in einer Schlinge. Später, im Schein eines kleinen, fast rauchlosen Feuers, nahm er den Verband ab und meinte zu seinen Gefährten: »Die Verletzung ist tief und lang. Eine ähnliche Wunde haben die Dämonen der Welt zugefügt – sie kann zwar bandagiert werden, doch unter dem Verband wird sie nicht vernünftig heilen.«

Abigail pflichtete ihm bei, gab aber auch zu bedenken, dass sie drei – junge und unerfahrene Reisende – wenig dagegen ausrichten konnten. David zog es, wie so oft, vor zu schweigen und blickte nachdenklich in die Flammen.

Dann fuhr Jonathan fort: »Es reicht nicht, die Dämonen nur zu töten. Sie schaden der Welt allein durch ihre bloße Anwesenheit. Sie müssen vernichtet werden und die Wunden der Welt müssen versorgt und verbunden werden, damit der Heilungsprozess einsetzen kann.«

Und er erzählte ihnen von einem Traum: »In jener Nacht, in der ich mein Schwert dem Kreuzzug verpflichtete, da träumte ich davon, wie ich in strahlendem Sonnenschein stand, golden wie das Himmlische Licht. Und mein Schwert leuchtete so stark, dass es mich selbst blendete. Aber in der Nacht, als mein Arm diese Wunde erlitt, da hatte ich einen anderen Traum. Mir war bewusst geworden, dass die Dämonen, die ich suchte, nicht bei Tage zu mir kommen würden. Sie verharrten im Schutze der Dunkelheit und ihre Kraft lag darin, dass sie ihre Geheimnisse streng hüteten.

In jenem zweiten Traum hielt ich mein Schwert erneut in der Hand, doch es leuchtete nicht. Stattdessen glitt ich leise durch die Schatten, die mich wie ein Kind umarmten. Die Schatten wurden zu *meinen* Verbündeten und nicht zu denen der Dämonen. Als ich mein Schwert hob, geschah dies schnell und lautlos – und außer mir und dem Dämon wusste niemand, was gerade geschehen war.«

Wir wissen nicht, ob die Ereignisse, die zur Erschaffung der Nephilim führten, vom Schicksal vorherbestimmt waren, vom Himmel herbeigeführt wurden oder ob sie sich einfach nur zufällig ergaben. Die Frage, ob die Welt ohne Jonathan Shadowhunter zerstört worden wäre oder ob sich ein anderer Anführer gefunden hätte, ist rein spekulativ. Tatsache ist, dass in der Stunde größter Not Jonathan Shadowhunter sich erhob und zu unserem Anführer wurde.

DER LYN-SEE

Am nächsten Tag, so berichtet uns David, setzte die Gruppe ihre Reise fort und gelangte zum Lyn-See, in den Bergen im Herzen Europas. Damals war der See noch nicht jene glitzernde blaue Wasserfläche, die wir heute kennen, sondern ein schwarzer, tosender Riss im Gewebe der Welt, durch den die Dämonen ungehindert in unsere Dimension drangen. Jonathan, David und Abigail wurden dort von einer Horde Dämonen angegriffen, die wir heute nicht mehr identifizieren können. (Die Wissenschaft diskutiert unterschiedliche Thesen bezüglich der fraglichen Dämonenspezies, doch im Grunde bleibt uns nichts als Davids Beschreibung: »von sehr großer Gestalt, wie eine Fledermaus und ein Schatten, ein Adler und eine Schlange, die dräuend wie ein Gewitter vor uns aufragte.«)

Blödmänner. Ganz offensichtlich handelte es sich um eine Horde schlangenadleräugiger Gewitterschattenfledermäuse.

Die drei kämpften mit aller Macht gegen die Dämonen, aber

Genauuuuuuu.

Jonathan war ja bereits verwundet und weder Abigail noch David verfügten über nennenswerte körperliche Kraft. David berichtet, dass Jonathan Schlinge und Verband abwarf und tapfer gegen die Schmerzen kämpfte. Eine Weile gelang es ihnen, die Dämonen abzuwehren, doch dann wurden sie überwältigt und die Dämonen zerrten sie in den See, um sie darin zu ertränken.

Entschlossen gegen sein Schicksal ankämpfend, nutzte Jonathan seinen letzten Rest an Atemluft für ein Stoßgebet und bat um die Segnung des Sees, damit dieser zu einem Ort geweiht würde, an dem alles Übel – wie etwa diese Dämonen – nicht länger willkommen waren. Jonathan betete und sein Gebet wurde erhört.

RAZIEL UND DIE ENGELSINSIGNIEN

Und Raziel stieg aus dem See auf, in den Händen die Engelsinsignien. Und aller Kampf hatte ein Ende; die Dämonenenergie im Riss der Welt brodelte nicht länger und der Gesang der Vögel verstummte abrupt.

Dann sprach Raziel zu Jonathan: *Fürchte dich nicht.*

Ich bin der Engel des Herrn und zu dir gesandt, Jonathan. Du hast mich gerufen und ich bin gekommen.

Jonathan erwiderte: »Bitte rette meine Freunde.«

Wir können Jonathan keinen Vorwurf machen, dass er Raziel um kein größeres Geschenk gebeten hat; es ist sogar bewundernswert, dass er in solch einem Moment zuerst an das Leben seiner Gefährten dachte.

Raziel hob Jonathan, David und Abigail aus dem See und setzte sie am Ufer ab. Der Engel hatte eine menschliche Gestalt angenommen, die aber so gewaltig war, dass er die drei Irdischen in einer Hand halten konnte.

Dann hob er die Arme und beförderte die verbliebenen Dämonen mit einer einzigen Geste hoch hinauf in den Himmel. Jonathan sah, wie die Dämonen immer höher stiegen, bis sie nur noch kleine Punkte waren und dann zwischen den Sternen verschwanden. Schließlich wandte Raziel sich wieder Jonathan zu. *Ich kenne deinen Traum*, sagte er.

Raziel schleuderte die Dämonen in den WELTRAUM. Abgefahren!

Jonathan war sprachlos. Er warf einen raschen Blick auf seine Freunde und stellte fest, dass sie zwar bewusstlos waren, aber lebten.

Nach einem Moment legte Raziel den Kelch, das Schwert und den Spiegel am Ufer ab und erklärte Jonathan ihren jeweiligen Zweck. Daneben platzierte er sein Buch und erläuterte Jonathan auch dessen Bedeutung. Anschließend zeichnete er sanft mit der Fingerkuppe die erste *Iratze* der Welt um Jonathans Armverletzung herum. Ehrfürchtig beobachtete Jonathan, wie die Wunde verheilte und seine Haut sich wieder schloss, so als wäre der natürliche Lauf der Dinge kurzfristig zurückgedreht worden. Auch die Schmerzen ließen sofort nach und verschwanden dann ganz. Jonathan senkte das Haupt und sprach seinen Dank aus. Schließlich nahm Raziel den Kelch, mischte darin sein Engelsblut mit Jonathans irdischem Blut und sprach: *In deinem Traum hast du eine tiefe Wahrheit erblickt: Um die Wesen der Dunkelheit zu vernichten, ist es manchmal vonnöten, in die Schatten hinabzusteigen und sich zu ihnen zu gesellen. Du wirst Männer und Frauen mit dir in die Dunkelheit hinabnehmen und du wirst die Schatten beherrschen und dich auf die Jagd begeben.*

Du wirst Jonathan Shadowhunter genannt werden, von nun an bis in alle Ewigkeit.

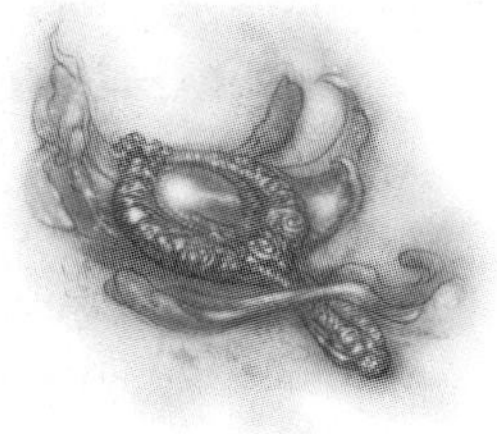

Denn du und dein Geschlecht werdet die Schatten aus der Welt vertreiben.

Und ihr werdet Licht an dunkle Orte bringen.

Und ihr werdet Nephilim genannt werden; denn so steht es in der Genesis geschrieben:

»Zu dieser Zeit erschienen die Nephilim auf der Erde, nachdem die Söhne des Himmels bei den Töchtern der Menschheit gelegen haben, welche ihnen Söhne gebaren. Sie waren die Helden des Altertums, die bekannten Männer.«

Denn ihr werdet das Blut der Menschen in euch tragen, aber auch das der Engel – beides in einem.

Raziel schien damals weniger von der Menschheit angenervt zu sein als heute …

Der Umgang mit den Menschen während der vergangenen tausend Jahre hat vermutlich nicht unbedingt zur Verbesserung seiner Laune beigetragen.

IDRIS

Der Erzengel Raziel machte Jonathan Shadowhunter in seiner Großzügigkeit noch zwei weitere Geschenke.

Bei der ersten Gabe handelte es sich um den *Adamant* – jenes himmlische, kristallklare Material, das mit Himmlischem Feuer leuchtet und nicht mit herkömmlichen menschlichen Mitteln bearbeitet werden kann und dessen Geheimnisse ausschließlich im

Grauen Buch entschlüsselt sind. *Die Dämonen werden vor seiner Macht zurückweichen*, sagte Raziel. *Adamant wird das Metall der Nephilim sein, das euch immer zur Verfügung stehen wird, von nun an bis in alle Ewigkeit.* Und er überreichte Jonathan ein poliertes Stück *Adamant*, die erste Stele der Welt. *Hiermit wirst du die Siegel des Himmels auftragen.*

Dann hob Raziel die Hände und aus dem Erdboden stiegen Türme und Spitzen zum Himmel empor, mannigfach menschengroß. An mehreren Stellen wuchsen sie aus der Ebene, und als sie vollendet waren, führte Raziel den ersten Nephilim in die Mitte der Türme, wo vier kleinere Türme rautenförmig aus dem Boden aufragten. Hier überreichte er ihm seine zweite Gabe – das Land Idris.

Dies soll eure Heimat sein, sagte er. *Ein Zufluchtsort für die Nephilim und all jene, die gegen die Schatten in dieser Welt kämpfen.* Raziel erklärte Jonathan die Schilde, die er erschaffen hatte und die den Nephilim Schutz und Sicherheit gewährten. Und danach stieg er langsam wieder gen Himmel auf. »Und jetzt ruf mich nie wieder an«, sagte er.

Laut Überlieferung schrie Jonathan in einem Moment menschlicher Schwäche auf und fragte Raziel, wie man ihn herbeirufen könne, falls die Not größer sei, als die Menschheit ertragen könne. Und Raziel erwiderte, dass er alles in seiner Macht Stehende gegeben habe, die vielen Geschenke des Himmels: den Kelch, das Schwert, den Spiegel, das Graue Buch, den *Adamant*, das Land Idris. Mehr könne er nicht geben. Dieses Mandat, fuhr er fort, ist das Mandat der Menschheit. Doch dann ließ er sich noch ein letztes Mal erweichen und sprach: *Solltest du dich jemals wieder in größter Not befinden und meine Hilfe wahrhaftig* – wahrhaftig – *benötigen, dann nimm diese Insignien – den Kelch, das Schwert und den Spiegel – und rufe mich am Ufer des Sees herbei.*

Und damit verließ er diese Welt. »Aber ruf mich ja nie wieder an – ich mein's ernst.«

Der Aufstieg der Nephilim in der Welt

Wir sind den ersten Nephilim zu großem Dank verpflichtet: Jonathan, David und Abigail (denn Jonathans erste Aufgabe nach Raziels Rückkehr in den Himmel bestand darin, seinen Freund und seine Schwester gesund zu pflegen und ihnen Wasser aus dem Engelskelch zu geben, um auch sie anschließend in Nephilim zu verwandeln). Wieder auf sich allein gestellt, machten die drei sich daran, neue Schattenjäger aus den Reihen der örtlichen Bevölkerung und getreuer Verbündeter anzuwerben, und legten damit das Fundament für unsere heutige, weit verzweigte Schattenjägergesellschaft.

Abigail Shadowhunter war das Vorbild für die Aufnahme von Männern und Frauen in die Reihen der Nephilim – ein Leitgedanke, der bis heute Bestand hat. Mit der Entschlossenheit einer jungen Boadicea stellte sie klar, dass die weiblichen Nephilim nicht weniger leidenschaftlich und beherzt sein würden als die Männer, die sich unter Jonathans Banner versammelt hatten. In späteren Lebensjahren, als sie nicht länger mit aller Kraft gegen die Dämonen in den Krieg ziehen konnte, widmete sie sich den Studien des verborgenen Abschnitts im Grauen Buch und dem himmlischen Herzen aus *Adamant*, das unter Idris schlug, und wurde die erste Eiserne Schwester. Zusammen mit sechs weiteren Nephilim errichtete sie die erste *Adamant*-Schmiede sowie die erste Version der *Adamant*-Zitadelle in der Vulkanebene.

David hatte sich dagegen nie als Krieger hervorgetan, sondern stets als Gelehrter und Heilkundiger gewirkt. Schon bald nach seiner Verwandlung zum Nephilim wurde er unfreiwilliger Zeuge eines Ritualmordes, den ein Dämonenfürst in einer Höhle unter Idris vollzog.

Das Gesehene löste in David lähmendes Entsetzen aus, welches ihn zu einem Schweigegelübde veranlasste. Das wiederum führte auch ihn zu den verborgenen Abschnitten des Grauen Buchs, dessen Studium er sich nun intensiv widmete. Mit der Zeit entfernten David und seine Anhänger sich immer weiter von dieser Welt; sie blieben zwar Nephilim, gaben aber einen Teil ihrer Menschlichkeit im Tausch gegen größere himmlische Kräfte auf. David entwickelte sich zum Begründer der Brüder der Stille und machte sich mithilfe der Eisernen Schwestern daran, die Höhle seiner Albträume von den Dämonen zu befreien und den Grundstein für die Stadt der Stille zu legen.

In der Zwischenzeit zogen Jonathan und seine Anhänger in die Welt hinaus, um weitere achtbare Männer und Frauen für die Reihen der Nephilim anzuwerben. Wo immer möglich, rekrutierten sie gleich ganze Familien und gewährten ihnen neue Namen, nach dem Vorbild der Schattenjäger. Natürlich fehlt hier der Platz, um die Geschichte aller ersten Nephilim zu erzählen, die sich im Kampf gegen die Dämonen über den ganzen Erdball verteilten. Aber wir laden jeden Schattenjäger ein, weitere Informationen über die folgenden Begebenheiten in der Bibliothek seines oder ihres regionalen Instituts nachzuschlagen:

- Die Geschichte des ersten Instituts der Britischen Inseln in Cornwall, wo die mit dem Engelskelch eintreffenden Nephilim für die Hüter des Heiligen Grals gehalten wurden und sich die Erzählungen ihrer heldenhaften und mutigen Taten mit den volkstümlichen Sagen der Irdischen vermischten.
- Die Geschichte der ersten europäischen Nephilim, die in der Neuen Welt eintrafen und dort gegen strenge Winter und

unbekannte Dämonen ankämpfen mussten. Viele verloren ihr Leben, und wenn die Ureinwohner dieses Kontinents und eine Handvoll hilfsbereiter Hexenwesen nicht gewesen wären, hätte wohl kaum einer dieser ersten Schattenjäger überlebt.

- Die Geschichte der Massaker in der Mitte des 15. Jahrhunderts, als sich das Institut im transsilvanischen Cluj von einer kleinen unbedeutenden Provinzstation zu einem der geschäftigsten und gefährlichsten Nephilimposten der Welt entwickelte.
- Die Geschichte des Patrick von Cumbria, der im Jahr 1199 Feenwesen, Schattenjäger und irdische Adlige in ganz Irland vereinte, um die Dämonen zu vertreiben (und dessen Werk von Heinrich VIII. leider zunichtegemacht wurde, als dieser mehrere Jahrhunderte ohne Dämonen dadurch beendete, dass er um 1530 die Herrschaft Englands über das Königreich Irland wieder etablierte).
- Die Geschichte der großartigen Skorpionreiter im australischen Hinterland in der Mitte des 17. Jahrhunderts.
- Die Geschichte des verhängnisvollen »Blendenden Angriffs« im Jahr 1732, als eine Elitetruppe der Nephilim in Zentralfrankreich zu ihrem Entsetzen feststellen musste, dass der Einsatz von Schusswaffen im Kampf gegen Dämonen zum Scheitern verurteilt ist.
- Die Geschichte der verschollenen äthiopischen Nephilim, die seit Anfang des 14. Jahrhunderts mehrere Jahrhunderte lang von Rat und Idris isoliert lebten, ihre Schattenjägertraditionen, das Wissen um die Runen und die Verwendung der Seraphklingen aber fortsetzten, bis sie in der Mitte des 19. Jahrhunderts mit dem Rest der Nephilim wiedervereint werden konnten.

Echt jetzt, Codex, das klingt wenigstens spannend. Du verschwendest fünfzig Seiten auf die Geschichte der Dämonen, erzählst aber nichts über die wirklich interessanten Geschichten?

Geh in die Bibliothek und such selbst danach! Dafür ist sie schließlich da.

Clary, ich befehle dir, alles über Skorpionreiter zu lesen, was auch immer das sein mag. Skorpionreiter! Sie reiten Skorpione! Nehm ich mal an.

RELIGIONEN DER IRDISCHEN UND DIE NEPHILIM

In der Anfangsphase der Schattenjäger bestand die größte Sorge darin, dass die damals vorherrschenden kirchlich-politischen Mächte in Europa – die römisch-katholische und die griechisch-orthodoxe Kirche – ihre Ziele nicht teilen und die Nephilim verbieten würden. Beide Kirchen hatten während des gesamten Mittelalters ein wachsames Auge auf alle sogenannten ketzerischen Aktivitäten, und obwohl sich viele ihrer Interessen mit denen der Nephilim deckten, konnte unsere Vorgehensweise wirklich nicht als kirchenkonform bezeichnet werden. Trotz mancher Gefechte und Scharmützel, die in einigen Regionen gelegentlich ausbrachen, gelang es den Kirchenoberen und dem Rat jedoch, einen offenen Krieg zu vermeiden.

Die damalige Zeit war ein denkbar ungünstiger Moment für die Anwerbung neuer Kandidaten, da ein regelrechter Konkurrenzkampf zwischen den zahlreichen Geheimgesellschaften herrschte. Im Gefolge der Kreuzzüge waren diverse geistliche Ritterorden entstanden – z. B. der Malteserorden (etwa zur selben Zeit wie die Nephilim), die Tempelritter (erste urkundliche Erwähnung um 1130) und die berühmt-berüchtigten Assassinen (um 1090). Die ersten Nephilim mussten sehr wählerisch sein und beschlossen, nur überragende Kandidaten in ihre Reihen aufzunehmen, während sie allen anderen »gestatteten«, einem militärisch ausgerichteten Orden beizutreten. Andererseits war die Aufnahme in die Reihen der Nephilim nicht so schwierig wie heute, da solch lebensverändernde Gelübde damals viel weiter verbreitet waren.

Im Laufe der ersten Jahrhunderte ihrer Tätigkeit knüpften die Nephilim Kontakte zu vielen mystischen Gesellschaften und Orden der Weltreligionen. Und eine kleine, aber erlesene Gruppe von Religionsführern unterzeichnete verschiedene geheime Abkommen, die den Schattenjägern Waffen und Zuflucht im Tausch gegen ihren Schutz boten.

Ich wette, die Kirche hat Jonathan trotzdem schneller exkommuniziert, als er »Shadowhunter« sagen konnte.

Nein, denn dann hätte sie ja eine öffentliche Erklärung abgeben müssen. Offiziell hat die Kirche noch nie von JS gehört.

Achtung: Falls du hierüber noch nichts weißt, sei gewarnt – das wird jetzt ziemlich übel …

Die Verfolgungen und das Schisma

Es gibt zahllose Geschichten über noble Nephilim – unerschrockene und mächtige Männer und Frauen –, die uns auch heute noch durch ihren beispielhaften Mut und ihre Tapferkeit inspirieren. Die Vergangenheit ist jedoch kein Märchenbuch und wir würden unsere Informationspflicht gegenüber neuen Schattenjägern vernachlässigen, wenn wir die beschämenden und verachtenswerten Taten unserer Vorfahren verschweigen. Die Nephilim haben immer aus moralisch einwandfreien Motiven gehandelt und aus dem Wunsch heraus, Gutes zu tun. Aber gemäß unserem heutigen Empfinden müssen wir auch diejenigen Situationen erwähnen und verurteilen, wo dieses Bestreben zu einem Verhalten geführt hat, das wir heute als niederträchtig bezeichnen würden.

Das 16. und 17. Jahrhundert zeichnete sich durch einen tragischen Wahn aus, der ganz Europa erfasste: die Hexenjagd. Diese Verfolgungen wurden aus diversen historischen Gründen begünstigt – u. a. durch religiösen Eifer, der zeitgleich mit dem Aufkommen der Reformation auftrat. Hinzu kam ein wiedererwachtes Interesse der katholischen Kirche an der Verurteilung von »Teufelsanbetungen«. Was als Lynchjustiz an unschuldigen und hauptsächlich irdischen Frauen (und Männern) begann, die als »Hexen« denunziert wurden, griff rasch um sich und wurde kurz darauf im irdischen Recht verankert. So verabschiedete man beispielsweise in England im Jahr 1542 das erste Gesetz gegen Hexerei.

Und Kaiser Karl V. beschloss bereits im Jahr 1530 in seiner *Constitutio Criminalis Carolina*, dem ersten deutschen Strafgesetzbuch (das zwei Jahre später auf dem Reichstag in Regensburg in Kraft gesetzt wurde) folgenden Paragrafen zum Thema Hexerei:

> »Straff der Zauberey. Item so jemandt den leuten durch zauberey schadenn oder nachteill zufuegt, soll man straffen vom lebenn zum tode, unnd man solle solliche straff mit dem feur thun. Wo aber jemant zauberey gepraucht und damit nymandt schadenn gethon hete, soll sunst gestraft werden nach gelegennheit der sache; darjnne die urtheiller Rahts geprauchen sollen, alls vom Rathsuchen hernachen geschriebenn steet.«

Viele Nephilim bemühten sich, besänftigend auf ihre irdischen Zeitgenossen einzuwirken und deren Aufmerksamkeit auf weniger brutale Vorgehensweisen zu lenken. Dennoch erfordert es unsere Pflicht zur historischen Genauigkeit, an dieser Stelle zu gestehen, dass auch viele Schattenjäger sich von diesem Eifer anstecken ließen und den Irdischen persönlich bei der Hexenjagd halfen. Dabei dachten einige Schattenjäger, dass sich diese neu erwachte Begeisterung für die Vernichtung der Dämonen in sinnvolle Bahnen leiten ließe und dass die Irdischen möglicherweise selbstständig Dämonen erkennen und verfolgen könnten. Stattdessen brach jedoch das Zeitalter der Aufklärung an; die Irdischen entwickelten die Anfänge unserer heutigen modernen Wissenschaften und begannen mit der Erfindung moderner Technologien. Und der einst weitverbreitete Glaube an Hexerei verblasste zu einem Gedankengut, das jeder gebildete Irdische als dummen Aberglauben abtat. Gegen Ende des 18. Jahrhunderts hatten die Hexenprozesse in

ganz Europa ein Ende gefunden und die Sorge um die Verborgene Welt lag wieder in den Händen der Nephilim.

Dabei ist es nicht so, als ob sich dein Land oder deine Religion irgendwie besser verhalten hätten.

Das hab ich nicht gewusst. Klingt in der Tat echt ziemlich übel …

In diesem Zeitraum von etwa zweihundert Jahren hatte die Schattenwelt jedoch schwer unter den Hexenverfolgungen zu leiden. Insbesondere diejenigen Hexenwesen, deren Lilithmal sich nur schwer verbergen ließ, schwebten in Lebensgefahr. Derartige »Entstellungen« galten unter Irdischen als eindeutiger Beweis der Hexerei. Glücklicherweise lebten die meisten Hexenwesen schon länger inmitten der Irdischen und waren daran gewöhnt, ihr Lilithmal zu verstecken oder logisch zu erklären – und konnten somit einer Anklage entgehen.

Aber ich hab schon mal davon gehört. Wir haben in der Schule Arthur Millers HEXENJAGD gelesen.

Die Schattenwesen, welche die Hexenjagd am deutlichsten zu spüren bekamen, waren die Werwölfe. Dabei darf man nicht vergessen, dass der irdische Feuereifer für die Hexenverfolgungen auf dem Glauben basierte, jegliche Zauberei repräsentiere einen Pakt mit »satanischen Kräften«. So wie man in den Städten die Hexen verbrannte, so zog der Mob durch die Wälder Mitteleuropas und verfolgte die dortige Werwolfbevölkerung, häufig in Begleitung von Bluthunden und im Bestreben, all »die halbmenschlichen Wesen zu töten, die sich mit dem Teufel in Gestalt eines schrecklichen Wolfs eingelassen haben«. Im Gegensatz zu den »Hexen«, bei denen es sich um ganz normale Leute handelte, die angeblich furchtbare Verbrechen begangen hatten, galten Werwölfe als minderwertige Kreaturen, weswegen man ihnen auch kein Gerichtsverfahren vor der Verhängung des Todesurteils zugestand. Beschämenderweise verkündete die Kongregation im Jahr 1612 ihre Unterstützung bei den Werwolfverfolgungen mit der Begründung, dass diese Werwölfe in den Wäldern außer Kontrolle geraten seien, wie wilde Tiere leben würden und demzufolge auch wie Tiere erlegt werden könnten. Die Wälder, so der Rat, sei das Versteck »wilder Werwölfe«, im Gegensatz zu den »angesehenen Lykanthropen, die ihre ungewöhnliche Wesensart unter Kontrolle haben und in irdischen Dörfern und Städten integriert

sind«. Dabei wusste die Kongregation ganz genau, dass es sich vorrangig um Werwolfgemeinschaften handelte, die sich ganz gezielt in die Wälder zurückgezogen hatten, um dort ungefährdet in rudelähnlichen Sozialstrukturen leben zu können. Genau diese menschlichen Werwölfe ließ der Rat im Stich: Er gestattete ihre Vernichtung, und Hunderte, wenn nicht Abertausende Werwölfe wurden getötet. Bin mir nicht sicher. Muss ich Luke mal zu befragen.

Während die Hexenwesen weniger unter den grausamen Verfolgungen des Mobs zu leiden hatten, der die europäische Werwolfbevölkerung dezimierte, bewirkte dieser »antisatanische« Eifer kaum wiedergutzumachende Schäden auf ganz anderer Ebene. In den Jahrhunderten zuvor waren Hexenwesen und Nephilim Verbündete gewesen und hatten bei der Verfolgung von Dämonen häufig eng zusammengearbeitet. Wir Schattenjäger besaßen die Mittel zur effektiven Tötung von Dämonen, während die Hexenwesen über den Zugang zu nützlicher Magie verfügten (z. B. das Heraufbeschwören von Dämonen). Jonathan Shadowhunters Freundschaft mit dem Hexenmeister Elphas dem Unsteten begründete eine Tradition, die mehr als vier Jahrhunderte lang andauerte.

Im Gefolge der Hexenverfolgungen kam es jedoch zum sogenannten »Schisma«, der Spaltung zwischen Nephilim und Hexenwesen. Viele vom Jagdfieber ergriffene Schattenjäger verkündeten, die Hexenwesen seien »von Nathur aus dämonisch« und durch und durch böse. Im Jahr 1640 untersagte der Rat die Beschäftigung von Hexenwesen bei allen Schattenjägerangelegenheiten. In manchen Teilen der Welt wurden Hexenwesen zusammengetrieben oder gezwungen, ihr Lilithmal immer und überall öffentlich zu zeigen (wodurch all jene zu Verbrechern abgestempelt wurden, deren Mal sonst unter Kleidung versteckt war). Und in anderen Regionen der Welt gingen Hexenwesen in den Untergrund, manchmal als Gruppe (was mehr Sicherheit bot), aber oft genug auch allein. Diese Handlungen des Rats wirkten sich kontraproduktiv auf die Interessen aller Nephilim aus, da sie die Dämonenjagd deutlich erschwerten. Darüber hinaus brachten diese Taten aber auch die anderen Mitglieder der Schattenwelt gegen die Nephilim auf.

Im Jahr 1688 veranlasste Konsul Thomas Tefereel eine Reihe von Reformen, die erklärten, dass das Dasein als Werwolf fern menschlicher Zivilisation an sich kein Kapitalverbrechen darstelle. Tefereels Reformen forderten die Nephilim außerdem auf, »vorsichtig und eindeutig« bei der Beurteilung von Werwölfen und Hexenwesen vorzugehen und dafür zu sorgen, dass diese Schattenweltler nur dann verfolgt würden, wenn sie tatsächlich gegen das Gesetz verstoßen hätten. Allerdings sollte es noch mehrere Jahrzehnte dauern, bis die Werwolfjagd endgültig eingestellt wurde. Im Jahr 1721 fanden die berühmten Prozesse gegen Harold und Robert Grunwald statt: Die beiden Nephilimbrüder hatten eine Schenke in Brand gesteckt, in der sich das gesamte örtliche Werwolfrudel versammelt hatte. Der Rat war so entsetzt über die Tat der Gebrüder, dass er sie entgegen seiner Gewohnheit der irdischen Gerichtsbarkeit übergab, welche sie zum Tod durch den Strang verurteilte.

Dagegen fand die eigenmächtige Jagd auf Hexenwesen in manchen abgelegenen Regionen der Welt noch bis ins 19. Jahrhundert statt. Erst im Rahmen des Ersten Abkommens 1872 wurden die Hexenverfolgungen offiziell verboten und die Gesetze gegen die Zusammenarbeit von Schattenjägern und Hexenwesen wieder aufgehoben.

Okay, bin los und hab Luke gefragt. Allerdings hatte er nicht viel dazu zu sagen:

- *Ja, die Verfolgungen waren schlimm.*
- *Nein, der Rat hat im Grunde keinerlei Wiedergutmachung dafür geleistet, abgesehen davon, dass das Ganze jetzt illegal ist.*
- *Es gibt auch heute noch Schattenjäger, die der Ansicht sind, dass jede »Zusammenarbeit« mit Hexenwesen illegal sein sollte.*
- *Der Rat kann leicht die Schuld für etwas auf sich nehmen, das vor dreihundert Jahren aufgehört hat; die Ratsmitglieder halten sich ja für soo edel.*

Ich denke, man kapiert, worauf er hinauswill …

DAS ABKOMMEN

DAS ERSTE ABKOMMEN, 1872

Eine Gruppe ernst blickender Männer und Frauen steht um einen abgewetzten Tisch herum und betrachtet den 28. Entwurf des Abkommens (seit dem 21. Entwurf als solches bezeichnet). Die Abgeordneten befinden sich in der Großen Halle in Idris, unter Leitung von Konsul Josiah Wayland, der die Angelegenheiten des Rats mit der strengen Disziplin eines deutschen Zuchtmeisters regelt. Auf der gegenüberliegenden Seite des Tischs sitzen die Repräsentanten der verschiedenen Schattenweltgesellschaften. Sie haben den Eindruck, dass die Rechte der Schattenwesen bei Wiedergutmachungsprozessen nicht deutlich genug formuliert sind. Wayland wiederum bezichtigt die Schattenweltler des Versuchs, Schlupflöcher in den Gesetzestext einzuschmuggeln. Wayland, du Teufel!

Es ist der heißeste Sommer seit fünfzig Jahren. Seit Wochen sind die Temperaturen in Alicante nicht unter dreißig Grad Celsius gesunken und die feuchtschwüle Luft liegt wie eine Glocke über der Stadt – was die Geduld aller Verhandlungsteilnehmer auf eine harte Probe stellt. Die Gemüter erhitzen sich und es gibt wiederholt Streit über die Frage, ob die Fenster offen oder geschlossen sein sollten. In geöffnetem Zustand weht wenigstens der Hauch einer Brise in den Saal, allerdings begleitet von unzähligen Kriebelmücken, die ständig mit Fliegenklatschen weggewedelt werden müssen. Nahezu alle Anwesenden befinden sich in einem Zustand konstanter Gereiztheit – bis auf die Feenwesen und die Vampire, welche mit der Situation spielend fertig werden, was den Rest der Versammlung nur noch mehr ärgert.

Die Tatsache, dass Wayland den Vorsitz bei Verhandlungen führte, die als das mit Abstand wichtigste Ereignis in der modernen Nephilimgeschichte gelten, muss man als interessanten zeitlichen Zufall werten. Wayland war als Konsul nicht sehr beliebt und blieb nur den wenigsten Nephilim wegen seines Charakters und seiner Weisheit in guter Erinnerung. Tatsächlich war das Fundament für das Abkommen bereits zu Beginn des 19. Jahrhunderts gelegt worden, insbesondere mit dem historisch bedeutsamen Europäischen Schattenweltler-Vertrag, der nach dem Ende der Napoleonischen Kriege im Jahr 1815 unterzeichnet wurde und das erste offizielle Dokument darstellte, das den Schutz von Schattenwesen gesetzlich verankerte. Die meisten der Ideen, die zum Entwurf des Abkommens und seiner Unterzeichnung im Jahr 1872 führten, stammten aus der Feder des damaligen Konsuls Shimizu-Tokugawa Katsugoro. Dass die Arbeit am Abkommen auch nach seinem Tod im Jahr 1858 fortgesetzt wurde, unterstreicht Shimizu-Tokugawas politischen Weitblick.

Der andere bedeutende geistige Vater des Ersten Abkommens war der damalige Leiter des Londoner Instituts, Granville Fairchild. Während jenes langen, heißen Sommers erwies er sich als hervorragender Friedenswächter, der immer dann die Wogen glättete, wenn die widerstreitenden Interessen der verschiedenen Delegationen zu gegenseitigen Beleidigungen und Groll führten. Fairchild besaß die außergewöhnliche Gabe, Verständnis auf beiden Seiten zu wecken. Bedauerlicherweise sollte Fairchild die Ratifizierung des Abkommens nicht mehr erleben. Als sich die Verhandlungen dem Ende zuneigten, reiste er dienstlich nach Zypern, um dem örtlichen Institut sein großes Wissen in Dämonologie zur Verfügung zu stellen. Die dortigen Nephilim kämpften damals gegen die Dämonenfürstin Stheno, die das Land in Schutt und Asche legte. Auf Zypern angekommen, starb Fairchild, wie es sich für einen Schattenjäger gebührt, im Kampf gegen Stheno. Obwohl Fairchild und Wayland hinsichtlich ihres Charakters unterschiedlicher kaum hätten sein können, verband die beiden Männer eine tiefe Freundschaft und Konsul Wayland widmete die Unterzeichnung des Abkommens dem Gedenken seines alten Freundes Granville Fairchild.

(Stheno wurde übrigens 1894 von einer Gruppe englischer Nephilim in Schottland überwältigt und in das Endlose Nichts zurückgeschickt. Obwohl die Dämonenfürstin sich verkleidet hatte, flog ihre Tarnung auf, da sie Granville Fairchilds Lieblingskopfbedeckung trug – eine ukrainische Pelzkappe, die Wayland seinem Freund geschenkt hatte.)

Das Erste Abkommen traf auf erbitterten Widerstand bei einer Reihe von Schattenjägern, hauptsächlich jenen Nephilimfamilien, die im Zuge der vorgeschlagenen Reformen mit erheblichen Einkommenseinbußen rechnen mussten (siehe »Trophäen«, Seite 201). Glücklicherweise fand sich dennoch ein Kompromiss, der die Unterzeichnung des Abkommens ermöglichte. Am Ende des Sommers des Jahres 1872 verständigten sich die Delegierten schließlich auf eine endgültige Version (der 33. Entwurf). Fünfzig Unterzeichner waren zugegen, um den Vertrag zu ratifizieren: zehn Vampire, zehn Werwölfe, zehn Hexenwesen, zehn Feenwesen und zehn Nephilim. Der Repräsentant der Vampire, Aron Benedek, beschrieb das endgültige Dokument mit den berühmten Worten »der Kompromiss eines Kompromisses«. Doch in Wahrheit bildete dieser erste Vertrag den Rahmen für alle nachfolgenden Abkommen, welche sich in der überwiegenden Mehrzahl aller Fälle an dieses erste Modell gehalten haben.

Zu den grundlegenden Reformen zählen u. a. die folgenden Paragrafen des Ersten Abkommens:

- Die Proklamation der Schattenweltler als Wesen mit einer Seele, denen demzufolge der gleiche Schutz zusteht wie den Menschen.
- Die Aufhebung jener Gesetze, die die Adoption irdischer Kinder durch Schattenwesen illegal machte.
- Das Recht der Schattenweltler auf ein ordentliches

Gerichtsverfahren im Falle einer Anklage wegen eines Verstoßes gegen das Gesetz. Die Nephilim konnten die Schattenwesen nicht länger eigenmächtig für schuldig erklären und sie sofort bestrafen.

- Die Einführung einer klaren Rechtsprechung, die die gegen Schattenweltler verhängten Strafen eindeutig festlegte, um unverhältnismäßigen Strafen vorzubeugen.
- Das Recht der Schattenwesen auf eigenständige Regelung ihrer internen Organisationsstrukturen – Vampirclans, Werwolfrudel, Feenhöfe usw. – ohne jede Einmischung vonseiten des Rats. Genau genommen, verpflichtete das Abkommen alle Schattenweltler zur Mitgliedschaft in einer dieser Organisationen; »unabhängige« Vampire und Werwölfe wurden als bösartige Einzelgänger eingestuft und genossen nicht den gleichen, gesetzlich verankerten Schutz.
- Die Anerkennung der Nephilim als offizielle Gesetzeshüter der Schattenwelt und die Verpflichtung der Schattenweltler zur Einhaltung der Gesetze des Bündnisvertrags. Die Anerkennung des Himmels, vertreten durch seinen Repräsentanten Raziel als höchste Instanz über unsere Welt.

Es ist interessant, welche Veränderungen man bei den nachfolgenden Abkommen vornahm und inwiefern diese sich von dem ersten Dokument unterschieden, das vor so vielen Jahren unterzeichnet wurde. Die größten Unterschiede betreffen u. a. folgende Punkte:

- Eine zunehmend differenzierte Festlegung der Rechte von Schattenwesen in Strafprozessen. Der wachsende Bedarf an Rechtsnormen im Abkommen entstand dadurch, dass Konsulen und Inquisitoren bei der Interpretation der Gesetze oft deutlich voneinander abwichen und manchmal drakonische Strafen gegen Schattenweltler-Gruppierungen verhängten. Diesen blieb nichts anderes übrig, als beim nächsten Abkommen zu versuchen, die Regeln genauer spezifizieren zu lassen. Interessanterweise ist der strafrechtliche Abschnitt des Abkommens inzwischen ausgegliedert und zu einem eigenständigen Strafgesetzbuch zusammengefasst, mit dem sich andere – juristisch bewanderte – Repräsentanten befassen. Der strafrechtliche Abschnitt ist heute deutlich länger als der gesamte Rest des Abkommens. Dieses separate Buch bildet das einzige Dokument, in dem das Recht der Schattenwesen auf ein ordentliches Gerichtsverfahren von den Nephilim offiziell anerkannt wird, wodurch dieses Strafgesetzbuch mit jedem neuen Abkommen an Bedeutung gewann.

- Eine Stärkung des Rechts aller Menschen auf ein selbstbestimmtes Leben, ungehindert von den Launen der Schattenweltler. So wurde erstmals im Siebten Abkommen festgelegt, dass das Halten von menschlichen Domestiken fortan illegal war.
- Während der Geltungsdauer der ersten drei Abkommen hatten viele Hexenwesen regelmäßig – auf Bitten der Nephilim – Dämonen heraufbeschworen, was jedoch illegal war. Erst das Vierte Abkommen erlaubte es den Hexenwesen, von nun an jedwede Form der Magie anzuwenden, die im Rahmen der Ermittlungen der Nephilim erforderlich schien.

Diese und ähnliche Reformen lehren uns, dass der Geist des Abkommens in Idris weiterlebt und wir beständig bemüht sind, die Beziehungen zwischen Idris und der Verborgenen Welt zu verbessern und zu harmonisieren.

Wow, wie fortschrittlich. Wir durften die Schattenweltler nicht länger einfach auf der Straße ermorden.

Trotzdem war das eine gewaltige Verbesserung: von »Schattenwesen sind im Grunde Dämonen« zu »Schattenwesen sind im Grunde Menschen«.

Quellenverzeichnis:

S. 266: Das Bibelzitat entstammt aus: Jürgen Rahf: Die Hure Religion. Wissenschaftliche Studie 2012, gefunden unter: www.grin.com/de/e-book/207674/die-hure-religion

S. 274: Dieses Zitat haben wir für die deutsche Ausgabe durch eine entsprechende deutsche Rechtsprechung ersetzt und zwar der *Constitutio Criminalis Carolina.* Gefunden auf http://de.wikisource.org/wiki/Keyser_Karls_des_f%C3%BCnfften:_vnnd_des_heyligen_R%C3%B6mischen_Reichs_peinlich_gerichts_ordnung

APPENDIX B

DAS NEUNTE ABKOMMEN, 1992

Addendum zum *Schattenjäger-Codex*, 27. Auflage, hinzugefügt 2002
von Christopher Makepeace, Leiter des Instituts
von Melbourne, Australien

Hiermit gelobe ich dem Kreis und seinen Statuten bedingungslosen Gehorsam ... Ich bin bereit, jederzeit mein Leben für den Kreis zu opfern, um die Reinheit der Abstammungslinie von Idris zu bewahren und die Welt der Irdischen zu beschützen, mit deren Sicherheit wir betraut sind.

Der Treueschwur des Kreises

Keines der bisherigen Abkommen genoss die ungeteilte Unterstützung aller Mitglieder der Nephilimgemeinschaft. Nahezu alle vorausgehenden Verhandlungen waren von Protesten, Einwänden und internen Querelen aufseiten der Schattenjäger begleitet. Vor allem Nephilim aus abgelegenen Regionen mit geringer Bevölkerungsdichte haben häufig die Ansicht vertreten, dass die Beziehung zu Schattenweltlern in dieser »Wildnis« mehr Handlungsfreiheit erfordere und dass die Beschränkungen, die das Abkommen dem Verhalten aller Nephilim auferlegt, die Ausübung ihrer Arbeit und Erfüllung ihres Mandats behindern würden. Diese erregt und leidenschaftlich geführten Debatten haben regelmäßig damit geendet, dass hochgeschätzte Mitglieder des Rats wütend aus der Halle des Abkommens hinausstürmten. Gewisse Schattenwesen mussten am Verhandlungstisch weit weg von anderen gewissen Nephilim platziert werden. Doch im Grunde haben Schattenjäger und Schattenweltler schon immer ein gemeinsames Ziel verfolgt: Wir alle wünschen uns Frieden. Daran hatte sich seit Jahrhunderten nichts geändert. Bis zu dem Moment, als der Kreis sich mit einem Paukenschlag Gehör verschaffte und Valentin Morgenstern – der einzige männliche Nachfahre einer angesehenen und alteingesessenen Schattenjägerfamilie – und seine Anhänger die Unterzeichnung des Abkommens unterbrachen. »Unterbrechen« trifft es nicht ganz: Sie haben die Halle regelrecht gestürmt. In den darauf folgenden Jahren haben einige versucht, die Gräuel und Schreckenstaten jenes Tages herunterzuspielen, um Morgenstern und seine Anhänger als noble Regimekritiker darzustellen, als Protestler, die ihren Standpunkt mit dramatischen Aktionen betonen wollten. Aber ich war dort und wurde Zeuge der Ereignisse.

Um es einmal in aller Deutlichkeit zu sagen: Der Kreis verachtete *sämtliche* Schattenweltler. Morgensterns Anhänger glaubten an die Reinheit der Menschen und die Unreinheit der Verborgenen Welt. Sie waren der Überzeugung, dass die Schattenweltler im Grunde ihres Wesens Dämonen seien und allesamt niedergemetzelt werden müssten, um die Welt für die Menschheit rein zu halten. Wer nicht Valentins Meinung war, den betrachtete der Kreis als mitverantwortlich an der Ruchlosigkeit, die alle Schattenwesen ihrer Ansicht nach über unsere Welt brachten. Aber die Mitglieder des Kreises waren keine Protestler – sie waren gewalttätige Fanatiker.

(Der Fairness halber sollte an dieser Stelle darauf hingewiesen werden, dass zahlreiche ursprüngliche Mitglieder des Kreises und viele von Morgensterns engsten Vertrauten sich wegen seiner extremen Ansichten und der Brutalität seines Plans noch vor den Verhandlungen von ihm losgesagt hatten und bei den Ereignissen in der Abkommenshalle nicht anwesend waren. Nicht alle von Valentins Anhängern haben sich an seinen abscheulichen Verbrechen beteiligt.)

Wie viele andere Nephilim waren auch die Mitglieder des Kreises an jenem Tag unter der großen Menge von Schattenjägern und Schattenweltern, die auf die Unterzeichnung des Neunten Abkommens warteten. Valentin und seine Verbündeten hatten dämonische Waffen in die Halle geschmuggelt – in ihrem Fanatismus waren sie bereit, die Werkzeuge der Dämonen einzusetzen, weil sie glaubten, dass dies ihrem »hehren« Ziel dienlich sei. In dem Moment der

Unterzeichnung erhoben sich die Mitglieder des Kreises und zogen ihre Waffen. Augenblicklich breitete sich Panik in der Halle aus.

Inmitten des Tumults stellte sich heraus, dass eine Gruppe von Schattenweltlern von Morgensterns Plan Wind bekommen und sich außerhalb des Gebäudes versteckt gehalten hatte, um direkt einschreiten zu können. Bei den ersten Anzeichen des Kampfes stürmten diese Schattenwesen die Halle und mischten sich unter das Chaos. Für viele Nephilim kam Valentins Tat nicht überraschend. Er hatte schon Monate zuvor seinen Unmut lautstark zum Ausdruck gebracht und viele Schattenjäger hatten insgeheim irgendeine Protestaktion von ihm und seinen Anhängern erwartet – allerdings nichts, was sich auch nur annähernd mit dem Gemetzel vergleichen ließe, das folgte.

Wenn ich versuchen soll, das Chaos und Blutbad zu beschreiben, fallen mir nur uralte Klischees ein, die die grauenhaften Szenen in der Halle jedoch nicht überzeugend vermitteln können: *Es war schrecklich. Diese Bilder werden mich auf ewig verfolgen. Es war schlimmer, als man es sich auch nur vorstellen kann.* Doch all dies entspricht der Wahrheit. Ehrbare Männer und Frauen wurden vor meinen Augen niedergemetzelt, um mit ihrem Blut, das auf die Amtsroben spritzte, die Botschaft des Kreises zu unterstreichen. Schattenweltler, deren einziges »Verbrechen« darin bestand, von einem Dämon abzustammen oder ungewollt eine Dämonenkrankheit in sich zu tragen, wurden kaltblütig ermordet, nur weil sie unglücklicherweise anwesend waren. Im Versuch, wieder Ordnung herzustellen, schrien Kongregationsmitglieder und Repräsentanten der Schattenweltler sich gleichermaßen heiser, wurden aber über den Lärm des Kampfgetümmels und der klirrenden Waffen nicht gehört.

Selbst heute, zehn Jahre später – während ich in meinem ruhigen Büro in der obersten Etage der hohen Kristalltürme des Melbourner Instituts sitze und diese Worte niederschreibe – kann ich die Augen schließen und den Geruch des Bluts und das Tosen des Gemetzels so

deutlich wahrnehmen, als wäre ich noch immer dort. Die Erinnerung daran wird mich vermutlich auf ewig verfolgen.

Am schlimmsten traf es jene Nephilim, die dem Kreis nicht nahestanden. Sie wurden reihenweise ermordet, vorsätzlich von Valentins Anhängern, versehentlich von Schattenweltlern, die sie für ihre Feinde hielten. Ungeachtet dessen konnte der Kreis mithilfe der Schattenwesenarmeen in die Flucht geschlagen werden. Valentin Morgenstern suchte das Weite und kehrte hastig zu seinem Wohnsitz am Rand von Alicante zurück, wo er das Haus in Brand steckte und selbst in den Flammen umkam, zusammen mit seiner Frau und seinem Sohn. Vernichtend geschlagen, muss er gewusst haben, dass er sein Leben verwirkt hatte. Schließlich hatte er sich des größten Verbrechens aller Nephilim schuldig gemacht – der Ermordung anderer Schattenjäger. Und so ist es nur folgerichtig, dass Valentin die beiden letzten unschuldigen Opfer – seine eigene Familie – als seine letzte Handlung auf Erden in den Tod schickte.

Der Aufstand wurde niedergeschlagen, die Nephilim und die

Schattenweltler versorgten ihre Verwundeten und kümmerten sich um die Toten. Auf dem Platz des Erzengels in Alicante fand eine große Gedenkfeier statt, zu Ehren derjenigen, die bei dem Kampf ihr Leben gelassen hatten. Viele ehemalige Mitglieder des Kreises lieferten sich dem Rat auf Gedeih und Verderb aus und kooperierten bei den Ermittlungen gegen Valentins treue Anhänger. Eine Zeit lang gingen Gerüchte, dass das Abkommen gescheitert sei und ein Frieden zwischen Idris und der Verborgenen Welt nicht möglich sei.

Doch schließlich wurde das Neunte Abkommen unterzeichnet, ungeachtet aller Geschehnisse. Und so wirkte es wie eine Ironie des Schicksals, dass Valentins Gräueltaten letztlich nur dazu beitrugen, dass die Schattenwelt entschlossen an der Verabschiedung des Abkommens festhielt. Sicherlich haben sich die Verhandlungen in jenem Jahr nicht unkompliziert gestaltet, doch nach dem Aufstand herrschte bei allen Kongregationsmitgliedern und Repräsentanten gleichermaßen ein überwältigendes Gefühl der Verbundenheit vor – vereint gegen einen gemeinsamen Feind. Nur wenige Wochen später konnte das Abkommen ratifiziert werden.

Dagegen war das Zehnte Abkommen (2007) für alle Beteiligten einfach nur schrecklich.

GING JA DOCH NOCH ALLES GUT, ODER NICHT?

DIE GROSSE UND TRAGISCHE LIEBE ZWISCHEN JONATHAN SHADOWHUNTER UND DAVID DEM SCHWEIGER

von

Clary Fray (17 Jahre alt)

Das ist von SIMON, nicht von mir!

JONATHAN SHADOWHUNTER: Ich bin Jonathan Shadowhunter und ich plane die Gründung eines Heiligen Kriegerordens, um die Erde vor Dämonen zu schützen! Ich bin berüchtigt und aristokratisch und unreif!

DAVID: Ich bin David und ich habe etwas wahrhaft Schreckliches in einer Höhle beobachtet und daraufhin habe ich ein Schweigegelübde abgelegt und mich der Dämonenjagd verschworen. Das hier denke ich eher, statt es laut auszusprechen, denn ich habe ja ein Schweigegelübde abgelegt.

JONATHAN: Ich stürze mich wahllos auf jeden Dämon!

DAVID: Wahrlich, ich sage dir, du wirst getötet werden, wenn du so weitermachst. Du brauchst jemanden, der einen beruhigenden und ausgleichenden Einfluss auf dein Mandat ausübt. Das hier ist nicht nur irgendein Krieg, nein, es ist ein Heiliger Krieg. Meditiere mit mir.

JONATHAN: Dieses ganze Meditieren ist ja schön und gut und ich fühle mich auch ruhiger und ausgeglichener als je zuvor. Aber ist dir aufgefallen, dass keiner von uns beiden seit Monaten auch nur einen Dämon gesehen, geschweige denn getötet hat?

DAVID: Willst du damit sagen, dass nur die Kombination aus deinem unbesonnenen Mut mit meiner Gedankenversunkenheit Hoffnung auf Erfolg im Kampf gegen die Dunkelheit verspricht?

JONATHAN: ... Nein, aber das ist viel besser als das, was ich vorschlagen wollte! Also sollten wir deine Idee umsetzen!

DAVID: Wunderbar, wir werden gemeinsam Dämonen töten! Wir werden grosse Abenteuer bestehen und uns gegenseitig etliche Male das Leben retten!

JONATHAN: Oh David, dir würde ich jederzeit mein Leben anvertrauen!

DAVID: Oh Jonathan, ich würde mein eigenes Leben für dein heiliges Mandat hingeben!
[Was er fast auch tut.]
Ich bereue nichts.

JONATHAN: (schluchzend) David, du musst zu mir zurückkehren! Ich brauche dich! Ich kann das hier nicht ohne dich vollenden!

DAVID: Siehe! Ich kehre zurück!

~~JONATHAN: Sapperlot! Ich spüre, wie sich ein grossartiges Gefühl in meinen Pantalons regt!~~

~~DAVID: Was haben deine Pantalo...~~

SIMON! ICH BRING DICH UM!

DISKUSSIONSFRAGEN UND ANREGUNGEN FÜR EXPERIMENTE

Mit welchem der Begründer der Nephilim – Jonathan, David oder Abigail – spürst du eine Verbundenheit? Warum? Welcher Aspekt ihres Lebens kann dir als Inspirationsquelle für dein eigenes Leben dienen?

Hm, ich schätze mal, Abigail, weil sie die einzige Frau von den dreien ist. Mal im Ernst, Codex: Jungs kriegen wenigstens zwei Personen zur Auswahl. Abigail zeichnet sich dagegen nur dadurch aus, dass sie eine Frau ist.

Manche würden behaupten, Abigail zeichnete sich dadurch aus, dass sie gelernt hat, das himmlische Material in einer Schmiede zu verarbeiten. Und anschließend errichtete sie eine gewaltige Festung, aus der sie keinen Fuß mehr heraussetzte.

Ich wüsste nicht, wieso ich deswegen keine besondere Verbundenheit mit ihr empfinden sollte. Wo möchtest du zu Mittag essen?

MEINE ÜBERNATÜRLICHEN VAMPIRKRÄFTE SAGEN MIR, DU WILLST NUDELN.

Ich will immer Nudeln.

DEINE ÜBERNATÜRLICHEN NUDELKRÄFTE SIND DAVON ABHÄNGIG.

Stimmt.

Wie alt seid ihr noch mal? Zwölf? Hört endlich auf, diesen Codex ständig hin und her zu schieben.

GESCHICHTE DES CODEX

Wusstest du schon ...? *Wem sollte das denn wichtig sein?*

Die erste Ausgabe des *Schattenjäger-Codex* war eine illuminierte, in Vulgärlatein verfasste Pergamenthandschrift, die sorgfältig restauriert wurde und zwischen anderen kostbaren Schätzen in Alicante zu bewundern ist. Jahrhundertelang nahm man an, Jonathan Shadowhunter habe die erste Version persönlich verfasst, weshalb man das Manuskript auf die zweite Hälfte des 11. Jahrhunderts datierte. Moderne Forschungsmethoden und Datierungstechniken haben jedoch ergeben, dass dieses Datum nicht stimmt und dass die erste Handschrift aus dem 13. Jahrhundert stammt, fast einhundert Jahre nach Jonathan Shadowhunters vermutetem Tod. Daher lassen sich weder Verfasser noch Illuminator des Werks feststellen; wir wissen nicht einmal, ob es sich dabei um zwei verschiedene Personen handelte oder vielleicht sogar um ein und denselben Nephilim. Viele Brigaden in ganz Europa haben Anspruch auf die Pergamenthandschrift erhoben und behaupten, die rechtmäßigen Erben dieser wertvollen Erstausgabe zu sein, aber da bisher kein einziges Institut unwiderlegbare Beweise vorbringen konnte, verbleibt die Handschrift in Idris.

Da der Codex ein Dokument aus der Zeit nach der ersten Welle von Schattenjägern ist, als die in Idris ansässigen Nephilim die Anwerbung neuer Schattenjäger und die Ausbreitung ihres Tätigkeitsfeldes aktiv betrieben, können wir davon ausgehen, dass der Codex so verfasst wurde, dass er sich als hervorragendes Lehrmaterial für die gebildete Bevölkerung eignete, um sie rasch und effizient mit der Verborgenen Welt und deren Bewohnern vertraut zu machen.

Die erste gedruckte Version des Codex erscheint dagegen weniger geheimnisvoll und aufsehenerregend: Sie entstand in der Druckerpresse des Instituts in Frankfurt a. M. (damals Teil des Heiligen Römischen Reichs) und war in deutscher Sprache verfasst, nachdem eine Gruppe von Nephilim in Heidelberg in enger Zusammenarbeit mit den dortigen Universitätsprofessoren intensive Studien zum Thema Dämonologie betrieben hatte und ihre Erkenntnisse nach Frankfurt mitbrachten. Wir wissen nicht, wie hoch die damalige Auflage dieser Inkunabeln war, aber achtundvierzig Exemplare sind bis heute erhalten geblieben. Jeweils eines dieser Exemplare befindet sich im Besitz der verschiedenen Hauptbibliotheken, der Rest steht in den Bibliotheken kleiner, vorrangig mitteleuropäischer Institute sowie in Privatsammlungen wohlhabender Nephilimfamilien.

Bei dieser Ausgabe des *Codex* handelt es sich um eine geringfügige Überarbeitung der siebenundzwanzigsten Auflage aus dem Jahr 1990, mit Zusatzmaterial zum Neunten Abkommen. Mir schon.

Hör auf, Krieg der Sterne zu zitieren, Lewis!

ANMERKUNG:
DIESEN BEREICH NICHT MIT
KRITZELEIEN VERUNSTALTEN

PLATZ FÜR NOTIZEN

Bitte nutze diese leeren Seiten zum Üben der Runen. Anmerkung: Verwende dazu bitte eine Schreiblern-Stele statt einer richtigen Stele. Herkömmliches Papier ist zu empfindlich für die Kraft des Himmlischen Feuers.

SCHRÖDINGER'S CAT IS NOT DEAD

DANKSAGUNG AN DIE KÜNSTLER

Michael Wm. Kaluta entwarf die Kapitelüberschriften und verstand sofort, was wir meinten, als wir ihn baten: »Lass es wie ein altes Spielehandbuch erscheinen.«

John Dollar illustrierte die Geschichte der Nephilim, wobei er keine vorgegebene Liste gewünschter Objekte zeichnete, sondern die Motive für seine Illustrationen eigenständig auswählte.

Theo Black sollte eigentlich nur zwei Illustrationen zum Thema Feenwesen liefern, doch er schickte uns fünf Exemplare – die wir alle verwendet haben.

Elisabeth Alba fertigte für uns rasch ein paar Skizzen an, die eigentlich gut genug waren, um direkt abgedruckt zu werden. Dennoch sind wir froh, dass wir auf die endgültigen Zeichnungen gewartet haben – wunderschöne, hauptsächlich mit Bleistift gezeichnete Kunstwerke, die über den gesamten Codex verteilt sind.

Jim Nelson lieferte ebenfalls wunderschöne Kunstwerke für den gesamten Codex; aber zusätzlich kreierte er drei neue Dämonenarten für das Schattenjägeruniversum. Sie sind herrlich widerwärtig und wir freuen uns ganz besonders, sie hier präsentieren zu können.

Cassandra Jean, als Clary Fray, fertigte Zeichnungen für das gesamte Buch und füllte die letzten Seiten mit zahlreichen Porträts.

Michael McCartney von *Simon & Schuster* zeichnete für das Design und Layout der Illustrationen verantwortlich und brachte sehr viel Geduld gegenüber unseren zahlreichen, detailbesessenen Forderungen auf.

Und natürlich **Valerie Freire:** Wir danken ihr für ihre Runenentwürfe und wundervollen Einfälle.